微笑む似非紳士と純情娘 3

U r a r a & B y a k u y a

月城うさぎ
Usagi Tsukishiro

EB
エタニティ文庫

目次

微笑《ほほえ》む似非《えせ》紳士《しんし》と純情娘《じゅんじょうむすめ》 3

第一章　菫色片想《すみれいろ》い

〈予期せぬ展開〉


轟《とどろ》いた銃声、そしてパラパラと落ちて私の足元に散らばるシャンデリアの破片《はへん》。

ドクン、ドクンと心臓が早鐘《はやがね》を打っている。

私、一ノ瀬麗《いちのせうらら》は従兄《いとこ》の聖《ひじり》君が開発した青い薔薇《ばら》のお披露目パーティーで、テロ事件なんて非日常に巻き込まれてしまった。

テロの目的は、青い薔薇――と思いきや、実はその薔薇から作ることができるという危険な薬と、さらには不可思議な能力をもつ私たち〝古紫《こむらさき》〟一族の血にまつわるデータだった。そのことを知って、テロリスト集団となんとか対峙していた私だったが……ただいま危機的状況は、絶賛継続中である。

今、私は身じろぎひとつできずにいる。何せ、拳銃を突きつけられているのだ。

そんな私を見ながら、テロリストのボスが非情な宣告を下した。その女を捕《と》らえろ、と。

指でぱちんと合図をした直後、黒尽くめの男たちが一斉に武器を構え直す。

ちょ、ちょっと待って！　これってかなりやばくない!?

じりっと、一歩後退した。

後ろを見せたら撃たれる。そう本能的に察して、逃げ出すこともできない。

捕まえろと命令を受けた数名の手下が、銃を構えて私にゆっくりと向かってくる。か弱い女の子に対してそんなに大勢の男が動くか、普通？　この卑怯者《ひきょうもの》ども!!

「逃げなさい麗！」

聖君の必死な声が聞こえた。

自分だって両隣から敵に武器を突きつけられて動けないのに、私を案じて逃げろと言っている。

近付いてくる彼等と聖君の顔を交互に見つめながら、私は必死に考えた。

ここでの最善の策は、一体何だ！

男のひとりが私に銃を向ける。脅しのつもりだろうけど、今はその確信がもてない。

そして情けないことに、足が地面に埋まったかのように硬直して動けないのだ。

全身汗でびっしょり。さっきみたいに、テロリストに対して一説ぶつような強がりを見せる余裕なんて、一切ない。

だけど、そんな状況でも、隣に座っているK君のことが気になった。K君は今をときめくビジュアル系バンド、AddiCt《アディクト》のボーカルだ。人質《ひとじち》が解放されるという絶好のチャンスに何故か出て行かず、私に付き合ってこの場に残ったのだ。完全に巻き込まれた、というところだろう。

でも、今テロリストにとってのターゲットは、私のはず。テロリストの狙いが〝古紫〟にあるとわかっているのだから、K君のことは見逃してくれるんじゃ……？

「K……K君、逃げて」

彼は、傍観者《ぼうかんしゃ》のように、ただ座って状況を眺めている。そして、私の言葉に対して、肝が据わっているのか諦めているのかわからない口ぶりで、「そんなことできるわけないでしょ」とあっさり言った。

「女の子ひとりで頑張らせて、挙句《あげく》に守られる俺って、どんだけ情けない男なの。麗が捕まるなら、俺も一緒に捕まるよ。格闘技とかはできないけど、庇《かば》うくらいはできるはず。それにひとりで逃げだしたりしたら、ファンの子から幻滅されるしね」

マイペースな口調でそう言って、私を紫色の瞳で見上げてきた。パニックにならず、客観的に物事を見ていて、とても冷静だ。

そのクールな眼差しに、私の焦りも次第に落ち着いてきた。

「ご、ごめんね、K君……。でも何か今の台詞《せりふ》、かっこよかった。ちょっとときめいたよ！」

こんな場面であんなこと言えるなんて！

どこか達観していて、落ち着いてる彼を見ていると、次第に恐怖が薄まってきた。

K君って、私より年下じゃなかったっけ？　以前なんとなく見た音楽雑誌にのっていた情報を、うっすらと思い出す。

うーん、この落ち着きっぷり。実は年齢詐称《さしょう》しているんじゃゃ……

「失礼だね、してないよ年齢詐称なんて」

「っ!?　今、私の心読んだ!?」

「麗は考えてることが顔に出るからわかりやすい。俺はプロフィール通り、二十三歳だよ」

二歳年下だったのか。

「これが終わったら、何かいい詩が作れそうな気がする」

ぼそりとK君が呟《つぶや》いた。

AddiCtの曲は、歌詞のほとんどを彼が担当しているという。そのせいか、こんな状況下でそんなことまで考えられるなんて。余裕のある君は大物だよ。

「うん、その時はCD送って。だから、お互い無傷でここから出よう」

視線は決してテロリストから逸らさず、私はK君と雑談混じりの会話をした。そのおかげで、かなり冷静さが取り戻せた。

焦ったらだめ。パニックになんてなったら、その時点で死ぬ確率が跳ね上がる。

今は、おとなしく彼等の言うことに従う方が……

ジャキンとマシンガンのような銃をスライドさせる音が響いた。仲間のひとりは手にロープを持っている。

ってどっから出してきたのそれ！　さっきまでなかったよね!?

間合いがどんどん詰められて、一番近くに来た敵との距離は、およそ三メートル。この距離で撃たれたら、確実に命中《アウト》だ。ロープを持って近づいてくる彼等を睨みつけながら、唾を呑み込む。

やばい、もう駄目かも……!!

その瞬間。示し合わせたように動くものが見え、私は目を瞠《みは》った。

目の前で展開された、予想外の光景――

「麗、あれ」

K君が指で示した方にゆっくりと顔を向ける。私は驚愕《きょうがく》のあまり、思わず口を開けた。

「お前ら。一体どういうつもりだ」

低く地を這《は》うようなテロリストのボスの声が届く。

彼がそう言うのも無理はない。

私たちに向かっていたはずの黒尽くめの男たちが、何故か一斉にボスに銃を向けていたのだ。椅子に座るボスの周りをぐるりと囲み、拳銃やマシンガンを彼の頭に突きつけている。そして、ロープを持っていた男がボスを縛《しば》り上げようとしていた。

テロリストは、ボスを合わせて十三名いたはず。そのうちの二人は、私の弟の響《ひびき》と、バイトと思って巻き込まれてしまったという、ちょっとおマヌケな森田《もりた》さんだ。今、ボスを囲む輪に加わっていないのが四人いる。それ以外の全員が、ボスに反旗を翻《ひるがえ》したのだ。

呆然《ぼうぜん》としてその光景を眺めている私とK君、そして聖君をよそに、仲間のひとりが目出し帽を脱いだ。

「……簡単だ。お前が仲間だと思っていた男たちが、入れ替わっただけのことだ」

現れた顔を見て、思わず「あ！」と声が出た。

「あれ？　あの人って柔道のオリンピック選手じゃなかったっけ？　あ、もうとっくに引退したか」

K君の言葉につられてうなずく。

その逞《たくま》しい身体には、衰《おとろ》えなんてどこにも見当たらない。引退して何年か経つけど、未だに鍛《きた》え続けているであろうその人は、まさしく数年前のオリンピックメダリスト。

そして次々と目出し帽を取って正体をさらし始めた男たちを見て、私は信じられない思いで立ちすくんだ。

だってそこにいたのは全員、このパーティーに招待されていた人物で――

「ど、どーゆーこと……？」

脱力しそうになるのを堪《こら》えて、ぽつりと呟《つぶや》いた。

「さあ、見たまんまなんじゃない？」

どこか意地悪そうに笑ったK君の顔を見て、瞬時に悟る。

「もしかして、このこと知ってたの？　だからそんなに余裕だったの!?」

「うん。味方に入れ替わってるってことはね」

悪びれた様子もなく、彼はあっさりとうなずいた。

そして、そのあとの言葉に、今度こそ脱力した。

「だってこんな面白そうな場面、自分の目でちゃんと見たいじゃん」

映画みたいなシーンを生で眺められるなんて滅多にない、とでも言いたげな表情に、思わず深いため息が零れた。

案外いい性格をしているよ、この人！　さっきまでのかっこいい台詞《せりふ》も嘘か！

K君に対する見方が少し変わってしまった。

「別に嘘ではないけどね」

「だから、人の心を勝手に読まないで!!」

輪に加わっていなかった四人のうちの二人も、帽子を脱いだ。ひとりは響で、もうひとりがおそらく森田さんだろう。

残された二人は戦意を喪失したのか、呆然《ぼうぜん》としたように動かずに、立ち尽くしている。

「響！　ちょっとどうなってるの!?」

近付いてきた弟に尋ねると、響は少し緊張が解けた顔で微笑んだ。

「うん。麗ちゃんがやったことをね、森田さんに協力してもらってやってみたんだ。さっきみんながトイレに行った時に、見張りをしていたテロリストたちと入れ替わったんだよ」

どうやら男性トイレには、ご丁寧に二人の見張りをつけていたらしい。森田さんがテロリストたちに、男性は体力があるから見張りの数を増やして欲しいと言ってみたら、ひとりが一緒に来てくれたそうだ。

そして隙を見て森田さんが相手を気絶させ、トイレに来ていた人に協力を仰いだ。

招待客の誰かがトイレに行くたびに、テロリストに見張りの交代を依頼したという。

次々と、味方には加わらない敵を昏倒《こんとう》させ、身ぐるみを剥《は》いで、彼等のフリをしてずっとこの会場に潜伏。何とも大胆で、そして危険と隣り合わせの作戦である。

ちなみに捕まえたテロリストたちは、未だにトイレにいるらしい。おそらくロープか何かで身動きがとれなくなっているのだろう。

響から一部始終を聞いて、一瞬言葉を失った。まさかそんなことをしていたなんて……！

「助かったからよかったけど、なんて危ない真似を……！」

「え、それを麗ちゃんが言っちゃう？」

うっ、それを言われると痛い……

気づくとボスは武器を奪われた上、ロープで縛《しば》り上げられていた。

それを見て、少し気を抜いたその瞬間、テロリストのひとりが、いきなり出口に突進してきた。そう、戦意喪失をした二人のうちのひとり。そして彼が向かってきたのは、私の後ろにあるドア！

「どけーーー!!」

体格のいい男が拳《こぶし》を振り回して叫びながら、私の方へ激走してくる。

咄嗟《とっさ》に響の背中を突き飛ばして、遠ざける。

だがその一瞬で、間合いを詰められてしまった。

覚悟を決めて迎え撃とうと、身体にぐっと力を込めたその時——

「えい」

小さな掛け声とともに、K君が絶妙のタイミングで足を出した。

目の前しか見ていなかった男は、その目論見《もくろみ》にまんまと引っかかった。K君の足につまずき、スローモーションのように目の前で男が倒れていく。

思わず、倒れゆく男にタイミングを合わせて、私はその肩に右足を振り下ろした。

ガン！

男は、そのまま床に倒れこんだ。

見事に、止《とど》めを刺すことができたらしい。

私はさらに、その男の左肩を踏みつける。

「うわ、麗……。ヒールで踵落《かかとお》としとか、容赦ないね」

「っ！　ち、ちがっ……！　今のは咄嗟に足が出ちゃって!!」

踵落としをするつもりはなかったんだよ！　K君の言葉に、私は慌てて反論した。

それに、頭を狙わなかっただけありがたく思って欲しい。

唸《うな》って暴れている男の身体を、咄嗟にピンヒールでさらにぐっと踏む。足下から変な呻《うめ》き声が聞こえたが、そのまま大人しくなった。

「スリットが入ってて、足が上げやすいのはわかるよ。でも、ドレスのまま足を上げるなんてはしたない真似、レディが男の前でしちゃダメだよ。ビリッて音したけど、大丈夫？」

「え？　嘘！　あ、ああ……！　破れた……」

膝上五センチ程度だったスリットが、今では太ももの真ん中あたりまでになっている。埃《ほこり》まみれになったり、裾《すそ》を焦《こ》がしたり、スリットが破れたり……散々な目に遭っているこのドレス。いくらクリーニングに出しても、もう着られないなぁ。

諦めのため息をついたところで、K君が再び話しかけてきた。その声はさっきまでの冷静なものではなくて、どことなく悪戯《いたずら》を思いついた子供のように弾んでいる。

その予想通り――

「ね、麗。そのままさ、女王様っぽい台詞《せりふ》、言ってみて」

「は？　何それ、嫌だよ！　何で私が！」

「いいじゃん。今ぴったりだし。男を踏みつけにしてるんだから、似合うと思うよ」

これは、したくてやっているわけじゃない！

この足をどかしたら、この人また暴れるかもしれないじゃん!!

でも完全に面白がっているK君は、私の拒否などきれいに無視だ。

「『頭《ず》が高い。地面に這《は》い蹲《つくば》んな、この豚男』とかどう？」

な、なんて台詞を……!!

でもどこかワクワクしているK君の顔を見ていると、ある意味彼にはお世話になったし、これくらいたいしたことじゃないかな、って思えてくるから不思議だ。

それにもしかしたら、彼はアーティストとして、何かのインスピレーションを得ようとしているのかも？

数秒唸《うな》り続けて考えた後――

「一度だけだよ?」と念を押した。

こっくりとうなずきつつ目を細めて笑うK君を見つめて、私はため息をついた。

何度か深く息を吸ってはいて、呼吸を整える。

そうして、おもむろに右手を腰に当て、男を見下ろしながら、侮蔑《ぶべつ》が混じった口調で声高に言い放つ。

「頭が高い。地面に這い蹲んなさい、この豚男!」

ふう、コレで満足か!

じわじわとわきあがる羞恥《しゅうち》に、顔が赤面し始める。火照《ほて》る顔でK君を見たら、彼は一言「あ」とだけ呟《つぶや》き、私の後ろに視線を向けた。

つられるように、私も振り返ると……

いつの間にか開け放たれている、両開きの扉。

扉の横には、まだ若そうな刑事っぽい印象の男性が、控えめに立っている。何か悪いものでも見たかのような、気まずい表情を浮かべて。バッチリ合った視線は、速攻で逸らされた。

しかし! そんな見知らぬ刑事さんなんて、今はどうでもいい。

扉を開けたであろうその人は、まっすぐに私を見つめている。唖然《あぜん》とした顔で、私と、私が足蹴《あしげ》にしている人物を凝視していた。

自分の顔から血の気が引いていくのがわかった。

先ほどまでの顔の火照りはどこへやら。一気に顔面蒼白。

「と、ととと、東条《とうじょう》さん………」

「え、どれが?」と、平然と尋ねてくるK君は完全に無視。気絶したい衝動が身体中を駆け巡った。

K君の口車に乗せられて、平常時には絶対できない行為を、現在進行形でやっている自分。

穴に埋まりたいほど恥ずかしい。

あんなに会いたいと願っていた人物に思いがけず会えたことは嬉しい。が、それも時と場合によるもので。この状況では全く喜べない。

一体どうして、このタイミングで現れるんですか、東条さん!!

◆◆◆

聞こえてきた銃声に、血の気が引いた。

ドクン、と心臓が嫌な音をたてて跳ねる。

次々に浮かぶ悪夢のような光景を、脳内から必死で打ち消す。

違う。彼女じゃない。銃声がしたからといって、誰かが撃たれたとは限らない。威嚇《いかく》のための発砲かもしれない。

だが、冷静さを保とうとすればするほど、嫌な想像が絶え間なくわき上がり、自分を追い詰めていく。早鐘《はやがね》を打つ心臓が痛い。手足の血の気が引いていく感覚に、呑み込まれそうになる。

うっすらとかいていた汗が、急激に冷えていった。

白夜《びゃくや》は冷たくなった手の甲で額の汗をぐいっとぬぐい、硬直していた身体を意志の力で再び動かした。

早くこの目で彼女の安否を、確かめなければ。

再び駆け出そうと一歩踏み出した瞬間、誰かが後ろから白夜の手首をがっしりと掴んだ。

「待ってください！　このまま乗り込む気ですか⁉　死にますよ！」

肩で息をしながら自分の手首を握るのは、自分より若そうな刑事だ。白夜の手首を掴んだまま、彼は小さく「やっと追いついた……」と呟《つぶや》いた。

扉から、次々と刑事が姿を現す。先ほどの銃声が聞こえていたのだろう。彼等は皆、拳銃を構えている。

少し年かさの刑事が、一歩進み出て白夜と向き合った。

「東条さん、あなたのことは古紫から聞きました。事情はお察しします。ですが、ここから先は危険です。我々が動くまで、あなたは大人しく待っていてください」

「嫌です」

間髪をいれずに即答した。

白夜のこの返答に、周囲の反応が遅れる。

この状態で堂々と警察官に反発するとは——。彼らの間に動揺が走ったのがわかった。

「いや、それは困るのですが」

「もう散々待たされたというのに、まだ待てと仰《おっしゃ》るのですか。そもそもあなたたちが早く来ていれば、私の麗さんが無茶をすることもなかったのですよ？　愛する女性が捕《と》らわれているのに、ただじっと黙って待っていろと？」

刑事にまっすぐに視線を向け、白夜は静かな声音で問う。落ち着きを保ちつつも糾弾するその様子に、刑事は思わず声を詰まらせた。

白夜とて、彼等が相当やきもきしながら出動命令が出るのを待っていたことはわかっている。警察の組織が複雑で、それでも早期解決に向けて頑張ってくれていたことは、麗の従兄《いとこ》であり、警視庁の管理官である隼人《はやと》からも聞いていた。

しかし、抑えきれない衝動と不安を抱えたまま、じっとこの場で待つなんて耐えられない。

せめて状況を確認したい。邪魔をする気などない。だから、自分も同行させてほしい。

その想いが伝わったのだろうか——

白夜を引き留めたその年かさの刑事が、諦めの混じった表情を浮かべつつ、微《かす》かにうなずいた。

おそらく、隼人から何か言われていたのだろう。渋々ながらの了承だった。

白夜は一言「感謝します」と伝え、会場へ向かう彼等の後を追った。

しんと静まり返っていた最上階に緊張が走る。会場付近まで慎重に近づくと、唐突に室内が騒がしくなったことに気づいた。

突如、男の獣《けもの》じみた雄叫《おたけ》びが、扉の外にまで響いてきた。思わず白夜は衝動のまま動いた。刑事たちの抑止の声は一歩遅く、両開きの扉が白夜の手により開かれる。

「麗さんっ‼」

視界に飛び込んできたのは、真紅のドレスを纏《まと》った若い女性の後ろ姿。そしておそらく叫びをあげたであろう男が、つまずく姿。

その肩をめがけて、女性が踵落《かかとお》としを食らわせた。スリットから覗く足は、一度高く上げられてから一気に振り下ろされ、止《とど》めのように男の動きを封じた。白夜の後に続いた刑事たちの目が釘付けになる。

髪は乱れ、纏《まと》うドレスは遠目から見てもボロボロだ。だが、一体何があったのかと推測するよりも、目の前の光景が衝撃的すぎて……。一同はしばし唖然《あぜん》としていた。

その後ろ姿だけで白夜は彼女の正体がわかったが、どうやら彼女はまだ、こちらに気づいていないらしい。

白夜は荒い呼吸を整えながら、じっと麗の後ろ姿に視線を注いだ。

——無事だ。彼女は、生きている。

震えながら怯《おび》えて泣くような、か弱さや儚《はかな》さとはかけ離れた女性。

芯が強くて勇《いさ》ましく、毅然《きぜん》とした後ろ姿からは、微塵《みじん》も弱さを感じさせない。

だが、だからといって彼女が平気だとは、白夜は思っていない。

駆け寄りたい。怪我《けが》がないか、今すぐ確かめたい。

自分の胸の中に彼女を閉じ込めて、生きている温もりを感じさせてほしい。そして——

気丈に振る舞い、ぴんと張りつめている糸を緩《ゆる》めさせて、思いっきり労《いた》わってやりたい。

もう、我慢はしない。たとえ彼女に嫌がられようと、感情の赴《おもむ》くままに抱きしめる。

そう思った時、麗らしくない発言が聞こえてきた。だが、それすら愛おしく感じる。

内容についてどうこう思うよりも、元気そうな声が嬉しかった。この際、言っていた台詞《せりふ》はどうでもいい。むしろ踏みつけられている男が気に食わない。

踏みつけられたい願望があるわけじゃない。が、動きを封じているだけだとしても、間接的に麗と接触している男に対して殺意が芽生える。

今すぐ離れろ、と。

ここで、麗の近くにいた青年が、白夜に気づいた。その青年につられるように、麗が振り返る。すると、少し赤面していた彼女の顔から、みるみる血の気が引いていった。その様子を訝《いぶか》しく思いつつも、ようやく顔を真正面からしっかりと見ることができて安堵する。

驚愕《きょうがく》の色を浮かべる麗を早くその男から遠ざけたくて、彼女が生きている証《あかし》を直《じか》に感じたくて。白夜は麗を見つめながら、彼女に近づいた。


〈慕《つの》る恋心〉


ぞろぞろと、テレビのドラマで見かけるような厳《いか》めしい刑事さんたちが扉から入ってきて、一気に会場内は騒がしくなった。

先ほど解放された人質《ひとじち》たちから、ある程度事情を聞かされていたのだろう。彼らがこの状況に困惑しているようには見えなかった。——まあ、多少は驚いていたようだったけど。何せ、助けに来たはずなのに、既に敵の親玉がロープでぐるぐる巻きにされているなんて、さすがに予想していなかったらしい。

しかし、今の私には、冷静に刑事さんたちの様子を眺める余裕も、彼等の心理状態を分析する余裕もなかった。

東条さんから、視線が外せない。

私が動揺していることは、きっとバレバレだろう。

血の気が引いて青ざめたまま、私はごくりと唾を呑み込んだ。

一体何故、こんなタイミングで……！

ちらりと目線を落として自分のドレスを確認する。何度見ても、やっぱりボロボロだ。メイクだってほとんど落ちているだろうし、髪もアップにしていたのが解《ほど》けているから、ボサボサ。先ほどトイレでざっと整えたけど、そんなのは焼け石に水だ。

こんな姿で、しかも豚男なんて言って男を踏みつけにしている状態で。一体何をどう取り繕えばいいのだろう。絶対に何か変な誤解をされているはず。

この状況で、どんな顔して東条さんと会えと!?

冷や汗を流しながら思わず周りを見回す。誰もが忙しそうで、私たちのことなんか気にも留めていない。

その中でK君、そして響と目があった。響は若干気の毒そうに視線を泳がせているから、まあ、よしとして。面白そうな顔で傍観しているK君。後で覚えていなさいよね～!!

前から感じる強い視線に、私はゆっくりと顔を戻す。

いつもの穏やかで優しい表情からは想像ができないほど、東条さんは不機嫌でするどい空気を纏《まと》っている。柔和《にゅうわ》な微笑なんて浮かべていないし、珍しく眉だって顰《ひそ》めている。

張りつめた空気の中、彼はこちらに向かってまっすぐに歩いてきた。

一歩、一歩、私だけを見て近づいて来る姿に、胸が焦《こ》がれると同時に、焦りが募《つの》っていく。

東条さんが相当怒っていることは、一目瞭然《いちもくりょうぜん》だ。危ないことはするなと言われたのに無茶をしたから、呆れているのかもしれない。

不安がわき上がってくる。

嫌われたらどうしよう、呆れられたらどうしよう。約束を守らず、突っ走ったことを軽蔑されちゃったらどうしよう――

次から次へと、負の思考が頭の中を駆け巡る。ギュッと爪が食い込むくらい、強く手を握りしめた。

目の前まで来た東条さんは、二歩ほど離れた場所で立ち止まり、私を見下ろした。直後、私の肘をぐいっと引っ張って、足蹴《あしげ》にしたままだった男から私を引きはがした。

気づいた時には、嗅《か》ぎなれた匂いと、よく知る温もりに包まれていた。

小さく零れた吐息が耳に届く。

「心配、しました……」

掠《かす》れた声で、耳元で囁《ささや》かれる。ギュッと心臓が握られたように苦しくなった。息苦しくなるほど強く抱きしめてくる東条さん。その背中に腕を回す。じわり、と胸に温かい何かが染み渡っていった。

もうこれで何度目になるだろう。この胸に抱かれて安心するのは。

自分の気持ちに気づく前から、幾度も東条さんの温もりに安堵を覚えていた。単に癒《いや》し効果が高いだけじゃない。嫌悪感を抱くどころか、むしろ好意的に思えていた時点で、私はきっと東条さんに惹かれていたのだろう。

彼の匂いで心が落ち着いて、ようやく会えた実感がわいてくる。

ぎゅっとしがみつく腕に力を込めて、ぐしゃぐしゃな顔が東条さんのスーツにくっつくことも構わず、私は彼に思いっきり抱き着いた。

「心配かけて、ごめんなさい」

かぼそい声で謝ると、抱きしめている腕の力が強まった。まるで私が生きているのを確かめているかのように。

しばらく抱きしめられたままになっていると、東条さんがようやく腕を緩《ゆる》めた。私も彼の背中に回していた腕を下ろす。

身体を離すと同時に、東条さんの片手が、私の頬に添えられた。そして、そっと上を向かされる。東条さんの手の温もりが直《じか》に伝わってきてどぎまぎする。間近に彼の麗《うるわ》しい顔がドアップで映って、呼吸を忘れてしまいそうだ。

髪と同様に黒くて直毛の睫毛《まつげ》。それが一本一本まで見えるような近さ。至近距離で見つめられて、ぴくりと肩が震える。

恋心を自覚したばかりの私の顔は、思いっきり火を噴いているはず！

あの、今気づいたんだけど。こんな間近で見られたら、化粧が崩れている悲惨な私の顔、毛穴まで全部見られちゃっているんじゃ!?

途端に乙女心が発動した。今はそんなにじっくり人の顔を覗いちゃダメですよ、東条さん！

私の乙女心に気づいているのかいないのか――東条さんは、妙な羞恥心《しゅうちしん》に襲われている私をじっと見つめながら、指でつっと頬の輪郭をなぞった。私は反射的に、ぎゅっと目を瞑《つむ》る。

彼は、艶《つや》めく声で、「怪我《けが》はありませんか」と尋ねてきた。

「な、ななな、ないであります！」

動揺のあまり、不自然なほど声が裏返った。日本語も変だし！

ああもう、忘れた頃に体温が上昇して、再びあの不整脈が……!!

いい加減にしないと心臓が壊れてしまう。顔を背けたい気持ちでいっぱいだけど、でも東条さんから離れるのは嫌だと心が訴えてくる。

けれど離れなければずっとこのドキドキは続くわけで。それは精神的にもいろいろと負担が大きいわけで！

恋は何て厄介《やっかい》なんだ！

初めて自覚した恋心に、私は戸惑いを隠せない。

困惑と嬉しさ。相反する心が同居する。でも、その恥ずかしさやドキドキも嫌じゃないって気づいていた。

「何だ、麗。よかったじゃん。ようやく〝東条さん〟と会えて」

じっと私たちを観察していたらしいK君に、声を掛けられた。彼はいつの間にやら、少し離れた場所で椅子に座っている。マイペースな猫のように寛《くつろ》いだ様子で、彼は目を細めながら、くすりと微笑んだ。

K君の隣では、響が視線を彷徨《さまよ》わせつつ、頬を染めている。どうやら目のやり場に困っているらしい。私は慌てて、東条さんに腕の拘束を解いてもらった。お姉ちゃんも気恥ずかしさでいっぱいだよ。

視線をK君に戻してうなずいてみせると、K君はおもむろに立ち上がって出口へ向かった。彼が見たかった舞台は終わったのだろう。

けれど、何か思いついたようにK君は立ち止まり、振り返った。

「今度会った時は、『てんとう虫のサンバ』を俺の魅惑ボイスで歌ってあげるよ」

口角を上げて不敵に笑ったK君。そして踵《きびす》を返し、後ろ姿のままひらりと手を振って外に出ていく。

その曲がどんな曲なのかわからなくて、私は首を傾げながらも「ありがとう?」と彼の背中に向かって言った。

大人気ビジュアル系バンド、AddiCtのボーカルのK君が、特別にあの魅惑ボイスで私のために歌ってくれるなら、ありがたく頂戴しておこう。たとえそれがどんな曲であっても。

K君が去った後、警察の輪からようやく抜け出せたらしい聖君が突進してきた。

「君たち、無事だったかい!?」

響と一緒に聖君の抱擁《ほうよう》を受ける。ギュッと抱きしめてくる聖君は、じんわり涙目だった。

「何て危ない真似をするんだ、二人とも!　運がよかったから無事だったけど、こんな危険な真似は二度としちゃダメだからね!?」

いや、こんな危険な事件に遭遇することはそうそうないだろうし、もう二度と起こってほしくない。

人生で一度あれば十分というか、いやむしろ一度もない方がよかったよ。こんな事件に何度も巻きこまれるとか、ありえない。どんだけ波乱万丈な人生なんだ。映画じゃないんだから。

「聖君こそ大丈夫？　どこか怪我《けが》してない？」

遠慮なくギューギュー抱きしめてくる聖君に潰されそうになりつつも、聞いてみる。

聖君は私たちをようやく熱い抱擁から解放してくれた後、ずれた眼鏡を直して「かすり傷程度だから大丈夫」とうなずいた。よく見たら頬にうっすらと傷が……

「って、それナイフで切られたの⁉」

血は止まっているけど、脅しでナイフを突きつけられていただけではなかったのか。おのれ、許すまじ……。聖君の整った顔に痕《あと》が残ったらどうしてくれるんだ。

沸々と怒りがわいてくる私と違って、聖君は何ともないような顔で微笑んだ。

「大した傷じゃないから、大丈夫だよ」

気にしないで、と頭を撫でられて、思わず涙がこぼれそうになる。この優しい温もりが失われなくてよかった。改めてそう思った。


次々と広間に乗り込んできた刑事さんたちは、手際よくテロ集団を拘束していった。

真っ先に捕《と》らわれたのは、既に身動きが取れないほど頑丈に縛《しば》られていたボスだ。マスクを外した顔を改めて眺めてみる。四十歳くらいだろうか？　もしかしたら三十代かもしれない。

聖君とあまり歳が変わらない印象の男が浮かべる表情は、全てを諦めたものでも、怒りに満ちたものでもなかった。生気を感じさせない虚《うつ》ろな瞳を見て、私の背筋にぞくりと震えが走った。感情の一切をそぎ落としたその表情が恐ろしい。

――あれが、うちの一族に恨みを抱き続けてきた、冷徹な男なのか。

近くにいた刑事さんに聞くと、男性トイレに捕まえていたテロリストの仲間たちは、すでに拘束したという。そして、人質《ひとじち》に混じって逃走をはかった共犯者の男も、身柄を拘束したらしい。警視庁のエリート管理官で隼人君の同僚、桜田《さくらだ》さんから得た情報をもとに、隼人君がその男を見つけたそうだ。

気がかりだったことが解消して、私はほっと安堵のため息をついた。

そうして、とりあえず私たちも今日は一度帰っていいと、刑事さんからお許しがでた。

聖君が響を誘って、二人が一緒に下に向かった。それを見ながら、私も東条さんと並んで非常階段を下りる。まだ、エレベーターは点検中だ。

隣を歩く東条さんの腕を支えに、かつん、かつんと音を鳴らして階段を下りる。

「大丈夫ですか?」

いつもの優しく穏やかなその声だけで、私の心臓が大きく跳ねた。

もう、どこまで反応する気なの、この身体は！

「だ、大丈夫です！」

階段を下りきって非常階段の扉を開けると、東条さんは私の肩ではなく、腰に手を回した。さりげなく自然なその手つきは、労《いた》わりに満ちている。もっと自分に寄りかかっていいということなのかもしれないけれど、突然こんなことをされるとひどく戸惑ってしまう。

え、ええっと！　ど、どうしよう。近い、近いんですけど!?　ってか何で肩じゃなくて腰!?　今まで肩は抱かれたことがあったけど、腰ってあったっけ!?

私を気遣ってくれているのだろうか。東条さんの真意がわからない。

もしかして寒そうだから暖めてくれるつもりとか？

それはそれで少し嬉しい気もするけど、ダメだ。心臓がもたない……!!

「あ、あの東条さん……！　歩きにくくないですか？」

遠慮がちに尋ねてみると、隣で歩く東条さんは見惚《みと》れるほどきれいな顔で、私に微笑みかけた。

「いいえ、全く。むしろ、できるならあなたを抱きかかえて歩きたいくらいですよ」

——疲れているでしょう？

そう続いた言葉に、ぶんぶんと勢いよく首を左右に振る。そんな羞恥《しゅうち》プレイ、勘弁してください！　疲れていると言ったが最後、フェミニストの東条さんは、マジで行動に移すに違いない。言葉に気をつけなければ。

お姫様抱っこは乙女の夢だ。もちろん憧れるけど、好きな人に抱き上げられる時に重いなんて思われたら……相当なダメージを受けてしまう。乙女の夢はダイエットに成功してから、是非、機会があった時に改めてお願いしたいかも……

ってちょっと待った！　まだ恋人同士でもないのに、私の一方通行の片想いなのに、何図々しいこと考えているんだ！

思わずちらりと隣を見上げると、私の視線に気づいた東条さんが麗《うるわ》しく微笑んだ。惚《ほう》けそうになるのを堪《こら》えて、顔の筋肉を引き締めつつ前を見る。

ああ、ダメだ。かっこいい……!!

ふと見せられる笑みに、トキメキが止まらない。胸がきゅ～と締め付けられてしまう。東条さんがかっこいいのは前からだけど、何故か今まで以上に素敵に見える。これが恋する女の子が持つ乙女フィルターみたいな!?　好きな人は何割増しかでかっこよく見えちゃうっていう、恋のマジックなの!?

普段から美形で、スタイルよくて、非の打ちどころのない人が、もっと輝いて見えるなんて。恋の力は本当に恐ろしい。心なしか東条さんの周りがキラキラ光っているみたい。って、それ何の特殊効果なの。眩《まぶ》しさで目が焼けたら困るんですが……

俯《うつむ》き加減で内心悶《もだ》えながらエレベーターを待つ。私は無言のまま、胸の鼓動が東条さんに聞かれたらどうしようなんて考えていた。甘さを孕《はら》んだ空気を微《かす》かに感じながら……

〈告白への一歩〉

エレベーターで一階に降りると、ガラス一枚隔《へだ》てた向こう側から、先ほどまではなかった騒がしい人の気配が漂《ただよ》ってきた。

外につながる正面ドアの向こうは、予想以上に人であふれている。報道陣や警察関係者、そしておそらくこのホテルの宿泊客や従業員などなど。

そろそろ夜中の十二時をまわろうかという時間なのに、そんなことは全然おかまいなしだ。

ちらりと外を窺《うかが》って、あの中を突っ切って外に出るのは自殺行為に等しいと判断した。想像しただけでげんなりしてしまう。

だって私たちが出たとするよ？　そしたら、マスコミの人たちからすれば、出てきた二人のうちひとりは人質《ひとじち》――多分バレてはいないと思うけど、暴れまくった本人、もうひとりは東条グループの御曹司で美形の若手社長。話題性たっぷり。囲まれないわけがない。

私はまあ、顔が知られているわけではないから、適当にぱぱっと逃げ切れると思う。けど、東条さんはそうはいかないだろう。だって彼は経済誌とかに時々写真を掲載されているから、マスコミには彼の顔を知っている人も多いはずだ。さらには東条さんのことを何も知らない人が見ても、彼は人目を惹くイケメンなのだ。こんな逸材《いつざい》、彼等がほっとくわけがない。

隠しきれない存在感って、こんな時厄介《やっかい》だなと感じてしまった。

かっこいい人には誰だって目がいくものだ。それはわかる。非常によくわかる。

でも。

正直言って、東条さんが女性に囲まれてキャーキャー言われているのを想像すると、面白くない……。テレビになんて映ったら、東条さんファンがますます増えちゃうじゃないの。そんなことを考えただけで、何だか胸の辺りがムカムカ、モヤモヤ？　してきた。

もちろん、私にそんな自分勝手なことを言う権利がないのは、重々承知している。だから、この気持ちは、とりあえず自分の中に封印。

「麗さん。裏から出ますよ。こちらです」

私がそんなことをいろいろ考えていると、不意に東条さんの大きな手にぐいっと引かれた。彼はそのまま、正面ドアと別方向に進み始める。

他の通路よりも少し狭い通路を通って辿り着いたのは、ホテル関係者専用の裏口だった。

こんなとこ、よくご存知ですね、東条さん。

重い扉をゆっくりと開く。外からの冷たい風が、ぴゅうっと頬を撫でた。周囲に人がいないことにほっと胸を撫で下ろしていると、肩にふわりと東条さんのジャケットをかけられた。

「そのままだと風邪をひきますので」

確かにドレスと薄手のボレロだけなので、外に出た瞬間に肌寒さを感じていた。

大きすぎてぶかぶかなそのジャケットは、暖かかった。そして東条さんの香りに包まれて、嬉しさがこみ上げてくる。

頬が赤く染まりそうになるのを感じつつ、お礼を告げた。

「あ、ありがとうございます」

「いえ、麗さんのその姿は少々目に毒なので。他の人に見せる必要はありませんしね」

東条さんは優しく微笑んだ後、私の肩を抱いてホテルの正面側に向かった。

風が冷たかったけど、今はその冷たさが心地いい。肩を抱かれて密着している状態で、私の顔が熱いから？

人気《ひとけ》のない道を進み、私たちはホテルの正面玄関から少し離れた場所に辿り着いた。

まだホテルの中には、私の職場の上司で従兄《いとこ》の鷹臣《たかおみ》君や、隼人君、そして東条さんの妹さんの朝姫《あさき》さんが残っている。先に外へ出ているであろう響や聖君とも、合流したい。目立たない場所にひっそりと佇《たたず》み、二人で、あふれかえる報道陣や警察官の動きをただじっと眺めていた。

こうやって東条さんと密着して肩を抱かれていると、触れている部分がすごく熱いのがわかる。外気の寒さなんて気にならない。何だかドキドキして、身体が火照《ほて》ってくる。どうしよう。東条さんを好きだと自覚して、次に会ったら絶対に気持ちを伝えると決めたんだっけ。

何も言わないまま会えなくなったら絶対に嫌。だから会えたら気持ちを伝えよう、と。でも、気持ちに余裕が出てきた今――。このタイミングで告白するのは性急すぎる気がしてきた。

だって、もし告白して振られたら……立ち直れない。

そもそも告白って、一度もしたことないんだよ！　初恋が今なんだから当たり前だけど。

世の中の女の子は、こんなに緊張しながら好きな人に告白をするの？　それってすっごい勇者じゃない⁉

好きな人に気持ちを伝えるのは、もの凄い勇気と度胸がいるってことを、私は初めて知った。

気持ちを伝えてもそれが相手に通じるとは限らない。その恐怖と不安に押しつぶされそうになりながらも、自分を奮い立たせて気持ちを伝える。

たった一言。簡単な言葉のはずなのに、感情が伴うと難しくなる。相手を好きになればなるほど、言葉が出てこなくなる。

うう、どうしよう……。いつ言おう。

まるでドラムを叩いているような激しさで、心臓がばっくんばっくん響く。

と、不意に、好きな人に自分がどう思われているのかが気になった。

そういえば私、東条さんにどう思われているんだろう？

嫌われてはいない、と思う。ここまで会いに来てくれたし、いろいろよくしてくれるし。優しく気遣ってくれて、甘やかしてくれて、辛い時は慰めてくれる。

普通相手が嫌いだったら、そんなことはしないよね？　わざわざ忙しい自分の時間を割《さ》いてまで、嫌いな人間と一緒に居ようとは思わないよね？

東条さんはいつでも、私に優しい。

でも、彼が女性に優しいのはフェミニストだからだ。私に向ける甘い視線や言葉も、特別な意味がないって言われれば、確かにそうかもしれない。

だって、別に「好き」って言われたわけじゃないし……。

東条さんに「好きです」と告白する前に、「私のことどう思っていますか？」って訊くべきなのだろうか。

というか、そもそも告白って、どういうタイミングでやるものなんだ？

うう〜ん、と内心で唸《うな》っていたら。刑事さんの群れの中央にいた人物が、小走りで近付いてきた。その動きにつられるように、周囲の視線が一斉にこっちに集中する。

「見つけたぞ、麗！」

少し少年っぽさが残る声。そしてその声にふさわしい美少年顔。黒い髪が夜風になびく。

だが明るい街灯に照らし出される顔には、その快活な声に反して濃い疲労の色が浮かんでいる。

それが何とも言えない儚《はかな》さと色気を醸《かも》し出していて、周りの視線が一気にその美少年に釘付けになった。

「あ、桜田さん！」

警視庁のアイドルにしてエリート管理官の、桜田笑《しょう》。

容姿だけなら、間違いなく私より年下に見える。今年三十歳になったとは全然思えない。

手を大きく振って駆け寄って来た桜田さんは、いきなり私にがばりと抱き着いた。そしてすぐにぱっと手を離すと、両手で私の肩を掴み、心配顔と怒り顔を同時に披露した。

うん、実に器用だ。

「無事か？　怪我《けが》はないか⁉」

「大丈夫だよ。ほら、かすり傷程度だし」

あんな無茶をしておきながら、かすり傷で済んだなんて、私って結構悪運が強いかも。

でも匍匐《ほふく》前進なんてしちゃったから、きっと明日は筋肉痛やら何やらで動けないだろう。

私に大きな怪我がないと確認した桜田さんは、ほーっと大きく息をついた。

その様子を見て、彼にも多大な心配と迷惑をかけてしまったことを改めて認識した。

「心配かけてごめんなさい。それから、いろいろありがとうございました」

「無事ならいいが……。いいか、麗。今回はかすり傷で済んだかもしれないが、あんな無謀《むぼう》なこと二度とするんじゃないぞ！　明日みっちりと事情聴取させてもらうからな！」

うげぇ。事情聴取……

なんて気が重くなる単語！

その場には桜田さんだけじゃなく、隼人君もいるだろう。そして当然のように、鷹臣君が同席するはず。警察関係者じゃないのに、何故か鷹臣君がそこにいることを、私は確信できた。

きっと鷹臣君の説教だけで、二時間はかかる。それを考えると、今から胃が痛くなってきた。

「とりあえず、発砲はしていないだろうな？　証拠が残るやつを揉み消すのは面倒だぞ」

苦々しい顔付きの桜田さんを見て、ふと思い出した。

そういえば私、まだ持ってるよね？　あの奪った拳銃。

「あ、そうそう。それなんだけど……」

ぺらり、とドレスのスリットを捲《めく》ったところで、東条さんと桜田さんがギョッとしたように目を瞠《みは》った。あれ？

途端に、顔を真っ赤にした桜田さんが叫び声をあげた。

「う、麗ーー！　婦女子が男の前でスカートを捲るな!!　お前には恥じらいってものがないのか!?」

一応周りに聞こえないようにボリュームを落としてはいるものの、いきなり雷《かみなり》を落とされて、無理やり裾《すそ》から手を外される。

「え？　いやあの違うよ!?　そうじゃなくて、これ！　この拳銃!!」

慌てて言いながら桜田さんの手を振り払い、私は太もものストッキングに差し込んでいた小型の銃を取り出した。そしてそれを、桜田さんに手渡す。

一瞬驚愕《きょうがく》した桜田さんだったが、でもその後、すぐに真剣な顔になり、じっと銃を見つめていた。その鋭い眼差しは、いかにも刑事さんって感じだ。

「わかった。これは俺が預かる。……他にはもうないな？」

「銃？　うん、それ一丁だけだよ」

ハンカチを出して銃を受け取ると、桜田さんは角度を変えつつあちこち眺めていた。

そして黒光りするそれを押収品としてハンカチに包み、懐《ふところ》のポケットに仕舞った。

その時、報道陣に囲まれた鷹臣君と隼人君、朝姫さんが、堂々と歩いて来た。

モデルのような外見の三人が並んで歩く様《さま》は、それはそれは見ごたえがある。その中のひとりは、警視庁の有名なアイドル刑事。当然のように記者たちに顔が知られている隼人君は、事情を聞きだそうとするマスコミを集める、かっこうの餌《えさ》になっている。

だけど、そこはさすがの隼人君。取材は全て後で受けるとか何とか言って、やんわりと笑顔で受け流している。ここでは適当にかわして、おそらく事後の対応は誰かに押しつけるつもりなんだろう。

「麗ちゃん！」

その三人の中で真っ先に私に気づいた朝姫さんが、猛突進してきた。そしてその勢いのまま、思いっきり私に抱き着いてくる。

美女の抱擁《ほうよう》は素直に受けとろう。いつでもウェルカムです。

「よかったわ無事で！　心配したのよ？　怪我《けが》はない？　白夜にセクハラされていない？」

「ご心配おかけしてすみませ……って、へ？　東条さんに？　いえ、特に……」

さらりと最後に、めちゃくちゃ答えにくい質問投げましたよね？

隣で東条さんが凄みのある笑みを浮かべている。朝姫さんは慣れているのか、涼しい顔でシカトしているが。

　その後、鷹臣君と隼人君から説教と小言、そして最後に飴《あめ》と鞭《むち》のような労《ねぎら》いの言葉をいただいた。締めに、鷹臣君に頭を撫でられた。その後で、ようやく響が姿を現した。

「あれ？　着替えたの？　響」

「うん、さすがにあのままじゃね」

　疲れきった顔で弱々しくため息をついた弟を、私はギュッと抱きしめた。お姉ちゃんのせいで無茶させてごめんね、という思いを込めて。

　改めて、例の黒尽くめのかっこうから、もとの高校の制服姿に戻った響をしげしげと眺める。ジャケットは着ていない。テロ事件の最中に私が借りて、そして会場のテーブルの下に置いてきたんだよね。きっとまだそこにあるんだろう。けど、回収したところでもう着られないだろうな。ここはひとつ、私が新しい制服を一揃えプレゼントするとしよう。

「怪我はないようだね。よかった～。響が動いてくれて助かったよ。ありがとう！」

「身体は大丈夫だけど、ハラハラしすぎて心臓がいくつあっても足りないから、無茶するのはこれっきりにしてね、麗ちゃん」

　やっぱり私なのか！

　本日数度目のお詫び、それから、みんなの前で改めて「二度と無茶はしない宣言」をした。

私の背中に回していた腕を解《ほど》いた響は、何かに気づいたように、ん？　という顔をして私の身体をくるりと反転させた。

「麗ちゃん、首の後ろで結んでるリボン、解けかけてるよ」

「え？　ホント？」

響は本当にそういうことによく気がつく。急いで緩《ゆる》くなっていたリボンを結び直してくれている。

あ、そういえば。さっきの色仕掛け作戦で、一度結び直したんだっけ……

「む、むぐ!?」

いきなり背後にいる響が、慌てたように私の口を手で覆ってきた。

振り返り、響に抗議の視線を向けると、「麗ちゃん、し！」と耳元で黙るように告げられる。

一体何……

その問いは、目の前から漂《ただよ》ってくる妖気のような空気を感じた瞬間に、どこかへ飛んでいってしまった。

「色じ……？　今、何と仰《おっしゃ》いましたか、麗さん」

静かに、冷ややかな怒気を放っている東条さんの顔はいつも通り微笑んでいて麗《うるわ》しい。

だが、周りの温度が急激に下がる。その変化に戸惑いながら、私は自分の失態を悟った。

あれ、もしかしなくても、今の言葉、口に出てましたか!?

響にこわごわ視線を送ると、こくりとうなずかれる。

……しまった。またお説教される！

「お前、なんつー危険な真似を……!!」

再び顔を赤く染めながら、怒り出す桜田さん。

「お前の色気なんぞに引っかかる男がいたとは、すげーな。貴重な体験じゃねーか。もっと女磨いて、いざって時に武器になるようにしておけ」

あんまりなアドバイスを鷹臣君がくれる。

三人の反応が違いすぎるので、何て返したらいいか、もはやわからなくなってきた。と、とりあえずこの寒さをどうにかしないと……！　笑顔なのに何故か怒っている感じがする東条さんを、とにかく宥《なだ》めなければ。これ以上無茶をしたと思われて、心配されるのは心苦しい。

「あ、あの東条さん。違うんです」

はっきりと〝色仕掛け〟って言っておきながら、違うも何もないと思うが。誤魔化《ごまか》すつもりはないけど、何とか誤解だけは解いておきたい。そこまで危険な作戦じゃなかったということを。

何と言って説明すればいいかあれこれ悩んでいたら。桜田さんがお兄ちゃんモードになって、とくとくとお説教を始めた。

「いいか麗。男は皆、狼なんだぞ！　そんな危険な真似したら、一瞬で食われるぞ」

真面目な顔で言ってるのに、説得力はない。それは、桜田さんの美少女……もとい美少年顔と、狼とが結びつかないからだろうか。

「ええ〜、美少年顔の笑《えみ》ちゃんに言われてもな〜」

「誰がエミちゃんだ！　それと俺のことは美青年って呼べ」

——それはちょっと、無理があるだろう。

その場の全員が口には出さずに顔に出していたツッコミに、本人が気づくことはまったくなかった。


翌日の事情聴取の時間など、大まかな予定を取り決めた後、ようやく帰宅できる空気が流れ始めた。

「響。お前、今夜は俺のところに泊まっていけ」

鷹臣君が唐突にそんなことを言い出した。

「え、僕？　何で？」

言われた響は、戸惑った表情を浮かべている。確かに、これは何とも珍しいことだ。

「ああ、ちょっと確認したいことがあるからな。まあ、明日は日曜だし、別に構わねーだろ？　麗」

　確認、って一体何？

　気になったけど、まあ鷹臣君の中で何かが明らかになったら、教えてくれるだろう。聞くのはその時でいいか。

　それにしても、いつも俺様で人遣いの荒い鷹臣様なのに、姉の私に許可を求めてくるところは律儀というか、何というか。私の保護者は鷹臣君だけど、響の保護者は私だからか？

　いずれにせよ、特に断る理由はない。

「いいんじゃない？」

「んじゃ行くぞ。お前らも帰れよ」

　強引でマイペースな従兄《いとこ》に半ば引きずられるように、響が連れて行かれる。二人が車に乗り込んだところまで見届けた後、ふと疑問に思っていたことを誰ともなく尋ねた。

「そういえば、このホテルに泊まっている人たちって、どうなったの？」

　さすがにこんな事件があったら、今日ここは使えないだろう。でも宿泊客はいい迷惑だ。

「それなら大丈夫みたいよ。閉じ込められていた人の中に、ホテル経営者がいて、そこに無料で泊まらせてくれるとか」

　朝姫さんが説明してくれた。

すごいな、それ。青い薔薇《ばら》のパーティーって、どんだけセレブが集まっていたんだ？

「それじゃ、朝姫さんも？　そちらに移動するんですか？」

朝姫さんは今晩、ここに泊まる予定だったはず。どうするのかな。荷物すら取りに行けないんだし。

そうね……、と考え込む朝姫さんの手を取ったのは、意外にも隼人君だった。

「僕が家まで送るよ。行くよ、朝姫」

「はあ!?　ちょ、ちょっと！　何で私があんたに送られなきゃいけないのよ！」

朝姫さんの声に構わず、手を握った隼人君は、そのままどんどん歩き始めた。

え？　何、それ！　確か二人は、お見合いで振った者同士だったんじゃ？

「頼んでない！」という朝姫さんの抗議はあっという間に遠ざかり、すぐに聞こえなくなった。

思いがけない展開に呆気に取られながら、私は二人の姿を見送った。

いつの間にあの二人は仲よくなったの？

「ああ！　古紫のやつ、ひとりだけ逃げやがったな……！」

まだまだ仕事が溜まっているらしい桜田さんが、苦々しいため息をつく。彼はその後すぐ、部下に呼ばれて現場に戻ってしまった。刑事さんは大変だ。

「それでは私たちも帰りましょうか」

「へ？」

当然のように東条さんに手を取られて、エスコートされる。

向かった先は、すっかり見慣れた東条さんの黒い高級車。

助手席に座らされ、車が発車する。車はうちとは反対方向に走っている。一体どこへ……？

聞かされた答えに、私は自分の耳を疑った。

「今夜はうちに泊まって頂きます」

「……へ？」

東条さんの家に？

え、何で!?

慌てる私を余所《よそ》に、前を向いてハンドルを握っている東条さんは、爽《さわ》やかに告げた。

「私はもう、我慢も遠慮もしませんので」

——覚悟してくださいね？

最後に届いたその言葉は、まるで幻聴のように響いてきて……。私の思考を、しばらく奪っていった。

〈心の準備〉

——東条さんと二人きりの車の中。

「響君がいないのに、麗さんをひとりにさせるわけにはいきません。特に今夜はいろいろありましたから」

先ほど鷹臣君が響を自宅に泊めると言って引っ張って行ったので、確かに今夜は私ひとりだ。それを東条さんは気にしてくれたらしい。いろいろあった日の夜を、誰もいない家で過ごさせるのは、気が引けたのかもしれない。どんだけ東条さんは私に優しいのか。どんだけ私を甘やかすのか。

「でも、それって迷惑じゃありません？　突然お邪魔したりして……」

遠慮がちに尋ねると、東条さんはあっさりと否定した。

「むしろ私が気になって眠れません。麗さんは目を離してはダメな人だと、今日改めて実感させられました」

おおう、ここでも危なっかしい人扱いか！　さすがに耳が痛い。

「私はもう、あなたを手放すつもりはありませんから」

え？

先ほど我慢や遠慮という言葉を聞いた時にも一瞬疑問符が浮かんだが、今回の〝手放さない〟発言に、改めてドキッとした。

私が落ち着かないのに対して、東条さんは穏やかな表情を浮かべるだけだった。


途中でコンビニに寄って必要なものを揃えたいと頼んだけど、「全て間に合ってます」と意味不明な返事をされた。

いきなりお泊まりだなんて言われても、クレンジングや化粧水、歯ブラシや新しい下着、はたまた着替えなんて、パーティー仕様の今の私が持っているはずがない。

ホテルのクロークに預けてある上着やバッグは、後日受け取りに行くことになっている。今手元にあるパーティーバッグに入っているのは、必要最低限のものだけ。

だから「間に合ってる」と言われても……なのだが。

でもまあ、前にも一度泊まったことあるし、一泊だけなら平気……か？

男性の家に、しかも好きだと自覚した相手の家に泊まるなんて、緊張しないわけがない。しかし、既にお泊まり経験済みってところが、ある意味恐ろしい。自覚前にお泊まりって、私どんだけ大胆だったの！

けど、東条さんは厚意で私を泊めてくれると言っているのだし。それにきっと、以前お借りした客間を使わせてくれるのだろう。だから、大丈夫かな？

そうやって、図々しく甘えてしまう自分がずるいな、なんて思う。でも、いろいろあった今夜、少しでも長く好きな人の傍にいられるなら、そうしたい。自分自身、図太いという自覚はあるけど、今は東条さんの優しさに甘えたいと思った。

すっかり見慣れた東条さんのマンションに到着する。

既に二度目――いや、記憶にない事故も含めると三度目か――の東条さんのご自宅は、やはりため息が出るほど豪華で広い。

ものが少ないのに、決して無機質ではない、ちゃんと生活感のある温かい空間。

収納スペースがたくさんあるからといって、この雰囲気は出ないと思う。どうやったらこんなにすっきりして、でも殺風景じゃないお部屋が完成するんだろう。

促されるままに、お風呂をお借りする羽目になる。若干戸惑いつつも、やっぱりここでもお言葉に甘えることにした。汗と埃《ほこり》を洗い流した後、ジャグジー付きのバスタブに沈んでゆっくりと疲れを癒《いや》す。

好きな人の家でお風呂に入っているこの状況……。冷静に考えたら、かなりすごいことしていないか、自分。

「って、深く考えちゃダメだよ！　東条さんを直視できなくなるから!!」

自分の気持ちを改めて認識したら、東条さんと目を合わせられるか自信がない。

この顔の火照《ほて》り。お風呂に浸かって血行がよくなったからっていう理由で通じるかな……なんてことを考えながら、私は浴室を出た。

バスルームから出た私は、東条さんから事前に渡されていた着替え一式を纏《まと》う。新品の下着と、パイル地のような、パジャマというか室内着。

薄いピンクの水玉柄で、上はチュニック丈。胸元にはリボンのアクセントがついている。下のズボンは裾《すそ》がきゅっと絞られていて、ここではアクセントにフリルが。

めちゃくちゃ私好みで可愛いけど……。何故、東条さんがこんなものを持っているんだろう。もしかして、朝姫さんの忘れ物、とか？

「うん、朝姫さんのを貸してくれたんだよね、多分」

サイズが自分にピッタリとかそういうことは、あんまり深く考えないようにしよう。

髪をタオルで拭いながら、ヘアドライヤーをセットして、この後のことを考える。

ど、どうしよう、これから……

勢いで来ちゃってお風呂までお借りして。つい数時間前までは、「告白する！」なんて意気込んでたけど。こうして非日常から現実に戻ったら、冷静になったせいか、何も今告白しなくてもいいんじゃないか、なんてためらいが生まれてくる。

もし私が気持ちを伝えることで、東条さんとの、この関係が壊れちゃったら……

これがずるい考えだってことはわかってる。だけど、今の状態はとっても居心地がよくて。それが崩れることを考えると、どうしても慎重になってしまう。

ダメだな、私。あんなに会いたくって、会ったら気持ちを告げるって決めていたはずなのに、いざとなると怖気《おじけ》づくなんて。K君に知られたらきっと呆れられる。あの時の潔《いさぎよ》さや度胸はどこにいったんだ？　と鼻で笑われそうだ。

それに、さっきも思ったけど……東条さんの気持ちがわからない。私を一体どういうふうに見てくれているのか。

勢いよく髪を乾かしながら、考え込んでしまう。

やっぱり、妹のように見られているのかな……？

いくら考えても答えの出ないモヤモヤを抱えたまま、私はドライヤーのスイッチを切った。

東条さんの気持ちをしっかり聞いてみたい。だけど、それはもう少し時期を見てからに……

居心地のいい距離感のまま、しばらく好きな人の傍にいさせて欲しい。

私はそんなことを願った。


お風呂から出ると、ソファに腰掛けている東条さんと目が合った。

彼も着替えを済ませたらしい。部屋着なのだろうか。ゆったりとした白いカットソーに黒いジーンズを纏《まと》っている。

カジュアルでラフな服装なのに、どうしようもないほど眩《まぶ》しく見えてしまう。

加速し続けるこの感情はなかなか重症だ。

東条さんはソファから立ち上がって、何か飲まないかと尋ねてきた。

「じゃあ、お水を頂いてもいいですか？」

「ええ、もちろんです」

冷蔵庫の中から冷えたミネラルウォーターのボトルを取り出し、しかもちゃんと蓋《ふた》を開けてから渡してくれた。

蓋にまで気が回るなんて、東条さんの紳士っぷりはここでも健在か。

ゆっくりとお水を飲んで一息つく。ほっとしたところで、ふと気づいた。

ものすっごくいまさらだけど……私、今スッピンなんですが！

あんまり顔を見られるのは困る！

そそくさと踵《きびす》を返して距離を置こうとしたら、東条さんに手を取られた。飲んでいた水のボトルを取り上げられ、キッチンのカウンターに置かれる。そして、緩《ゆる》く抱きしめられた。

微《かす》かに鼻腔《びこう》をくすぐるシャンプーの香りから、東条さんもシャワーを浴びたことがわかった。バスルーム、他にもあるんだ。まあ、そりゃそうか。だってこの広さだし。——って、そうじゃなくて！

突然の抱擁《ほうよう》に動揺するなと言う方が無茶。身じろぎ一つできずに、硬直してしまう。パジャマ姿で密着している上、しかもお風呂上がりなのも相まって、体温がじわっと上がる。自分の顔がひどく熱いことがわかる。

私の動揺に気づいているのかいないのか。東条さんはそのままの体勢で、声を掛けてきた。

「麗さん。怖い思いをさせてすみません」

「え？」

何で東条さんが謝るの？

胸にうずめていた顔を反射的に上げると、苦い表情を浮かべる東条さんが、私の頭を抱きしめて再びその広い胸の中に囲い込んだ。

「傍にいられなかったことで、あなたに無茶をさせました。怖い思いもたくさんさせてしまいました。ひとりでテロリストに立ち向かうなんて真似、普通の人にはできません。しかも麗さんは女性で、こんなに小さくてか弱く、守られるべき立場であるはずなのに」

苦さを含んだ掠《かす》れ声が、私の鼓膜を震わせる。

その声色から、本当に彼を心配させてしまったのだと実感した。

胸がぎゅっと絞られたように、ひどく苦しい。たとえ最後の「小さくてか弱く、守られるべき立場であるはず」って言葉が自分に当てはまるかどうか、疑問に思っても。「私は何もできませんでした。これほど自分の無力さを嘆いたことはありません」

——違う。

抱きしめられている頭を動かして、私は東条さんの顔を見上げた。

「違います。東条さんは私を助けてくれましたよ？　電話で話せただけで勇気がもらえて、頑張ろうっていう力をくれたんです。そしてちゃんと迎えに来てくれたじゃないですか。何もできない人なんかじゃないです」

ちょっと、いや、かなりタイミングが悪い登場ではあったけど……

あの件について触れてこないなら、こちらもその話を振るのはよそう。訊かれても困るし。

「麗さんが芯の強い女性なのはわかっています。でも、ここには私しかいません。ですから、いつまでも気を張り詰めていなくてもいいんですよ？」

頭をゆっくりと撫でる東条さんの手が、優しくて、気持ちよくて、暖かくて。

弱音を吐いてもいい。甘えてもいい。そう言われた気がして——

ピンと張った糸が緩《ゆる》んだ。私の目の奥が熱くなる。

ポロリと零れた涙が一筋、頬を伝った。

◆　◆　◆

腕の中で俯《うつむ》いて静かに泣き始めた麗を、白夜は沈痛な面持ちで抱きしめた。

自分の肩に届くくらいの背丈の麗の身体は、抱きしめると女性特有の丸みが感じられる。と同時に、肩の細さに驚いた。

ぎゅっと力を込めたら折れてしまうんじゃないかと不安になるほど、男の自分とは身体のつくりが違うのだ。

柔らかく華奢《きゃしゃ》で、大の男に立ち向かう屈強さとは無縁の女性。

なのに、そんな麗のいざという時の度胸のよさを、今日は改めて見せ付けられた。

怖いとただ泣いて、守られる存在ではいてくれない。

震えて何もできない役立たずには育てていない、と鷹臣が言い放った言葉が蘇《よみがえ》った。

それでも、白夜にはわかる。度胸や根性や勇気があっても、麗はやはり、守られる側の女性なのだ。

おそらく、彼女は恐怖を感じる暇がなかったのだろう。

ピンと張り詰めた糸が切れたら動けなくなると、本能的に悟っていたのかもしれない。

あの場で交渉材料を持っていたのは、確かに麗だった。思いがけず、奴らの思惑を知り、情報を手に入れた。それを効果的に使うにはどうしたらいいかと、散々悩んだことだろう。人質《ひとじち》をひとりでも多く解放するために。誰も怪我《けが》をせず無事でいるために。

この小さな背中に、どれだけの人が救われたことか。この小さな背に庇《かば》われて先に脱出した人々は、どんな思いで非常階段を下りて、自分たちに助けを求めたことか。

麗は、生き物が本能的に警戒する炎を使って、敵に立ち向かったという。

解放された人質たちが興奮気味に語っていたのを、白夜は小耳に挟んだ。

本音を言えば、この目でその姿を見たかった。

彼女を危険にさらすわけにはいかないと考えている自分がいる。しかし、瞳に強烈な意思を秘めて前を向いている彼女の姿を、この目に焼き付けたかったと思っている自分もいる。

赤いドレスの裾《すそ》が焦《こ》げるのも構わず、凛《りん》とした態度で炎を掲げている彼女の姿を想像する。

扉を開けた瞬間に視界に飛び込んできたのは、突進してきた男に踵落《かかとお》としを食らわす麗の勇《いさ》ましい姿。

その決定的瞬間に、その場にいた刑事を含めた全員の視線が、彼女に釘付けになった。

スリットから覗いた扇情的な足で床に転がる男を踏みつけていた彼女は、決してか弱いとは言えなかった。

ボロボロのドレスを纏《まと》って髪を乱した彼女は、目を奪われるほどきれいで……

正直言って、惚れ直した。

しかし、言葉を失ったままその場に立ち尽くしていた時に、妙なリクエストに答えた麗の台詞《せりふ》で我に返ったのだ。

普段の彼女からは絶対に出てこないはずの代物《しろもの》。結果、目も耳も、自分の何もかもが彼女に奪われた。

そして、自分に気づいた彼女が、狼狽《ろうばい》する姿がひどく愛しかった。抱きしめたい衝動のまま、彼女を引き寄せて腕の中に閉じ込めることができた時、ようやく心の底から安堵したのだ。

泣き言も弱音も吐かない彼女を、どうやって慰めたらいいのだろうか。

初めから、ひとりきりの自宅に帰らせるつもりなどなかった。

もしひとりで麗を帰したら。きっと彼女は気持ちが落ち着いた頃に、ひとりきりで涙を流すはずだ。

嗚咽《おえつ》をこらえて身体を震わせ、あの時味わった恐怖を思い出して……

彼女が静寂の中でひとり孤独に泣いているなど、耐えられない。

麗は、周りに人がいたら自分の弱さを見せない。しかし、あの時彼女を抱きしめた瞬間。彼女は自分を抱きしめ返した。それがほんの少しでも自分を求めているからであったのなら、弱さを見せてくれるのではないか。

彼女を存分に甘やかしたい。怖かったと泣いている彼女を慰めたい。

ひとりで恐怖を味わうようなことなど、二度とさせない。

もう大丈夫だと伝えて、彼女を安心させて、抱きしめる。

たっぷり泣いてしまえばいい。自分はそのために、彼女の傍にいるのだから……

◆　◆　◆

私の目から一度あふれ始めた涙は、一向に止まる気配を見せなかった。水分が枯渇するんじゃないかと自分でも心配になるほど、次から次へと大粒の涙が零れ落ちていく。

何が何だかわからない。

ただ、本当は怖かった。でもそれをずっと我慢していた――

私は今、そのことに初めて気づいたのだ。そして、気が緩《ゆる》んでしまった。

会場ではとにかく必死で、泣いてなんかいられなかった。そんな暇があるんなら、全員が助かる方法を考えることが大切だったから。

あの時は、何か、変なアドレナリンが出ていたのかもしれない。とにかく何とかしようと無茶をしまくってたし。

そして警察が来た後も、ずっと緊張感が続いていた。

けれど今は、お風呂に入ったからか、東条さんに抱きしめられているからか。それはよくわからないけれど、ようやく心が落ち着いて、現実世界に戻ってこられたと実感できたのだ。

優しく触れてくる東条さんの暖かい手や、抱きしめてくれる腕が嬉しくて、切なくて。

東条さんの言葉に、嗚咽《おえつ》を隠すこともせずに、子供のように泣きじゃくった。

何も考えずに東条さんの胸に顔を押し当てる。

適度に鍛《きた》えられた硬い胸板から伝わってくる心音が、心地いい。

私は肩を震わせながら、ただ甘やかしてくれる手に身を任せた。

労《いた》わるような手つきで頭を撫でられ、髪を梳《す》かれる。

時折「大丈夫です」「もう離れません」と落ちてくる声が、さらに涙を誘った。

怖くて泣いているのか、その言葉が嬉しくて泣いているのか、もうわからない。

ああ、涙と鼻水でまた東条さんの洋服を汚しちゃったな、と頭の片隅でぼんやりと考える。こんなに泣いたら、きっと明日は瞼《まぶた》が腫《は》れるだろう。

そんな顔を見られるのは嫌だな、なんて、どこか冷静な乙女心が呟《つぶや》いた。

でも、そういうことは今はもういいや。たっぷり泣いてすっきりして、寝る前にちゃんと瞼を冷やせばいい。

東条さんはずっと私を抱きしめて、頭や背中を撫でてくれている。

本当にここまで優しくしてくれる東条さんは、どういうつもりなのだろう。

既に時刻は深夜の一時近い。こんな遅くまで私に付き合って、ひとりの家に帰らせたくないからっていう理由だけで自分の家に泊めてくれるなんて。

その特別扱いとも呼べる優しさに、嬉しい気持ちが半分、複雑な気持ちが半分。

東条さんは、私のことをどう思っているの？


ようやく涙がおさまってきた。今までのストレスや恐怖が全て洗い流されたような心地よい疲労感が、全身に染み渡っていく。

そして呼吸が整い始めた頃、今度は猛烈な恥ずかしさがわき上がってきた。

ああ、今のこんなぶさいくな顔で東条さんと目を合わせられない……！

「落ち着きましたか？」

東条さんの癒《いや》し声が、頭の上から落ちてきた。

小さく鼻を啜《すす》りながら、こくりとうなずく。今はきっと、喉がガラガラだ。

「でも、もうしばらくこうしていましょう」

東条さんにそう言われ、そのまま更に抱きしめられて。嬉しさと恥ずかしさで胸がいっぱいになってしまう。

顔を上げて東条さんの本心を探りたい。でも、泣きすぎたぶさいくな顔を見られたくない！

困惑と羞恥《しゅうち》から、私は小さく身じろぎした。すると、緩《ゆる》く抱きしめていただけの拘束力が強まった。まるで私を逃がさないと言うように。

それでさらに混乱して、ぼんやりと考えていた疑問が私の口からぽろりと零れてしまった。

「あ、あの……！　東条さんは、何でそんなに私によくしてくれるんですか？」

言ってしまった！

心拍数が一気に上がる。

それは、今まで一番訊きたかったこと。でも、怖くて訊けなかったこと。

焦った私は東条さんの答えを聞く前に、さらに続けて質問を投げてしまう。

「こんなふうに優しくされると、私のことが好きなんじゃないかって勘違いしてしまいますよ……？」

最後の方は聞き取れるかわからないくらいの、小さな掠《かす》れた声になった。

もう耳まで赤くなってる。こんなことを衝動的に口にしちゃうなんて、大丈夫か、自分！

ちょっと後悔しそうになる。ううん、もう後悔している。

東条さんの沈黙が怖い！

ふっと小さく微笑んだ気配が、頭上から降ってきた。

片腕は私を抱きしめたまま、私の後頭部を撫でていた反対側の手が、するりと私の頬に移動した。

その大きくて少し冷たい手が、火照《ほて》った頬に心地よい。

相変わらず顔を上げられない私の頬を、東条さんは優しく撫でる。

「そうですね……好きとは違いますね」

きっぱりとそう言われて、ぴくりと肩が反応した。

じわり、と止まりかけていた涙で再び視界がぼやけていく。項垂《うなだ》れたまま、顔を上げられない。

ああ、やっぱり。私のことは、別に好きじゃないんだ……

自覚したその日――日付は変わっているけど――に振られるなんて、なんとも切ない。

傷は浅い方がいい、なんてよく言うけど、浅くたってそう簡単には立ち直れないよ。

でも、傷が浅いのなら回復も早いはずって、思うしかない。

それに一度振られたくらいで諦めるなんて、無理。そんな軽い気持ちじゃない。

そうだよ。焦らず、今はゆっくりと自分の気持ちを伝えて、これから女性として意識してもらえるように頑張ればいいじゃないか。まだ時間はあるんだから、少しずつ東条さんに私の気持ちを知ってもらおう。

そして、いつか振り向いてくれたら嬉しい。

失恋のショックは大きい。でも、もし希望があるなら、前を向いて進もう。

そう思った私だったけど……

「とても好きなんて言葉では言い表せません」

「………え？」

驚いてゆっくりと顔を上げる。

目の前には、まっすぐに私を見下ろしている東条さん。

東条さんの黒曜石《こくようせき》のような瞳は、吸い込まれそうなほどきれいだ。後ろの見事な夜景が霞《かす》んでしまう。

もしかして見えない引力でもあるんじゃ？　と思わせるくらい、東条さんの瞳から目を離せない。

黒い髪も睫毛《まつげ》も、すっと筋が通った鼻も、すっきりした二重の目も。東条さんを形成する全てに惹きつけられて、吸い込まれそうになる。

でも今は、いつもの微笑の中に、ドキッとするような色気が滲《にじ》んでいることに気づいた。

ふと瞳を和《なご》ませて目を細めた東条さんは、私を覗き込んで静かに口を開いた。

「私は麗さんを愛しています」

「……っ」

目を見開いて息を呑む私に顔を寄せると、零れ落ちそうになった最後の雫《しずく》をすくい取るように、東条さんは私の目元に唇を寄せた。


〈与えられた選択〉


「今、何て……？」

失恋したと思って落胆した直後。まさかの、東条さんからの愛の告白。信じられなくて、私は思わず聞き返した。

幻聴じゃなかったら、今「愛している」って言われた……？

ドクリと一際大きく心臓が高鳴った。東条さんの声を、頭の中でリプレイさせる。

自分の気持ちを自覚したのっていつ？　片想い期間が僅《わず》か数時間で、まさかの両想い⁉

いやいや、そんなバカな！　と、内心でツッコミをいれる。

いくらなんでも都合がよすぎる。

だから、もう一度東条さんから確証をもらわないと。ぬか喜びはダメージが大きい。

けれど私を見つめる彼の瞳には、冗談の色はない。

真摯《しんし》な眼差しで、私をじっと見つめている。

口元は緩《ゆる》く弧を描いているのに、醸《かも》し出す空気は真剣そのもの。見つめ返す私は、瞬《まばた》きひとつできない。このまま東条さんの瞳に吸い込まれてしまうかも……

ふと、さっき私の目元にキスを落とした東条さんの唇に視線を向けた。

血色がよく形のいい唇が薄く開いて、小さく息が漏れている。大人の男性の色気があふれてるようで、私には刺激が強すぎます！　思わず赤面してしまう。

上半身はお互いの顔が見えるように隙間があいているけれど、腰をしっかりと抱き寄せられているこの状況。

密着している箇所が何だか熱い。

東条さんは、抱きしめている腕に、少し力を込めた。

「お望みなら何度でも、ちゃんと伝わるまで言います。あなたを愛していると」

「あ、愛……？」

「はい。麗さんが可愛くて愛しくて、好きだなんて気持ちじゃ足りないほど、あなたを愛しています」

東条さんの親指が優しく私の目元をこする。まだ涙の痕《あと》が残っていたんだろうか。

ゆっくりと頬を撫でられて、さらに温もりを与えるように、そっと掌《てのひら》で包まれて。

その繊細な指の感触が気持ちよくて、思わず身を委《ゆだ》ねた。そしてようやく彼の言葉が脳に届く。

聞き間違いじゃなかった？

嘘、そんな……でも、何度でもちゃんと伝わるまで、って。それに麗さんを、って言った。私の名前をちゃんと呼んで、私を愛しているって。

信じられない……

「それは、ひとりの女性として……？」

妹や知人、そういうのじゃなくて。女性として、愛してくれているの？

東条さんは目元を和らげて、慈愛に満ちた笑顔で微笑んだ。

「もちろんです。初めて会った時から、ずっと、あなただけを、女性として愛しています」

……嘘じゃない。

誠実な言葉と態度に、一気に耳まで赤くなる。

どうしよう……嬉しい！

同時に、今度は嬉し涙がじわりとあふれてきた。今夜は本当に涙腺が緩《ゆる》みっぱなしだ。

言葉に表せない喜びがわきあがって来る。すっごく嬉しくて、急速に身体と心の温度が上がっていく。まるで体内を何かが駆け巡っているようだ。

嬉しいのに気恥ずかしくて。でも目を逸らせなくて。

真っ赤な顔のままで何とか返事を返そうとしたけど、どうしても言葉にならない。

でも、見つめたままじゃ気持ちを伝えられない！　驚きが先に立って、声が出ないのがもどかしい。

私は、再び東条さんの身体に抱き着いた。胸元に顔を埋め、腕を広い背中に回し、キュッと抱きしめる。

もう言葉を探してなんかいられない。少しでも早く私の気持ちを伝えたい。私も好きです、と。

突然抱き着いてきた私を引っぺがすこともしないで抱きしめてくれる東条さんに、声の震えを抑えながら、私も素直な気持ちを伝える。

「好き……私も、東条さんが好きです。ずっと、一番に会いたかった……」

この〝好き〟っていう言葉。一言を伝えることが、これほど勇気のいることだなんて知らなかった。

これって、本当に好きな人には簡単に言えない言葉なのかもしれない。今まで私が誰にでも軽く「好き」と言えたのは、恋愛じゃなくて親愛だったからなんだと、今ならわかる。

響や鷹臣君に言う「大好き」に深い意味はないから、軽く言えるけど、東条さんに言う「好き」には、ずっしりとした重さがある。

東条さんに告げたこの「好き」は、今まで思っていた「好き」とは、根本的に違うのだ。友達としての好き、家族としての好き、そして異性としての好き。それぞれがここまで違うものだと、初めて気が付いた。

あまりに嬉しすぎて、全てが夢なんじゃないかと思えてくる。今抱きしめられているのも、今夜起こった事件も、全てが非現実で、実は私は夢の中にいるんじゃないかと。

――嫌だな。夢だったらどうしよう！

これが現実だという確信がほしくて、東条さんを抱きしめる腕にもっと力を込めてしまう。

「私、鈍くて……初恋すらまだだったから、こんな単純で簡単な答えを見つけるのに、すっごく時間がかかってしまって」

他の人に抱き着いても大丈夫なのに、東条さんだけは違った。

近くにいると身体がドキドキして、どこかおかしくて、不整脈に悩まされて。

目が合っただけで心臓が跳ねて、声が聞こえるだけで嬉しくて。

そんなのは全て、私が東条さんに恋をしているからなのに、それすら他人に指摘されないと気づかないとか。一体自分はどんだけ鈍いのだ。

傍から見たら、さぞや呆れ顔のため息ものだろう。

もしくはニヤニヤ笑われるくらい、滑稽《こっけい》だったかもしれない。

「今日、やっと気がついたんです。ずっと東条さんの顔をまともに見られなかったのも、東条さんが近くにいるだけで胸がいっぱいで鼓動が速くなるのも、咄嗟《とっさ》に会いたいと浮かんだ顔が東条さんだったのも、全部。あなたが、私の大切な人だからだって」

ずるい私は俯《うつむ》いたまま。彼の胸に顔を押し付けて、小さな声でぽつぽつと想いを告げる。正直に、感じたままを。あのホテルの会場で、ずっと言いたかったことを。

「会いたかった、会いたかったんです。二度と会えなくなるなんて嫌だった。気持ちを伝える前にあんな事件に巻き込まれて、何もできないまま会えなくなるのは嫌だったの。だから、少しでも早く解決させたくて、危険を承知で突っ走って……心配かけて、ごめんな、さ……」

最後の言葉を言い終える前に、頭をぎゅっと抱きしめられた。

黙って聞いていた東条さんが、深いため息をついた。

「私に会いたいと、思ってくれていたのですか？」

こくりとうなずく。

「私に会いたくて頑張ってくれたと？」

再びこくりとうなずいた。

勇気をくれたのは東条さん。

彼への気持ちに気づくことができたから、私の中に、怯《おび》えも恐怖も上回るパワーが生まれたのだ。だからこそ、ピンチに立ち向かえた。

ほんとK君が言ったとおりかもしれない。恋する女の子には妙なパワーがあるって。あの時は妙なんて失礼だなと思ったけど、その表現は正しかった。恋する乙女のパワーは無敵だ。そんな乙女パワーにひたる私の耳元に、東条さんの艶《つや》めいた吐息が届いた。

「嬉しくて死にそうです……」

私の耳元で囁《ささや》かれた台詞《せりふ》――

それはもう、物凄い破壊力だった。好きな人の掠《かす》れた声に、色気の混じった息。乙女心全開の私には、威力が強すぎる！　思わず腰が砕けそうになったよ。まあ、抱きしめられているお陰で大丈夫だったけど。

東条さんの腕の中から、彼を見上げる。

蕩《とろ》けるような笑顔で見下ろされて、どうしていいのかわからない気恥ずかしさに襲われた。慌てて顔を伏せる。

嬉しいのに、恥ずかしい。

好きな人とくっついていたいのと同時に、逃げ出したい。

恋心って、なんて矛盾《むじゅん》していて、厄介《やっかい》なんだろう。

もぞり、と腕を動かして身じろぎをすると、私を抱きしめていた東条さんの手が後頭部に移動した。また、髪を梳《す》かれるように撫でられる。恥ずかしさを押し殺して再び上目遣いで見上げると、東条さんが少し屈んで、端整な顔を近づけてきた。

「キス、してもいいですか？」

って、わわわ、私に許可を求めるんですか……!?

焦って狼狽《うろた》えて、挙動不審になる。

でも、わかっている。東条さんが私にそれをわざわざ訊いてくる理由は――

以前、隼人君にファーストキスを奪われた時に、私が落ち込んで泣いたから。それを気にしているのだろう。

気持ちが通じて両想いになっても、東条さんはそうやって私を気遣ってくれる。その優しさが、叫びだしたくなるくらい甘くて嬉しい。でも、同時に恥ずかしさも増していく。

たっぷり十秒ほど視線を彷徨《さまよ》わせて、ようやく小さくうなずく。声に出して「はい」と言える勇気がないのだ……察してください。うなずくのが今の私の精一杯なんです。

ふっ、と微笑んだ気配を感じた直後。後頭部にまわされた手で優しく上を向くように促され、腰をぐっと抱き寄せられる。

ゆっくりと東条さんの顔が近づく。そして、唇にそっと触れるような感触が伝わった。

深い繋がりを求めない、羽のように触れる優しいキス。

次第にそれはしっかりと唇の感触が伝わるキスに変わり、そして最後にチュッとリップ音が奏《かな》でられて、唇が離れた。その音に反応して、顔がまた火照《ほて》る。

温もりが離れてしまって少し寂しい……

って、待て待て待て自分！

今はこれで精一杯でしょ！　これ以上求めちゃいかんよ、マジで!!

東条さんが培《つちか》ってきた技術にうかつに身を任せて、いきなり初心者以上のレベルを要求されたら。はっきりいってキャパオーバー。その場で気絶しちゃう自信がある。

この場で気絶は何だか非常によろしくない——と、私の勘が訴えていた。

というか、キスで気絶って……。それはさすがに恥ずかしいし、どうか勘弁願いたい。

そんなことを思っていたら、東条さんに、離れた唇を親指でつつ、となぞられた。その感触に、肌が粟立《あわだ》つ。

何ですか、そのエロい手つきは！

私の反応見て楽しんでませんかね、東条さん!!

「これで、麗さんの初めての相手は、私ですね」

ああ、そっか——

ゆっくりと紡《つむ》がれたその台詞《せりふ》が、心に沁みた。

気持ちが通じた相手との初めてのキスが、ファーストキスだって言ってたっけ。

だから、私のファーストキスの相手は隼人君じゃなくて、東条さんってことになるのか。

何だかこそばゆくて、思わず頬が緩《ゆる》む。

その笑顔のままに東条さんを見上げると、彼はうっとりとした眼差しで私を眺めていた。

ああ、かっこいいけど！　そのダダ漏れの色気は本当に危険だ！　もう少しフェロモン調整をなさってください！

でも、そんな私の焦りやドキドキなどまったく気にしない様子で、東条さんは自然に私の名前を呼び、問いかけてくる。

「それでは麗さん。選んでください」

「はい？」

いきなり脈絡がなく、おまけに目的が見えない質問を投げかけられた。

一体何を選べと？

「今から麗さんに選択肢を提示します」

先ほどまでの慈《いつく》しむような眼差しが、今は笑みを含んだものに変わっている。

何故だろう。頭のどこかで、私の本能が黄色信号を発する。ずっと見ていたいくらいの完璧な微笑みを浮かべた優しい視線を向けられて、とっても嬉しいはずなのに。「油断するな」と本能が囁《ささや》いている感じがするのは何故だ。

僅《わず》かに身を硬くした私は、東条さんの選択肢とやらを、とりあえず待ってみた。

「このまま私と一緒にここで暮らすか——」

東条さんはここで一度言葉を切り、少し離れた場所にあるサイドテーブルに視線を移動させた。

私もつられて、そのテーブルに視線を向ける。

「あそこに置かれている紙にサインして頂くか」

「……紙？」

私はゆっくりと東条さんから離れて、視線の先の白い紙に近づいた。

伏せられていた紙を手に取って——硬直した。

それは、私の人生で今までまったく縁がなかった代物《しろもの》で。

テレビのドラマや映画でしか見たことがないその紙は、私の幻覚や勘違いではないとすれば、どう見ても——


婚姻届にしか見えませんでした……

第二章　桃色両想い

〈苦し紛《まぎ》れの本音〉


何だこれは……

サイドテーブルに置かれている婚姻届を手に取って、本物かどうか凝視する。

ドラマとかだと、離婚届を見る方が多かった気がする。婚姻届は色が違うのか……なんて、動揺して、どうでもいいことを冷静に考えてしまった。

が、そんなことはまさにどうでもいい。今の問題は、夫となる人物の欄《らん》が既に埋まっているることだ。そこに書かれているのは、もちろん東条さん、その人の名前。

私が東条さんを好きだと自覚する前にこの婚姻届を見ていたら、『オークションですごい価格で落札されそう……』なんて呑気な感想を抱いたかもしれない。

それほど、東条さんと結婚したいと思う女性は多いはず。

でも、さっき突きつけられた二択は、確か、私が彼と一緒に住むか、これにサインをするか……

って、ちょっと本気ですか!?　東条さん！

その場で固まって、暫《しば》しの間、呆然《ぼうぜん》自失。

さっきまでの甘い空気はどこ行った？　狼狽《うろた》えまくっているこの状況って何？

私にこれにサインしろってことは、つまり――

「ととと東条さん……！　ほ、本気ですか!?」

「ええ、もちろんです」

あっさりうなずかれて、あんぐりと口が開く。

マジですか？　って、くそう、大人の余裕の微笑みがこんなに似合う人、私は他に知らないよ。

それに私だけが振り回されている気がして、何だか悔しい。でもとりあえず、今はあえてその悔しさに気づかないフリをする。

婚姻届を出す＝結婚する、ってことがわからないほど、私は鈍くもないし、バカでもない。

今の流れからどうしてこうなるのか。そもそも何故婚姻届を持っているのか。そして何故既に東条さんの名前が書かれているのか。訊きたいことがたくさんありすぎて、一体どれから訊いたらいいの！

「婚姻届ですよ、これ！　つまり、私がサインしちゃったら、東条さんと……」

「結婚することになりますね」

私に最後まで言わせることなく、東条さんは私に、爽《さわ》やかな笑顔を見せた。

それって、つまり、プロポーズなのか。

ってか、ようやく気持ちが通じ合った直後、付き合う期間をすっ飛ばしていきなり結婚!?

おかしい、どう考えてもそれはおかしい。

一般常識によると、ちゃんと交際期間があってから、プロポーズ↓婚約↓結婚、みたいな感じで進むんじゃなかったっけ!?

その間のドキドキ感やラブラブ感をすっ飛ばして、いきなり最終ステージに行っちゃうとかって、ありえんだろう！

無言でパニックに陥《おちい》っている私を見つめながら、東条さんは穏やかに告げる。

「先ほど言いましたよね？　私はもう麗さんを一生手放すつもりはないと」

「一生!?」

嘘だ、一生とは聞いていないよ！

一生なんて言われたら、いくら鈍い私でも、その時点でもしかして……？　なんて、淡い期待を抱いていたに違いない！

東条さんはその長い足で、立ちつくす私のところまで優雅に近付いてきた。そして片膝をついて私の右手を取り、チュッと手の甲にキスをした。

その姿は生まれながらの王子か騎士か――。あまりにも似合いすぎていて、おさまっていたドキドキが再発した。

私は思わず、後ろにあったソファに座る。

間近で膝をついたままの東条さんと視線を合わせて、現状を何とか整理しようと頭の中で順序立てて考える。

まずは、選択肢の一つ目、東条さんと一緒に暮らす件だ。

今の私は、響と二人暮らしだ。響ならひとり暮らしをさせても、全て完璧にこなすと思う。姉の私より家事ができるし、とても高校生とは思えないほどしっかりしてるし。料理も掃除もしてくれる、文句のつけようがないほどよくできた弟だ。むしろ私の方が、面倒をみてもらっているのかも……

でも、だからといって、高校生のひとり暮らしはやっぱりよくないと思う。せめて十八歳、大学生になってからだろう。

私だって、大学から寮に入って、その後は友達とアパートを借りて住んでいたし。

この件に関しては、響が高校を卒業してから改めて考えた方がいい。

今は二年生に進級したばかりだから、あと二年弱は猶予《ゆうよ》がある。それくらいの期間があれば、いくらなんでも私だって心の準備ができているはずだ。というわけで……

「あの、一緒にここで暮らすのは無理です……。うちには高校生の弟がいますし、まだ十六歳の弟にひとり暮らしをさせるわけにはいきませんから」

「ええ、承知しております」

散々考えて返事を出した私に対し、東条さんはあっさりとうなずいた。ってことは、もしかして、私がそう返答することは、既に織り込み済みだったってこと？　まあ、それならそれで――

と、ほっと一安心したのも束の間。って、ちょっと待って。

二択の内の一つが最初から無理なら、そもそも私に選択肢なんてないんじゃ!?

「ですから、麗さんが選ぶのはこちらになりますね」

東条さんはそう言って、ぴらり、とまだ私が持っていた婚姻届を抜き取った。そして、私の目の前にかざす。

「本当なら常に目の届く場所にいて欲しいのですが、共に暮らせない以上は仕方ありません」

「っ!?　ちょ、ちょっと待ってください！　何でそうなるんですか!?」

話がこれ以上進んでしまう前に、待ったをかける。どうしよう、混乱して会話についていけなくなりそうな予感がする！

一緒に暮らせないなら婚姻届にサインって、どうしたらそんな話になるのか。ちゃんと説明してください、東条さん！

すると、私のその気持ちが伝わったのか、東条さんが軽く嘆息する。

「麗さん、私は今夜身をもって実感しました。私の手がすぐ届く場所にいないと危険だと、危なっかしくて、不安になります。ですから、私が常に傍にいないと不安なのです」

つまり――。私の行動が危なっかしくて不安になるから、傍にいて自分が目を光らせておく、と。そういうこと？

うわ、私どんだけ迷惑をかけているんだ！

今夜みたいな無茶はこれからは二度としないし、する状況に陥《おちい》ることもないと思う。そう主張しようとしたけれど、東条さんの真摯《しんし》な目を見て声が詰まり、何も言えなくなってしまった。

今回の件で、本気で心配させてしまったのだ……。そう、改めて実感する。そして申し訳ない気持ちでいっぱいになって、思わず俯《うつむ》いてしまった。

「ご心配かけてすみません……」

「いいえ、麗さんが無事でしたから構いません。ですが、これからもその危険がないとは言い切れません。特に古紫室長のもとにいる限り」

確かにそうだ。私はこくり、とうなずいた。

私が働いているのは探偵事務所だ。普通に暮らしていても事件に巻き込まれる人はいる。でも厄介事《やっかいごと》を解決するのが、うちの仕事だ。面倒なことに巻き込まれる可能性は上がるだろう。

とはいえ、周りの人より少しだけ危険度が増すくらいだけど、ずっとこのまま何事も起こらないで平穏無事に暮らせるかどうかは、誰にもわからない。

室長である鷹臣君は、私になるべく危険じゃない仕事を選んでくれている。それでも大きな事件に巻き込まれる可能性がないわけじゃない。

「麗さんの仕事が、いつ危険な事件に巻き込まれるかわからない類《たぐい》のものだということは知っています。と同時に、事務所《あそこ》が麗さんの大切な居場所であることも承知しています。ですからそれを奪うつもりはありません。ただ、毎日無事だと安心したいのです。共に暮らすことが叶わないのなら、ずるいようですが書類だけでも記入して、私の傍にいるという確かな繋がりが欲しい。あなたが私のものであるという証《あかし》が」

「それで婚姻届、ですか……？」

「はい」とうなずいた東条さんの真剣さが伝わってきて、愛しさと切なさが込みあげてくる。

そこまで考えてくれていたんだ、私のことを。それならその気持ちに応えて、書類にサインするくらい……

って待った！　流されるな自分‼

やっぱり、それはまだ早いよね⁉

「で、でもですね！　ようやく気持ちが通じたのですから、まずはやっぱりお付き合いしてからじゃないんですか⁉」

つい流されて納得しそうになってしまうのを、なんとか踏みとどまる。

たとえ提出するのはもっと先のことだとしても、婚姻届にサインしたらそれってきっと、婚約を了承したことになるよね⁉　でもその婚約すら、交際期間のない私たちには早すぎると思う！

「問題ありません。結婚してから恋愛を楽しめばいいんですよ」

さらりとそう言い放った東条さん。間違いなく、本気でそう思っているのだろう。

開いた口がしばらく塞がらなかった。

「い、いやいやいや。普通は恋愛してから結婚、ですよね⁉　そりゃ、結婚した後も恋愛気分の夫婦は大勢いると思いますけど！」

「いつまでも新婚気分でラブラブ夫婦も中にはいるだろう。うちの両親がすこぶる仲がいいように。

順序が逆になっても、恋愛を楽しむ過程は変わりませんよ。結婚しているかどうかの違いですから。新婚生活に交際中のカップルが楽しむデートプランなどを組み込めばいいのですし、問題ありません」

「し、新婚生活……!?」

だ、ダメだ！　思わず想像して、妄想が膨らんでしまう！

「麗さん」

キャー！　その色気ダダ漏れな声と表情、やめてほしい!!

何も考えずに、うなずきたくなってしまう。

慌てる私を、東条さんはただじっと見つめてきて――。私は混乱する頭を、必死で稼働させた。

「あ、あああああの！」

視線を彷徨《さまよ》わせながら思考を巡らせても、何もいい案が浮かばない。

鼓動がうるさいほど大きくなって、冷静に考えられない。

東条さんのまっすぐな視線に耐えられなくなり、目を瞑《つむ》る。私は、私は――

「私は、東条さんと、恋人同士になりたいんです!!」

――刹那《せつな》。

立ち上がった彼が腰をかがめ、ぐいっと私の頬を上げた。視線が交差し、先ほどとは違う熱を持った唇が押し当てられる。

「ん、んんー!?」

いきなり塞がれた唇に戸惑って、目を瞠《みは》る。

すると目前に瞼《まぶた》を閉じた東条さんのドアップがあって、思わず私もぎゅっと目を瞑った。

ソファに座っている私を背もたれに縫い付けて東条さんが覆いかぶさってくる。左手は私の頬に、右手は私の左手に絡められている。そしてその手を、背もたれに押し付けるように固定された。

私の左太もものすぐ真横が沈む。東条さんの膝が片方ソファに乗り上げたらしい。

先ほどの触れるような優しいキスとはまるで次元の違う、情熱的なキス。

柔らかくて熱い唇の感触に、背すじが震えた。

身体に熱がこもってきて呼吸が苦しい。息をするタイミングがわからなくて、思わず酸素を求めて口を開いた。

すると僅《わず》かに開いた唇の隙間から、東条さんの舌が侵入してきた。驚きで身を竦めると、私の頬を固定していた東条さんの手が後頭部へ移動する。

お互いの熱を分け合うかのような、深いつながりを求めるキスは、当然のことながら私にとっては初体験だ。

まるで唇が食べられてしまうんじゃないかと錯覚してしまう。くらくらと眩暈《めまい》を起こしそうになったけど、優しく頭を撫でられる感触に少し安心した。

……って、安心できない!!

唇を舐められ、歯列を割られる。舌を絡めて、唾液を分け合う。ディープキスがこんなに激しいものだったとは！

東条さんから時折零れる甘い吐息が淫靡《いんび》な空気を孕《はら》み、官能的だった。

その激しさについていけず、東条さんの舌に翻弄《ほんろう》される。絡み合う舌と聞こえてくる水音が激しく羞恥心《しゅうちしん》を煽《あお》り、思考を鈍らせる甘い痺《しび》れが身体中を駆け巡った。

やばい、これはやばいぞ……

そろそろ本格的に苦しくなってきた。軽く東条さんの胸を叩いてみても、とめてくれる気配がない。

苦しいのに、気持ちいい。全身の神経が口に集中しているんじゃないかってほど、東条さんの動きに敏感に反応してしまう。

身体に力が入らない。何も考えられなくなる——

意識が遠のきかけた頃、東条さんの唇がようやく離れた。

どこかほっとしたような、離れて寂しいような……いや、正直に言おう。もう限界だったから、助かった！

肩で荒く呼吸を繰り返す私と違い、彼には乱れた様子がまるでない。

大人の余裕、いや、経験値の差か。

でも若干目の端が赤く染まっているような、瞳が潤《うる》んでいるような……

東条さんは、身体に力が入らなくてぐったりとしている私の横に座る。そして、私を抱き上げて自分の膝の上に横向きに座らせた。

何だこの羞恥プレイは！　バレる!!　確実に体重がバレる……！　いや、もうバレているだろうけど……

慌てて東条さんの膝の上から降りようとしたけれど、情けないことに、今のキスで腰が抜けてしまったらしい。結局身動きができずに、東条さんのなすがまま。

真っ赤な顔を隠すこともできず、若干恨めしい目つきで彼を睨み上げた。私が初心者だってこと忘れてませんかね？

東条さんの大きな手が私の前髪を横に流し、それから頬を撫でる。うっとりするような眼差しで、彼が私の唇を親指で拭った。そして指に付着した唾液をぺろり、と舐めた。

「～～～っ!!」

声にならない悲鳴をあげる。

何その仕草。エ、エロい！　そして恥ずかしい……！

この体勢も恥ずかしいけど、東条さんの視線や吐息、その全てから色気が滲《にじ》み出てて、直視できないんですがっ！

「麗さんがあまりにも可愛いことを仰《おっしゃ》るから……」

から、の続きは何ですか！　だからこんなキスをしたとでも⁉　この上級者向けのキスを恋愛ビギナーの私に⁉

抗議の声すらあげられず、顔を赤く染めたまま必死で呼吸を整える。ちらりと視界の端に見える、東条さんの濡れた唇がなんとも艶《なまめ》かしくて扇情的だ。

俯《うつむ》いて、冷静になろうと深呼吸を繰り返す。

可愛いことって、私、さっき何言ったんだっけ？

自分が言ったことを既に忘れている私には、何が彼のスイッチを入れたのかさっぱりわからない。多分、無意識に何か叫んだのだろう。

本来の話題が何であったかも吹っ飛ぶくらい、今のキスの破壊力はすごい。正常な思考能力が奪われるキスだ。

顎に指がかかり、俯いていた顔を上げさせられて、東条さんと目線が合った。顔の火《ほ》照《て》りが治まっていないのになんてことを！　と、つい上目遣いで睨み上げると。彼は私を抱き寄せた。

「そんな顔をされると、もっとしたくなりますね。あなたは一体どこまで私の理性を試せば気が済むのでしょうか？」

もっと⁉　理性⁉

今のキスをまたされたら、私間違いなく呼吸困難に陥《おちい》ります！

「む、無理です……！　これ以上されたら間違いなく気絶します！」

力いっぱい気絶宣言する人間も珍しいんじゃないかと思う。でも実際のところ、一瞬、意識が遠のきかけたのだ。気絶だって十分あり得る。

酸素不足になったからか、それとも気持ちよすぎてかは、ちょっとわからないけど……

それにしても、東条さん。あなたの恋愛経験値が一気にわかった気がしますよ。――何だか面白くないんですが。

心底嬉しそうな眼差しで私の髪を梳《す》きながら、東条さんがぎゅっと抱きしめてくる。

そして頭頂部にキスをされた。

もう何からどう反応したらいいのかわからないくらい、私は東条さんの一挙一動に振り回されている。

「仕方ありませんね。今日は疲れたでしょうし……。楽しみは後に取っておきましょうか」

た、楽しみ……？

穏やかに優しく微笑んだ瞳の奥に、獰猛《どうもう》な獣《けもの》が放つような鋭い光が煌《きらめ》いて見えたのは、気のせいだろうか。

甘い、ひたすら甘い笑顔で私を抱きしめてくるのに、何だか二度と出られない檻《おり》の中に捕《と》らえられたみたいな錯覚を覚えた。

「麗さんの気持ちはわかりました。恋人同士になりたいのですよね？」

あ、そうだった！　東条さんが途切れてしまっていた話題に戻してくれたので、私も自分が言ったことをようやく思い出した。

「そ、そうです！　恋人同士になりたいです!!」

まずはそこからスタートでしょう！

世の中にはスピード婚とか電撃婚とかあるけれど、私は彼氏がいたことがないから、いわゆる普通の交際をしてみたい。そういうのに憧れるのだ。

大好きな人とデートする。映画に行ったり、海に行ったり、買い物したり。

彼氏の洋服を選んだりとか、そういうことを想像するだけで胸がキュンとなるよ！

一般人が行くようなデパートで、セレブな東条さんは服を買わないとしても。私に選べるかどうか自信がないとしても。

ようやく身体や顔の火照《ほて》りが落ち着いてきた。上半身を離してまっすぐに彼の目を見つめる。

私はしっかりとうなずいた。ちゃんと意思表示をしないと、丸め込まれてしまう！

「わかりました。それなら、まずは恋人同士のお付き合いから始めましょうか」

「……っ！」

わかってくれてよかった！

一瞬のうちに喜びがわきあがった。

うわ、うわー！　と、東条さんが、私の彼氏！

ま、マジですか!?

ぼふん、と顔が噴火した私を見て、彼はくすりと小さく笑った。

再び東条さんの胸の中に、身体がゆっくりと閉じ込められる。

とびっきりの笑顔で私の額にキスを落とした東条さんが、耳元でゆっくりと囁《ささや》いた。

「それでは、今日からよろしくお願いしますね？　麗」

色気を孕《はら》んだ美声が耳朶《じだ》に吹き込まれて、一瞬全身が硬直する。もう何度目になるかわからない、声にならない悲鳴をあげた。

今、東条さんが名前を、私の名前を、麗って……!?

酸素を求める池の鯉《こい》のように、口をパクパクした私は、小さく「……はい」とうなずくのが精一杯で。

くすりと微笑みかけられたのを最後に、私の意識はぷつりと途切れた。


〈事情聴取〉

本来なら可能な限り惰眠《だみん》を貪《むさぼ》り、お昼近くまで起きない日曜日だけど。この日はそう呑気なことはしていられなかった。

テロ事件の夜が明けて、私の意識を夢の世界から浮上させたのは、携帯の鷹臣君専用着信音だった。

もぞもぞ、とベッドの中で身じろぐ。

ああ、また急な仕事の連絡かなぁ。それとも私、何かやらかしたっけ？

頭がはっきりと動いていないまま、枕元に置いてあるはずの携帯に手を伸ばそうとしたが……

動かない。いや、動けない。

温かい何かに包み込まれているこの感触に、激しいデジャヴを感じる。

明らかにお布団や毛布の温もりとは違う、人特有の体温と、硬さ。寝ぼけまなこを何とかこじ開けると、微《かす》かに聞こえてくる規則正しい寝息が耳に入ってきた。

ぼやけていた視界がはっきりとした瞬間、私は叫びそうになるのを必死で堪《こら》えた。そして脱力。またか！　という呟《つぶや》きと共に。

もう何度、目にしたかわからない東条さんの寝顔。それを至近距離で眺めながら、私は昨夜の記憶を手繰り寄せていた。

……ダメだ。とんでもない選択肢を突きつけられて、あれやこれやで何とか恋人同士になったという嬉し恥ずかしな展開の後が、全く思い出せない！

まさかとは思うけど、やっぱり気絶してしまったのだろうか。あのまま東条さんに抱きしめられた体勢で!?

ゆっくりと、今の状況を把握するべく視線を動かす。

うん、パジャマは昨日のままだから、着替えをさせられたってことはない。心配しなくても大丈夫だろう。東条さんなら、これまでも散々迷惑をかけているし、恋人同士になったのだから着替えくらい……なんて思いそうだけど。私には、まだそんなことを受け入れられる気持ちの余裕はない。

っていうか、いまさらだけど。恋人でも何でもない間柄の時から、何度も抱きしめられて朝を迎えてきたって……。それってかなり異常じゃないか?

私も、何であんなに平然としていられたんだろう。

好きだって自覚する前なら、恥ずかしいの一言で済んだことも、自覚後、それも片想い中だったとしたら、絶対にそんなふうに思えない。羞恥《しゅうち》で、立ち直れなかったと思う!

いや、でもまあ、今は、東条さんは、もう私の、か……彼氏に、なったんだし! こうやっていつでも抱きしめてくれるのかと思うと、違う意味で叫び出したいくらい恥ずかしいんだけど!

連鎖反応的に、昨日のキスを思い出して、朝から顔が熱くなった。

ま、まさかとは思うけど、初心者相手に初っ端から無茶させないよね? 東条さん。

……大丈夫だと、誰か断言して！

頭の中がまだグチャグチャで、全然整理ができていない。でも、東条さんの気持ちは、疑う余地がないほど私に向いている。昨日しっかり思い知らされたそれを思い返すだけで、私は満たされた気分になった。


結局、鷹臣君のメールは、本日予定されていた事情聴取の時間の変更を連絡してきたものだった。

ってか、早朝の七時にメールを送ってくるなんて非常識にも程がある。そもそもあの人は、ちゃんと寝ていたのかどうかも疑わしい。いや、逆にもしかして年を取ると早起きになるっていう……

ダメだ、鷹臣君にそんなことを言ったら間違いなく怒られる。響がちゃんと眠れたかは心配だけど。

それにしても、寝起きの東条さんの色気はどうにかならないもんかなぁ……

あれはいろいろと破壊力が強くて毒だな。なんて今朝見た光景をあれこれ思い出していたら、ドスのきいた声が室内に轟《とどろ》いた。

「考えごととは余裕じゃねーか、麗」

「いたっ！」

自主的に正座をしている私と響に向かって、何故かというか予想通りというか、案の定事情聴取に同席している鷹臣君が満面の笑みを向けてきた。

いきなり手に持っていたペンを人のおでこに投げるとか！　何てヴァイオレンス！

「ひどいよ鷹臣君！　ペン投げることないじゃない！」

「お前が上の空でよそ見してっからだろーが。反省するなら態度で示せ」

うっ、ごもっともです……

相変わらず鷹臣君は容赦がない。

「兄さんの言うこともわかるけど、女の子にものを投げるのは危ないよ。昨日の今日で、麗ちゃんだって疲れているはずだし」

そう優しくフォローしてくれたのは、スーツ姿の隼人君だ。

実の兄の暴挙にも笑顔で対応するその姿は、頼もしいと言ったほうがいいのか、不気味と言ったほうがいいのか。ポーカーフェイスの裏に隠されている彼の真意は、私にはまだ読めそうにない。

そんな隼人君の隣には、桜田さん。どう見ても高校生が身内のスーツを借りてるようにしか見えない彼は、呆れ顔で嘆息していた。

――警視庁のとある一室で、私と響は、ただ今こってりと生気を搾《しぼ》り取られている。

私たち姉弟はここに来て顔を合わせた瞬間、視線のみで語り合って、すぐに賢明な判断を下した。この三人に逆らうのはまずい。とりあえずは極力大人しくしておこう、と。

取り調べ室に入ったと同時に自主的に正座をしたのはいいけれど、そろそろ足が痺《しび》れてきてヤバい。畳じゃなくて床に正座をしているわけで。だから本当に足が痛いんですが！

何故かこの場の進行役が鷹臣君になっていて、本来なら隼人君か桜田さんが持っているはずの主導権は今鷹臣君に委《ゆだ》ねられている。桜田さんは居心地の悪さを感じたのか、咳払いをしてみせた。

「えーと、それじゃ響。お前が阿部《あべ》という男とすり替わったと。で、その後の会場の様子はどうだったんだ？」

私は頭の中の記憶を掘り起こしながら、響と一緒に、昨日の出来事を一から順に説明していった。

持っている情報を全て話し終えるには、結構な時間がかかった。時折、鷹臣君や桜田さんのお説教や小言が挟まれることで話の腰を折られ、それもあって長くかかったのだ。

ようやく最後まで説明し終わった時、私たちはやっと立ち上がることを許された。

もう、足が限界であります、隊長！

そして予想通り——。痺れて動けない。

「情けねーなー、麗。ほら、俺の手を貸してやるから」

ちょっぴり憐れみを含んだ眼差しで私を見下ろした桜田さんが、腰をかがめて手を差し伸べてくれた。

ああ、やっぱり桜田さんは優しい！　美少年の癒《いや》しは、回復を早めてくれるよ！

「あ、ありがとうございま……」

痺れと、昨日からの筋肉痛を堪《こら》えて立ち上がりかけたところで、背後から音もなく近寄って来た鷹臣君が、私のふくらはぎをギュッと握った。

「ギャー!?」

じんじんとした痛みに襲われ、体勢を崩して悲鳴をあげる。

何をするのだ、この虐《いじ》めっ子――!!

涙目で恨みがましく見上げると、鷹臣君は尊大に言い放った。

「まだ説教は終わってねーよ」

事情説明を終えれば帰れると思っていたのは、どうやら甘かったらしい。腕を組んだ鷹臣君と、いつ見ても同じ微笑を浮かべている隼人君は、二人そろって実に容赦なかった。

「反省文を二十枚書かせて、美夜子《みやこ》叔母様に送りつけるっていうのはどうかな？」

「二十じゃ足りねーだろ。お前みてえにしばらく自宅で謹慎処分を喰らわせるのもいいか」

「二人のお父さんがアフリカから飛んで帰って来そうだよね」

にこやかに目の前で繰り広げられる会話に、私と響は青ざめた。

「それだけは勘弁してください――!!」

両親に知られたら殺される!

保護者代わりの鷹臣君と隼人君に、私と響は必死で平謝りを繰り返したのだった。

◆　◆　◆

約二時間に及ぶ事情聴取には、体力だけじゃなくて気力もかなり消耗させられた。

ようやく解放されたのは、午後二時をすぎた頃。響は用事があるというので、このあとは別々に行動することになった。

警視庁を出る前に、隼人君から告げられた言葉が、私の疲労感を余計に増幅させた。

『残念だけど、賭けは僕の負けかな?』

振り向いた私に、隼人君はまるで全てを見透かしているような眼差しを向けている。

『東条さんと付き合い始めたんでしょう? 可愛い従妹が大人の階段を上るのはちょっと寂しいけど。ちゃんと嫌なことは嫌だって言わなきゃダメだからね?』

頭を撫でられながらまだ誰にも教えていないはずの情報を口にされたら、誰だって困惑するだろう。私の表情は強張った。

『麗、あの男と付き合い始めたのか？』と直球で尋ねてくる桜田さんに、隼人君はくすりと微笑む。

その黒さを感じさせる笑顔に、私の頬は完璧に引きつった。

え、私、東条さんのこと、まだ誰にも報告してないよね!?

まさか、千里眼で見てた、なんてことは……

そんな嫌な想像が頭をよぎり、ゾクリと背筋が震える。

い、いやいや、まさか！　いくら隼人君でも、そこまで悪趣味じゃないはず。

そうだよね、隼人君。お願い、何も見てないと言って！

いつの間にか踵《きびす》を返して歩き出していた隼人君を、咄嗟《とっさ》に呼び止めた。

私の声に気づいて振り返った隼人君は、ひらひらと片手を振って、私に極上の笑顔を見せた。結局真相はわからないまま、彼は歩き去っていった。


〈半日デート〉

ようやく事情聴取という名の説教から解放され、ひとりっきりになれた時。タイミングよく、東条さんからメールが届いた。どうやら彼も仕事がひと段落したらしい。

私の状況を聞いた東条さんは、車で迎えに来てくれた。スーツのジャケットを脱いだ姿に、胸がキュンと高鳴る。

ああ、ヤバい！　乙女フィルターは絶賛発動中だ。昨日より、もっとかっこよく見えている。

多分、昨日より今日、今日より明日。日に日に東条さんを見る私の目が、恋する乙女の目になっていくのだろう。甘く微笑みかけてくれるその笑顔に、動悸《どうき》が！　息切れが!!

「お疲れ様でした、麗」

柔らかな声で私の名前を呼んでくれるだけで、疲れが吹っ飛ぶとか。私の身体は、どうやらたった一日で作りかえられてしまったらしい。

促されるまま助手席に座ると、車はすぐに出発した。

「この後の予定は空いているのですよね？　疲れていないのでしたら、ドライブでもどうでしょう」

「え、ドライブ？」

な、何だかそれって、デートっぽい響きじゃありませんか!?

疲弊しまくっていたはずなのに、東条さんのその提案一つで私のテンションは一気に上がった。

行くよ、絶対行くよ！　だってそれって、恋人になって初めてのデートだもの！

「行きます！　是非‼」

くすりと小さく笑った東条さんは、まっすぐ前を見て、信号が青になるのを確認しながら私に尋ねた。

「よかったです。それでは、どこか行きたい場所、ありますか？」

遠慮なくどうぞとさらに促され、改めて思案する。初めてのドライブデート……。ここは慎重に決めたい。

だってほら、やっぱり、どんなことでも、初めてって特別じゃない！　当然、昨日体験した東条さんとの初めてのキスも、特別にカウントされますが。

思い出に残る場所……

デートの定番の映画などはまた後日改めてってことで、近場のドライブで今から行けるところは……

「海とか、どうでしょう？」

「海ですか？」

咄嗟《とっさ》に思いついた行き先は、いつかはドライブデートで行ってみたいと思っていた場所だった。

渋滞に巻き込まれることもなく、車は目的地の海に到着した。

五月の日曜日の海辺は、まだ海水浴には早いせいか、思った以上に人が少ない。人目を気にせず砂浜を歩けるのは、緊張もするけどちょっと嬉しい。

ベタに白いワンピースを着て、追いかけっこがしたい！　なんて痛い妄想はさすがにしないけれど。二人でビーチを歩くなんて。半年前のロス旅行を思い出した。

あの時はまさか東条さんとの関係が、こんなふうに変化するなんて思ってなかった。人生って何が起こるか、本当にわからない。

しっとりと湿った風が頬を撫でる。海独特の潮《しお》の匂いが鼻腔《びこう》をくすぐり、髪が潮風になびいた。

自然と繋がれた手の感触に、頬が火照《ほて》る。少し前を歩く東条さんが、振り返り嬉しそうに笑いかけてきた。

わわ、不意打ちの笑顔は反則……！

照れて顔が赤くなるのを誤魔化《ごまか》したくて、咄嗟《とっさ》に言葉を紡《つむ》ぐ。

「そ、そういえば、東条さんと二人でビーチを歩くの、二回目ですね」

「ええ、そうですね」

柔らかくそううなずいた直後、握りしめられている手の力が、僅《わず》かに強まった。

何だか緊張で手に汗が!!

「と、東条さん。またウサギさんですか？」

つい焦ってしまって、東条さんの寒がりのウサギ疑惑を持ち出してしまう。今は五月で、真冬だった一月とは違うって、わかっているのに。

真っ赤な顔で繋いだ手を意識している私を、東条さんは破顔しながら見下ろしてきた。その笑顔と蕩《とろ》けるような眼差しが素敵すぎて……ダメだ、直視できない！

くすりと頭上で笑みを零した東条さんは、繋いでいる私の手を口元まで持ち上げた。

チュッとリップ音がして、手の甲に口づけが落ちる。

ボフン、と噴火するかのように、顔が夕暮れ色に染まった。

「可愛いですね、あなたは。手を繋ぐなんて初めてじゃないのに」

「……っ!!」

あ、あなたは本当に日本人ですか～!!

「ととと、東条さん！　もう手を放してくださいっ！」

「何故ですか？」

何故って！　そんなの、私の限界が近いからでございます!!

ああ、あの頃は、どうして平気で手を繋いでいられたのだろう。

キスまでしておいていまさらだけど……無理！　この甘い空気は、交際一日目の私には、まだ耐えられない！

「し、心臓がもたないからです……！」

いくら周りに人目がないからって、手の甲にキスとかしないでほしい！

……まあ、東条さんなら、周囲に人がいても、気にしないでやりそうだけど。

そんな私の必死の訴えを聞いて、東条さんは嬉しそうに目元を和らげる。

「そうですか。それなら、もっとドキドキすればいいと思います」

「……はい？」

え、そこは紳士なら、恋人の意見を聞き入れてくれるんじゃないの？

唖然《あぜん》とする私に、東条さんは続ける。

「ようやく私を意識してくれるようになったんです。ここでやめてあげられるわけがないでしょう？　以前のあなたは私がいくらスキンシップをしても、全く意識してくれなかったのですから」

――だからもっと慣れてくださいね？

最後にキラキラスマイルでそう告げられて、私の思考は一時停止。

何だ、それは。

もっと慣れろって、まさか、これ以上のことをこの場でするつもりでは……!?

上級者向けのキスをされた記憶が蘇《よみがえ》ってきて、冷や汗が出てきた。

うわー、何で人気《ひとけ》のない海なんて選んじゃったんだろう、私！　せめて街中だったら、まだ東条さんも無茶言わないだろうに……！　多分。

と、とりあえず、手を放してもらおう！　手汗に気づかれて不快に思われる前に！

「あ、あの！　私、手じゃなくて腕が組みたいです!!」

大好きな人と恋人同士になったら、彼と腕を組んで歩いてみたい。忘れかけていたそんな昔の憧れを思い出して、言ってみた。

「腕、ですか……。ええ、それもいいですね」

あっさりと拘束を解かれて、東条さんが「どうぞ？」と腕を差し出してくれた。おずおずと、私はそこに自分の片腕を絡ませた。

う、うわぁ……！　これはこれで、恥ずかしいかも！

密着度が上がったことで、やっぱり私のドキドキは止まらなくなった。

半ば抱き着くようにゆっくりと歩く私に歩調を合わせ、東条さんは優しい表情を浮かべて私を見つめていた。


とっぷりと日が暮れて、夜の帳《とばり》が降りた頃。東条さんは私を自宅前まで送り届けてくれた。

海へ行き、その後一緒に夕飯も食べた。記念すべき初デートはとても楽しくて、そしてドキドキな時間だった。

家の明かりがついている。響は家にいるのだろう。

「えっと、送ってくださって、ありがとうございました。東条さん」

少し名残惜しいな、なんて思いながらシートベルトを外していたら、東条さんがベルトをいじっていた私の手を握りしめてきた。

「そろそろ、私のことは名前で呼んで頂きましょうか」

「……え？」

名前でって、下の名前で？

「いつまでも〝東条さん〟と呼ぶのは、他人行儀でしょう？　私もあなたのことはもう麗と呼んでいるのですから。麗も私を名前で呼んでください」

「白夜さん、って？」

そう言った途端に、顔がカッと熱くなった。

何これ、恥ずかしいんだけど！

東条さんは変わらない微笑のまま、「いいえ」と首を横に振る。

「さんはいりません。麗だって、男性の友人をさん付けで呼ばないでしょう？」

「……それは、まあ……」

いや、私の友達はほとんど皆外国人だから、さん付けは逆に無理があるでしょう。

「でしたら、私のことも〝白夜〟と。それと、私相手に敬語は必要ありませんよ。古紫室長や響君と接するように、普段通りのあなたでいてください」

「えっ？　い、いやいや、それはあの、えっと〜……」

そんなこと言ったって、いきなり、はいそうですかって、右から左に口調を変えられるものじゃないでしょうよ！

「それなら東条さんも敬語はなしで」って試しに言ってみたら、これはもう癖だから無理だと笑顔であっさり却下されてしまった。そういえば、東条さんは昔から知ってる司《し》馬《ば》さんや海斗《かいと》さん、それに朝姫さんにも、いつも敬語で喋っていたっけ。

おそらく、その口調はもう身に沁みついてしまっているのだろう。

「いきなりはハードルが高いので、徐々にということで。努力はします……」

そう俯《うつむ》き加減で呟《つぶや》いた私に、東条さんは嬉しそうに「はい」とうなずいた。

「そ、それでは、私も帰りますね！　今日はありがとうございました！」

助手席のドアを半分ほど開けたところで、身体の重心が後ろに傾いた。

え？　と呟いて振り向いた私に、東条さんから不意打ちのキスが降ってきた。

「……っ！」

唇に触れた感触に声を失っていると、東条さんは「お休みなさいのキスですよ」と、妖《あや》しい色気満載で私の耳に囁《ささや》いた。

以前は頬だったのに！　これは恋人バージョンですか!!

真っ赤な顔を伏せながら、何とか「お休みなさい」と口にして、自宅へ駆け込む。玄関扉を閉めたと同時に、へたり込んでしまった。

「何だあれは……！　不意打ちのキスとか、反則だよ……!!」

声にならない悲鳴をあげて蹲《うずくま》り悶《もだ》えている私に気づいて、響が玄関先まで出てきた。

そして「大丈夫？」と首をかしげつつ、怪訝《けげん》そうな表情を浮かべている。

「……お姉ちゃん、いつか悶え死ぬかもしれない」

真面目顔で答えた私に、響が憐憫《れんびん》の眼差しを向ける。その視線が居たたまれなくって――

私は海風にあたってベタついた髪を洗うために、お風呂場へ直行したのだった。


〈結果報告〉


翌日の月曜日。私は長月都《ながつきみやこ》として、東条セキュリティに出社していた。仕事は、東条さんの秘書だ。といっても派遣されてるだけで、司馬さんのお手伝いレベルなのだけど。

週明けのちょっとゴタついた午前中がすぎ、時はお昼。

大がかりな事件に上司が巻き込まれて、神経過敏になっている司馬さんに向けて、東条さんが世間話のような気安さでさらりと言った。

「彼女と恋人同士になりました」と。

バサバサッ。

分厚いバインダーを持ち歩いていた司馬さんは、豪快にそれらを床に落とした。

私も同時に、飲んでいた水を危うく噴きだしそうになった。

って、いきなり何をカミングアウトしちゃっているの、東条さん!?

長月仕様になっている私に、司馬さんはちらりと視線をよこす。真意を読もうとするその眼差しを真正面から受けて、私はごくりと唾を呑んだ。

「麗さん、今の話は本当ですか？」

長月ではなくて、本名を呼ばれた私は、ソファに座ったまま思わずシャンと背筋を正す。

「あの、は、はい……」

ど、どうしよう！　お前なんかに大事な白夜様を任せられるか！　なんて激怒されたらー!!

司馬さんはそんなキャラじゃないはずだけど、幼い頃からお仕えする主《あるじ》が選んだのが、こんなたいした取り柄もない危なっかしい平凡女だとなると、違ってくるかも。

が……

え、一体どうしたんですか、司馬さん？　目頭なんか押さえちゃったりして。まさか

涙ぐんでいるわけじゃないですよね⁉

「ここまでの長かった道のりを思い浮かべると、つい……」

……ん？

疑問符を浮かべる私をよそに、司馬さんは礼儀正しく私に頭を下げた。

「麗さん、白夜様のことをくれぐれもよろしくお願いいたします」

「え⁉　いや、あの、えっと……ふ、不束者《ふつつかもの》ですが、こちらこそよろしくお願いします？」

あれ、何だこの会話。

何だか私、お嫁に行くみたいじゃないか？

背後でくすりと笑う東条さんの気配を感じた。そして彼は、ふかふかのカーペットの上を歩いてきて、私の隣に腰を下ろした。

自然な仕草で肩を抱き寄せられて、頬に熱が集まる。

ちょ、あなたは今、ここが会社だって自覚あるんですか！

「司馬にはいろいろと苦労をかけましたからね。ですが、もう安心してください」

そう嬉しそうに告げた東条さんをしばらくまじまじと眺めていた司馬さんだったが、やがて感極まったような低音ボイスで「白夜様……」と名前を呼んだ。

幼い頃からの付き合いの二人には、私が立ち入れない深い絆《きずな》があるのだろう。

東条さんが司馬さんにかけた苦労というのが一体どういう類《たぐい》のものなのか、気になるところではあるけど……

まあ、あまり突っ込まない方がいっか。

「あ、公私混同はしませんので、ご安心を！」

私が改めてそう告げると、司馬さんは目を瞬《またた》かせた。

「しっかりと仕事とプライベートは区別をつけますから。ですから東条さんも、社内でこういったスキンシップはなしでお願いしますね！」

こんなふうに抱き寄せるの、禁止ですよ！　もちろんそれ以上は言わずもがなで。

私はするりと肩の拘束からのがれ、東条さんと距離を開ける。

長月モードの時にドキドキさせられちゃったら、麗に戻っちゃうじゃないか！

軽く嘆息して苦笑しつつも、東条さんは「気をつけます」と約束してくれた。


その日の夜。ちゃっかり東条さんの車で自宅まで送ってもらった私は、家の前で待機している数名の男性とはちあわせになった。何やら業者さんのようだけど……はて、どこかトラブルでも起きたのだろうか。

水道、ガス、電気……？　響が連絡したのかもしれない。

そう思って軽く会釈《えしゃく》したら。彼等は私に挨拶した後、東条さんに向かって「お疲れ様です」と頭を下げた。

するとそこに、響が出てきた。事情を説明されていたらしい響は、東条さんに遠慮がちに話しかける。

「あの、本当にお構いなく。ここまでして頂くのは申し訳ないですし……」

恐縮している響に向かって、東条さんは頭を左右に振る。

「どうぞご遠慮なく。私がそうしたいだけですので、何も気にすることはありませんよ」

どうやら話が見えていないのは、私だけのようだ。

「あのね、麗ちゃん。東条さんが、うちにセキュリティをちゃんとつけた方がいいって言ってくれて、全部手配してくれたの」

「えっ⁉」

がばっと後ろを振り返ると、笑顔の東条さんがうなずいた。

「ええ。お二人が安心して暮らせるように、うちのセキュリティで守りますから。どうぞご安心を」

「いや、でもそれはちょっと、申し訳ないといいますか」

「自社製品ですし、何の遠慮もいりませんよ。丁度新しいセキュリティシステムを開発したところでして、そのテストとして、設置させていただきたいのです。ご協力してくださると、私としても助かるのですが」

新製品のテストにうちが協力。無料で……

「さすが、東条さん」と呟《つぶや》いた響に、激しく同意だ。相手を不快な気持ちにさせず、決して無理やり押し付けず。でもって自分の思い通りに動かす誘導術は、見事としか言いようがない。

ということで「お願いします」と承諾した私たちだったけど……

「全て設置完了しました」という報告後に東条さんからシステムの概要について一つ一つ説明され、呆然《ぼうぜん》となった。こんなハイレベルなセキュリティ、必要か!?

なのに、困惑する私と響をよそに、東条さんは思案顔になって続けた。

「防弾ガラス加工がされている窓に付け替えましょうか」

半ば本気に聞こえたその言葉に、私と響が「いえいえいえ！」と首を振ったのは言うまでもない。

一体どこの重要人物なんですか、うちは！

――この日からうちのセキュリティは、一般家庭では考えられないほど万全になった。

〈明かされた真相〉

数日後の木曜日。朝早く事務所に出社した私は、いまだに例のテロ事件の事後処理で忙しく飛び回っている従兄《いとこ》の身を案じていた。

後始末が大変だとぼやいていたのは、つい先日のこと。警察関係のことは、隼人君や、上層部にいる古紫の人間に任せているらしい。けれど、一族のことについては鷹臣君が処理をしなければならない。

京都にいる伯父さんやおばあちゃんは、きっと最後まで動かないだろう。おそらく鷹臣君の今回の事後処理の仕方を見て、鷹臣君が次期当主としてふさわしいかどうかの判断材料とするはずだ。

いまさらだけど、鷹臣君ってかなり大変なポジションの人なんだよね……。あんな厄《やっ》介《かい》な一族を束ねて、その頂点に君臨することを期待されている。鷹臣君が好き放題できるのも、きっと今のうちだけなんだと思う。

今まで古紫家が何をしているのかなんて、深く考えたことはなかったけれど。この事件を機に、私もいろいろと考えてしまった。


「おはようございます～って、早いですね～麗さん」

レモンイエローのカーディガンを羽織った瑠璃《るり》ちゃんが、ふわふわな髪をなびかせながら、事務所に入ってきた。事務所の中で一番若い瑠璃ちゃんは、見た目に反して恋愛ハンターな肉食系女子。だけど、空気が読める気遣い屋さんでもある。

彼女は私に優しく微笑みかけながら、遠慮がちにおずおずと口を開いた。

「あの、土曜日は大変でしたね～。怪我《けが》とかはされなかったですか？　大丈夫ですか？」

「おはよう、瑠璃ちゃん。かすり傷程度だから大丈夫だよ。心配かけてごめんね、ありがとう」

私の答えに安心したのか、瑠璃ちゃんは、笑顔で元気よくうなずいた。そして、さりげなく、とっておきの紅茶でミルクティーを淹《い》れてくれた。なんて、いい子なんだ、瑠璃ちゃん！

出社後の業務をひと通り終えると、瑠璃ちゃんは「朝のニュース見ました？」と言いながら、事務所のテレビのスイッチを入れた。そういえば、何だかんだで疲れてしまって、ニュースを見る暇がなかったかも。

「ううん、まだ見てない」と答えつつ、私は、お気に入りのマグカップを持ったままテレビが見やすい場所まで移動した。

ニュースはタイミングよく、テロ事件についてのものに切り替わった。その内容は、テロの首謀者について。

見覚えがありまくる高級ホテルが画面に映った。無数の報道陣がひしめいている様子が映し出され、ホテルで捕まったあのボスが、パトカーに乗せられる場面が流れた。

私が知っているのは、あの会場でボスが捕まったところまで。

　この映像を見るまで、私は捕まった彼等とその仲間のその後を知らないままだった。一応隼人君たちが簡単に説明してくれたけど、映像で見ると、聞いていたのとは違う印象を受けた。

　ふいに、背後の扉が開く。

「はえーな、お前たち」

長身でワイルドな風貌《ふうぼう》の従兄《いとこ》兼室長が、事務所に到着したようだった。

「おはよー鷹臣君」

「おはようございます～室長」

眠そうでどこかくたびれた様子の鷹臣君が、あくびをかみ殺しながら近付いてきた。

そして流れているニュースに気づく。

「ああ、何だこれか。どうやら規制は間に合ったようだな」

人のマグカップを勝手に奪った鷹臣君は、許可なく私のミルクティーをごくりと飲んだ。って、ちょっとー！

「ひっどー！　半分以上飲まなくってもー!!」

「喉渇いてたんだよ」

　悪びれることなくしれっと言い放った鷹臣君は、瑠璃ちゃんに「俺にも淹《い》れてくれ」なんて頼んでいる。自分用に淹れてもらうなら、人のを飲むな!!

「で？　規制って何のこと？」

　若干口調がとげとげしくなってしまうのは、仕方がない。じろりと鷹臣君を睨みつけると、空いているソファに腰かけた鷹臣君は、テロ事件の後日談を語り始めた。

「警察の上層部にいるうちの一族から、マスコミにうちの名前が出ないよう報道の規制をかけさせたんだ。あくまで青い薔薇《ばら》を狙った犯行として処理するようにと」

「え、ええ～……、それって無理があるんじゃない？　だってあそこにいた人質《ひとじち》の皆は、〝古紫〟が何か関連しているって知ってるはずだよ」

　でも鷹臣君は「問題ねーよ」と一蹴《いっしゅう》した。

「あそこにいた人質全員には既に話を通してある。今回起こったことは他言無用とな。でもって、報道されている以外の話が巷《ちまた》に流れたら、すぐに対応できるようにしてきたから大丈夫だろ」

　――マスコミに流れる前に、握りつぶせるしな。

　何でもないように言った鷹臣君は、再びあくびを漏らした。

　何だか裏の世界を見てしまったような気分だ……

　瑠璃ちゃんが鷹臣君用のミルクティーを持って来る。「サンキュー」とお礼を告げた鷹臣君は、カップに口をつけて満足そうな顔をした。きっと彼が望んでいた丁度いい甘さだったのだろう。鋭い外見にかかわらず、実は鷹臣君は甘党だ。この人はいつか糖尿病になってしまうんじゃないだろうか。

「室長～、結局事件はどう収まったんですか～？」

「ああ、首謀者のあの男と、仲間の男たちは全員捕まって、聖の研究所に勤務していた共犯者の男も逮捕された」

事件後、警察は私が仕入れた情報の裏を取ることに必死だったらしい。そして結果として、私が盗み聞きした話は全て事実だったという。

懸念していた通り、使用されていた拳銃は、アジア圏のマフィアから安価で入手した本物の拳銃だった。そのマフィアを通じて、あの青い薔薇《ばら》から精製される薬の取引も発覚した。

「まあ、報道されているのは、奴らの狙いは青い薔薇とそのデータで、それ以外は確認中ってことだけどな。他国にデータを売りつける話は、まだ裏を取っている最中だ」

「じゃあ、古紫一族《うち》のこととか、個人的な恨みとか、そういう方は大丈夫なの？」

「ああ、緘口令《かんこうれい》が敷かれたからな。とりあえずは大丈夫だ」

それを聞いて、瑠璃ちゃんが「よかったですね～」と呟《つぶや》いた。うちの事務所のメンバーは程度の差こそあれ、皆、古紫一族の秘密を知っている。

「でもさ、結局、あのボスは何でうちを恨んでいたの？　ってか、本当にうちが何かしたの？」

「ただの個人的な逆恨み……で片づけられるほど、簡単な話じゃないのが厄介《やっかい》なんだよな」

苦々しい表情でため息をついた鷹臣君は、再びカップに口をつけた。甘いお茶を飲んでも、表情は硬いままだ。

「お前は古紫とほとんどかかわりがないから、今回の件は戸惑ったと思うが、一族が今まで行ってきた所業は、正直言って闇の部分も多い。権力や知名度が上がるにつれて、邪魔だと判断した他の家を排除したことも何度もある。あの男は、先々代の当主……ばあさんの父親が潰した、とある政治家一家の者だ」

やっぱり――。告げられたその内容は、私が半ば予想していたものだった。

ひいおじいちゃんの世代に家ごと潰されたその家は、ひ孫の代までうちに対する恨みを継承してきたらしい。あのボスは古紫にまつわる闇を独自に調べまわって、最終的に聖君が研究していた一族の血に関するデータの存在に辿り着いたようだ。

それを手にいれて一体何をするつもりだったのかは、まだわかっていない。

でも、悪用するつもりだったことは、明白だろう。

私は呆れるほど何も知らないで、ずいぶんお気楽に過ごしてきたんだなと、改めて思い知らされた。

落ち込む私を励ますように、鷹臣君が大きな手で私の頭をぽんぽんと撫でる。見上げると、お前が落ち込むことじゃないと視線が告げてきた。

「ひ孫の代までってどんだけ〜……って感じですけど。室長のお家って、やっぱり厄介《やっかい》なんですねぇ〜。でも、今はそれほど力はないって言ってませんでしたっけ？」

ソファに腰かけて首を傾げている瑠璃ちゃんに、鷹臣君がうなずく。

「ばあさんの働きのおかげでな。今じゃすっかり社交の場に出ることもないし、影響力だってさほど残っていない。表だって目立つことは控えているしな。落ちぶれたと言われても否定できないが」

なんて言っているけど。各界の上層部に、普通にいろいろとうちの親戚が名を連ねていたりするよね？　まあ、積極的に野心を持って動く人はいないという意味でなら、そうなんだろうけど。

「あ、ねえ。それじゃ、あのクスリはどうなったの？　薔薇《ばら》から作られるヤバイ薬とか、それに気づいたあの共犯者の男とか」

「聖の元同僚は、いまだに取り調べ中だ。この男の動機はまあ単純なんだよな。聖に対する劣等感が原因だってさ。とはいえ薔薇から抽出した成分で薬を作り出したことで、十分危険人物と見なされている」

今のところ、証拠品は全て警察が押収したらしい。共犯者の男が研究していた他のデータなども全て押収して管理しているようだけど、肝心の薔薇の研究データは、聖君が全て消去してしまったそうだ。

「ってか、折角自分で作った青い薔薇を全部燃やしちゃったって！　それ、警察怒ったんじゃないの!?」

思いっきりがよすぎると思うよ、聖君！　まあ、ある意味、潔《いさぎよ》い判断だとも言えるけど。

「そんなクスリの材料になるくらいなら、いっそのことはじめからない方がいいとか言ってな。全部のデータがパアだ。当然のことだが、警察は頭を抱えているぞ」

憤《いきどお》る桜田さんの姿が目に浮かぶ。

でも彼なら、聖君の気持ちも理解してくれるだろうけど。

「奇跡の青い薔薇は再び幻の存在に戻ったってことかぁ～……」

ぽつりと呟《つぶや》いた瑠璃ちゃんは、若干残念そうにため息をついた。

巻き込まれてしまったあの森田さんや数名のテロ協力者たちは、事情を鑑《かんが》みて、一応無罪放免となったらしい。人質《ひとじち》の脱出に協力してくれたことや、響や私の証言が役に立ったとかなんとか。

まだしばらくは多忙の日々が続くとぼやいた鷹臣君に、私は励ましのエールを送った。近いうちに、響に鷹臣君の好きなチーズケーキでも作ってもらうから、それで元気を出して！

「そういえば、響で思い出した。ねえ、あの後さ、響を家に泊まらせたでしょ？　何か話でもあったの?」

なんだかんだでバタバタしてたから、響に訊けてないんだよね。

私の質問に対し、「そういえば忘れてたな」なんて呟きつつ、鷹臣君はさらりと言った。

「ちょっと確認したかったんだよ。響はちゃんとうちの一族の血を引いていると証明されたぜ、お姉ちゃん」

「え? 何それ、響も能力者なの!?」

母と違って全く古紫の血を受け継いでいるようには思えない私たち姉弟だったけど、鷹臣君によると、どうやら響はなかなか特殊な力を持っているらしい。

簡単に言うと、響は〝拒絶〟という力があるそうだ。要は、能力者に干渉されない、力を使われても拒絶できるというもの。まあ、言っちゃなんだけど、人一倍鈍いんだとか。

「超能力・霊的不感症って奴だな」

「え、何その微妙なネーミング」

幽霊などを見たことがない普通の一般人でも、霊感というのは存在していて、異様な空気を感じることはできるらしい。が、全く感じない、影響を受けないのは逆にとてもレアだ。

特に何ができるわけじゃないけど、精神にも肉体にも影響が出ないというのは、ある意味最強なんじゃないだろうか。

鈍いというのも凄いなぁ、なんて呑気なことを考えながら、私は自分の報告を思い出した。

「あ、あのね、鷹臣君。私も一つ報告が……」

じっと二人に見つめられながら話すのは、かなり勇気がいる。が、ええーい、女は度胸！

顔の火照《ほて》りを意識的に鎮めながら、私は意を決して告げた。

「実はね、あの後……」

「何だ、東条さんに告られでもしたか」

「っ!?　何でそれを……!!」

驚く私に、鷹臣君は一瞬目を瞬《またた》かせて、一言「マジか」と呟《つぶや》いた。

「で？　お前は何て答えたんだ。言ってみろ」

にんまりと目を細めて私を観察する鷹臣君と、目を輝かせて今にも叫び出しそうな瑠璃ちゃんに見守られる中、私は恥ずかしさに耐えて口を開く。

「お、お付き合いを、することになりました……」

「キャー♡　おめでとうございます～麗さん～!!」

一気にテンションが上がった瑠璃ちゃんが、大喜びで私に抱き着いてくる。そんな彼女を受け止めながら、何とか「ありがとう……」とお礼を返した。

うわ、ダメだ、恥ずかしい……！

顔の火照《ほて》りがヤバくて、俯《うつむ》き加減でいると、鷹臣君が私の頭をわしゃわしゃっと掻きまぜた。

「ちょっと何す……」

抗議の言葉は、嬉しそうに微笑む鷹臣君の顔を見た瞬間、引っ込んでしまった。

いつもの凶悪そうな瞳から険が取れて、お兄ちゃんができの悪い妹を慈《いつく》しむような眼差しになっている。

いきなりそんな表情を見せられると、何だか照れるんだけど……!?

「そうか、それじゃ、賭けはお前の勝ちだな。よかったな、麗」

思いがけない言葉をもらって、私はすっかり忘れていた鷹臣君の命令を思い出した。

そうだった、約束の日までに彼氏を作るという賭けに、私は見事に勝ったんだ。

おお、よかった……！

これが目的で東条さんと付き合い始めたわけじゃないけれど、結果的にはよかった！

好きな人と両想いになれたし、鷹臣君との賭けにも勝てて、ダブルで嬉しい。

「とりあえず俺の役目は終わったってことだな。ああ、肩の荷が下りたぜー」

コキコキッと首や肩を鳴らして凝りをほぐした鷹臣君は、何やら謎なことを呟いた。

え、何？　その役目って。肩の荷が下りたって。

私から離れた瑠璃ちゃんも、首を傾げて鷹臣君を窺《うかが》っている。

疑問符を浮かべる私たちに気づいた彼は、あっさりと種明かしをした。

「お前が今年の誕生日までに、彼氏ができなかったらな。お前は俺か隼人のどちらかと結婚する羽目になってたんだよ」

「「……はい!?」」

私と瑠璃ちゃんの声が見事にハモった。

大きな爆弾を落とした鷹臣君は、世間話のようにさらっと告げる。

「ばあさんがな、可愛い孫娘を余所《よそ》にやるくらいなら、俺たちのどっちかが娶《めと》れって命令を出してきてなー。お前に男っ気が全くないのは向こうもお見通しだったし。初恋すらまだのお前を危惧《きぐ》したのかもしれないが、まあ、半分くらいは本気だったと思うぞ」

――だから俺に感謝しろよ？

そう続けられて、絶句した私は声が出せない。

な、何だそれ!?　いきなりめちゃくちゃな命令を出してきたのは、そういう裏事情があったからなの!?

「それってつまり、私と結婚したくない鷹臣君が何とかしようと裏で画策していたってこと？」

まさか、東条さんとくっつけようと謀《はか》っていたんじゃ!?

「あー、まあな。だってお前は妹みてぇなもんだし。だが、東条さんからお前を好きだと相談を受ける前に動いたことはねーぞ？　お前が動くように仕向けはしたが、俺から何かをしたわけじゃないから、安心しろ」

え、東条さんからそんな相談を受けてたの？

ニヤニヤ笑っている鷹臣君を見て、ふと気づく。それじゃ、隼人君が持ち出してきた賭けは、何だったんだろうか。彼もおばあちゃんから言われて、仕方なく私にプロポーズしてきたのかな？

が、私の考えを先読みしたらしく、鷹臣君が首を振って否定した。

「義務感からじゃねーぜ、隼人がお前にプロポーズしたのは」

「え、麗さん、プロポーズされたんですか!?」

瑠璃ちゃんが驚きの声をあげる。

いや、まあ、驚くよね。

「あいつがお前を気に入っていたのは事実だよ」

そうさらりと告げた鷹臣君は、同時に、隼人君を振ったからって罪悪感を持つ必要はないと言った。

既に隼人君には東条さんを選んだことが知られているので、罪悪感はそれほど持っていないけど。あの時、隼人君は優しく祝福の笑みを向けてくれた。だからきっと隼人君もあの賭けが無効になって安堵しているのだろう。

何だかちょっとだけ寂しいような、くすぐったいような……。そんな気分になった私は、「よかったな」と笑顔を見せてくれた鷹臣君に、微笑み返したのだった。

第三章　薔薇《ばら》色恋想い

〈夜の逢瀬〉

私の東条セキュリティでの勤務は、月・水・金。だからそれ以外の日の夜は、東条さんが私に電話をかけるという約束を、二人の間でかわしていた。そして平日、火曜と木曜の夜はさらにオプションがつく。

私が寝るのは大体夜の十一時すぎ。東条さんは十時までに仕事を終わらせた日には、わざわざ自宅前まで私に会いに来てくれるというのだ。

一日一回は顔が見たい。声が聞きたい。無事な姿を自分の目で確かめたい。

そんなことをあの甘い声と顔で言われてしまったら、「ＮＯ」なんて言えるわけないし！

色気を振りまく彼氏様に、私はこくこくとうなずくだけで精一杯で――

そうして、彼と会っていた木曜日の夜十時半。

「少し歩きましょうか」

そう言って私の手をひく東条さんと、近所の公園へ向かった。

子供たちがいない夜の公園は、しんと静まり返っている。

月が眩《まぶ》しいほど皓々《こうこう》と輝き、澄み切った星空がきれいな夜。

公園のベンチに、隣同士で腰かける。そして、私はぽつりぽつりと他愛ない話をした。

と、不意に東条さんに抱き寄せられ、座ったままギュッと抱きしめられた。びっくりして私の心臓が跳ねる。

その姿勢のまま艶《つや》めいた吐息が耳元に落ちてきた。私はたまらず、小さく彼の名前を呼んだ。

「東条さん……？」

「白夜、です。名前で呼んで？　麗」

顔をあげて間近で見つめる。月明かりに照らされた東条さんは、神秘的で幻想的な美しさを湛えていて、視線が逸らせない。

まるで絵画に描かれた大天使のような神々しさ。

男の人なのに、きれいだという言葉がぴったりだなんて、女性の敵だよ！　と罵《ののし》ることもできない。

じっと見つめられたまま、私は呼び慣れない名前を小さく紡《つむ》ぐ。

「びゃ、くや……」

「はい」

目尻を下げて、ふわりと嬉しそうに微笑む姿に、思わず息を呑んだ。

恥ずかしさと照れが混ざって、胸元に置いた手に力がこもる。私が俯《うつむ》いて呼吸を整えていると、東条さんが私の髪をゆっくりと指で梳《す》き始めた。

「そういえば、以前あなたは仰《おっしゃ》ってましたよね？　年末に行ったアメリカ旅行のお礼をしてくれると」

そうだった。私と東条さんは〝市川玲《いちかわれい》〟を捜しにカリフォルニアまで行ったのだ。その案件は、未だに保留中だけど……。でもその時、東条さんにはお世話になったから、帰国後私にできることなら何でもします宣言をした気がする。

あの時に東条さんが私にしたお願いは、名前で呼んでほしいということだった。

さすがに依頼主で雇い主である東条さんを、馴れ馴れしく名前で呼ぶことはできないと拒否ったんだっけ。けじめはつけないといけないからね。

でも、今なら――、恋人同士なら、名前で呼び合うのは不自然じゃない。

まさか、いまさらまたそれを「お願い」に？

「あの……、そのお願いを使わなくても、ちゃんと名前で呼びますよ？　……まあ、慣れないので、徐々に、ですが」

いつか、恥ずかしさや照れがなくなる日が来るのだろうか。

まだ当分無理だな……なんて思いながら東条さんを見上げると、くすりと笑みを零した彼は、「それでは」と続ける。

「明後日の土曜日、一日私に付き合ってもらえませんか？」

「え？　一日？」

……それって、まさか。

予感は的中し、東条さんは笑顔でうなずいた。

「はい、あなたの一日を、私にください。土曜日は仕事を休めるので、私とデートしましょう」

「で、デート……！」

この間半日デートをして海に行ったので、いまさら照れるのもおかしな話だけど。あれはたまたま空いた時間ができて、東条さんが私を行きたいところに急遽《きゅうきょ》連れて行ってくれたわけで。こうやって予《あらかじ》めデートに行こうと誘われて行くのは、初めての体験だ。

しかも、一日デート!!

仕事に関係なく、一日中一緒にいられるということが嬉しくて、気持ちが一気に高揚する。

「行きたいです！　東条さんとデート！」

でも、そんなのがお願いでいいのだろうか。

恋人だよ？　デートって普通だと思うよ？

だが、できることが極端に少ない私は、それを言ったら自分の首を絞めることになると、薄々勘づいていた。うん、黙っていた方が賢明だ。

「ありがとうございます。それでは、映画や買い物に付き合ってもらいましょうか」

「いいですよ！　いくらでも付き合います」

私のセンスが東条さんの好みに合うかはわからないけど。

好きな人の服を選ぶとかって、何だか彼女っぽいよね!!

そんなことを考えながら、私は早くも土曜日が待ち遠しくなった。


二十分ほどの逢瀬を終えて、東条さんは私を自宅前までちゃんと送ってくれた。玄関の手前で、軽く触れ合うキスを交わす。

ご近所さんに見られちゃうんじゃないかというドキドキを感じながらのキスは、ほんの一瞬のことだったけれど、名残惜しい顔をしたら困らせてしまうし、こっちも恥ずかしい。

「お休みなさい。よい夢を」

玄関扉が閉まるまでちゃんと見送ってくれる東条さんにうなずき返して、私も夜の挨拶を告げた。

自室に戻ってからベッドに突っ伏す。

うわ、うわぁ～……！　世の恋人同士は、こんな甘い空気を味わっているのか‼

お付き合いをし始めてから、まだ一週間にも満たないひよっこレベルの私は、こんなやり取りでさえ悶《もだ》えそうなくらい嬉しくて、恥ずかしい。

「デート……土曜日はデート……！」

キャー♡　一日デートだよー！

バンバンとお気に入りのクッションを、埃《ほこり》が舞うくらいの勢いで叩く。

しばらくベッドの上でゴロゴロ転がり、嬉しさを噛みしめていたのだけれど、はたと気づいた。

「ちょっと待って。改めてデートって、私、何着て行ったらいいの？」

ガラリとクローゼットを開けて、手持ちの服の物色を開始する。

今は天候が定まらない、微妙な季節。急に雨が降る日もあったりする。

まだそこまでの暑さはないけれど、雨が降る予兆で湿気が多い日は結構あるのだ。

東条さんと出かけたことは何度かあるものの、今回は別だ。

デートという名目でお出かけするなら、やっぱりちゃんとオシャレはしないと！　女子としてまずいと思うの！

「しまった……。先に買い物が必要なのは、明らかに私だ！」

どんな服を選んだらいいの？

やっぱり初デートには、おしとやかなワンピースとか？

って、既に本性がバレているのに、おしとやかも何もないか。

「ワンピースっていっても、あまり気合いが入りすぎていると、引かれちゃうかも？」

どこに行くつもりだよ！　って思われるよねぇ？　昼間のデートなのに、メイクもバッチリやりすぎるとちょっと重くないか？

「だからって、ジーンズはカジュアルすぎるような気も……」

悩みつつ、カーディガンや薄手のパーカーなどの羽織るものや、お嬢様すぎないカジュアルなワンピースをいくつか選ぶ。

「白だと膨張色のうえ、コーヒーとか飲んでて跳ねたらシミになるし……。黒だと暗いよね？　でもピンクのシフォンワンピって、ちょっと乙女すぎるかも？」

ってゆーか、目的は映画やちょっとしたショッピングじゃないか！　いつも通りといえばいつも通り。でもいつもよりちょっとオシャレ感がアップする、微妙なプラスアルファが欲しい。

考え始めたらどんどん止まらなくなってきた。

「ダメだ、ひとりじゃわからない……!!」

こういう時は、困った時のお悩み相談所に駆け込むしかない！

時間を確認したら、夜の十一時半。電話をかけるのはマズいよね。寝ているかもしれないし。でも、携帯にメールなら大丈夫かも？　寝る時は音を消しているだろうし、それにおそらく、夜型のあの二人ならこの時間はまだ起きているはずだ。

私は二人に、お悩み相談に乗ってもらえるかどうか、指示を仰ぐメールを送った。

今日返信がなくても、明日のお昼までには何らかのメッセージが届くだろう——

そう思いつつ、私が携帯を閉じたと同時に、着信音が鳴り響いた。

「返信早っ！」

見ると、恋愛隊長二号の瑠璃ちゃんからだった。

初デートに行くことになったことの応援メールと共に、洋服のアドバイスが書かれている。

「えーと、なになに。行き先が映画やショッピングなら、夜のディナーじゃないし、そこまで気を張らなくてもいいと思う、と。なるほど。自分らしく可愛いと思えるかっこうで。スカートはマスト」

私らしいかっこうで、か。

でも、やっぱりスカートなのね。生足は無理だから、レギンスか、薄手のタイツを穿《は》こうかしら。

するとまたピロリン♪　と、着信音が鳴った。

「え？　レギンスはダメ？　厚手の野暮ったいタイツもNG？　オシャレなタイツやストッキングはOKって……。瑠璃ちゃん、何で私の思考がわかったの？」

でも、絶対生足！　なんて無茶を言われなくてよかった。

メールをスクロールさせていく。すると、続けられたアドバイスの最後には、頼んでいないことまでしっかりと書かれていた。

『下着には一応気を遣った方がいいですよ～？　保険ってことで。いきなり赤とかは、見られた場合ちょっと引かれるかも。やっぱりはじめが肝心ですから、無難にパステル系の薄ピンクや水色あたりでどうでしょう～？』

「またそれか!!」

瑠璃ちゃん、初デートでそこまで考える必要はないって、前にあれほど……！

と言いそうになって、思いとどまる。

あれ、前に海斗さんとデートをした時は、お互い初対面だったからそんな可能性は皆無だと言い張れたんだけど。それなら、今回はどうなんだろう？

知り合ってそろそろ半年。お互い交流を深めあった後に、交際スタート。

ハグもキスもOK。手は交際前から既に繋いでいた。

それなら、残るステップは、一体何だ？

「………」

いや、いやいやいや！

ないよ、いきなりそれはないよ！

だってこちとら恋愛初心者だし。東条さんだってそれは把握してくれているし！

いくらなんでも、いきなりそんな、身体の関係とかになるはずが……

「……わからない」

ダメだ。

経験がないから、一体付き合ってからどれくらいでそういう関係になるのか、わからない！

付き合ってすぐというカップルも中にはいるらしいけど。むしろ身体から始まっちゃう人も世の中にはいるらしいけど！　そんなのはまったく参考にならない。

「え、勝負する気はないけど、一応勝負下着を着ていくべきなの!?」

見られる可能性も考慮して、万が一見られても恥ずかしくないものを身に着けるべきって、マジで!?

いきなりそんな可能性は遠慮したいのですが！

だっていっきに飛び級して、上級者コースにダイブするにはまだ勇気が……！

「～～～っ!!」

一日デートというのが、具体的には何時までのデートのことなのか詳しく尋ねるべきだったと、この時激しく後悔した。


「あれ、追伸がある……」

瑠璃ちゃんからのメールを再びスクロールダウンさせる。

「えーと、『P. S。味見くらいはされる覚悟、しておいた方がいいですよ～?』」

「……は?」

味見?

味見って何のこと!?

下着の話をしていたはずなのに、どうして味の話になるのか。瑠璃ちゃんの思考回路はさっぱりわからない。それとも私が単に鈍いだけ?

「でも何となく、不穏な気配は感じる……」

あまり深く考えない方がいいのかもしれない。

そう結論づけて、とりあえずは、まだ新品の水色の下着を、デートの日に身に着けることに決めた。

洋服や靴は明日また考えることにして、今夜はもう寝てしまおう。

翌日の早朝。事務所の先輩で恋愛隊長一号の鏡花《きょうか》さんから届いたメールのタイトルは、〝備えあれば憂いなし〟だった。

『起こり得る可能性を先回りして対処しておいて損はナシ。とりあえず、ムダ毛の処理はきちんとしておいた方がいいわよ』

いくら「ない」と思っていても、万が一という場合があると、その後かかってきた電話で、鏡花さんはとくとくと私に説いて聞かせた。

『男は視覚で、女は触覚で欲情する。その気がなくても、触れ合っているうちにそんな気分になってくるのよ』なんて大人の色気満載の経験者に語られると、笑って「まさかぁ～！」なんて一蹴《いっしゅう》することができない。

私は渇いた笑顔で、アドバイスのお礼を告げた。

「いや、でも東条さんは紳士だし。私のペースに合わせてくれるだろうから、二人が言うような心配はないと思うけどなぁ」

出会った当初に感じた警戒心がすっかり消え失せていた私は、それでも二人が言う〝万が一〟に備えて、アドバイスに従うことにしたのだった。

〈一日デート、開始〉


車で迎えに来ると言った東条さんの折角のお誘いを断って、私はあえて駅前で待ち合わせましょうと提案した。

だって、デートの始まりは、やっぱり〝待ち合わせ〟からでしょう！

相手が来るのを、まだかな～？　なんてドキドキしながら待つ時間を、一度経験してみたい。

そんな私の考えが伝わったのかどうかはわからないけど、東条さんはあっさり承諾してくれた。

今回は車移動はなしで、という結論になったのだ。

早起きして前日用意していた服に着替える。

散々迷った挙句《あげく》、初デートの服としては定番のワンピースに決めた。

淡い紫色のAラインのワンピースに、カーディガン。タイツじゃ重いから、ストッキングで。

髪は気合いを入れて緩《ゆる》く巻いて、スプレーでカールを持続させる。

メイクはパーティーメイクのように濃いものや、逆に長月仕様の地味なのじゃなくて、素の私に一番近いもので。そこにちょこっとパールがかったキラキラのアイシャドーをプラスして、ピンクのリップグロスで潤《うるお》いを加える。

コンシーラーでそばかすは消せた。アイラインもきれいに引けている。普段のメイクより気合いが入ったデート仕様のメイクは、満足いく出来栄えだ。

十時半の待ち合わせに間に合うように、余裕をもって家を後にした。


高すぎず低すぎずのヒールの靴音を軽快に鳴らして、待ち合わせ時間の二十分前に到着する。

ここで、『待った？』『ううん、今来たところ』みたいなお約束な会話があるはずだよね！

もともと私は時間ギリギリに行動するのが苦手で、待ち合わせなどではいつも早めに着くよう心掛けている。時間に余裕がないのって嫌なんだよねぇ。まあ、学生時代のレポートなどは、時間ギリギリで仕上げていたけれど。

駅前の噴水広場を見渡すと、一際人目を集めている場所があった。

ひそひそと囁《ささや》きあいながら、遠くからその場所を窺《うかが》っている数名の女性がいる。

何だろう？

誰か有名人に似ている人でもいたとか？

むしろ本人がいるとか!?

しかし、そんな疑問はすぐに解消された。

すらりとした長身に、均整のとれた細身の体躯《たいく》。カジュアルだけど一目で上質なものだとわかる、仕立てのいい薄手のジャケットに、黒地のズボン。

伏せた視線の先は携帯で調べものをしているように見えるが、その何気ない静かな佇《たたず》まいは、そこだけ別世界の空気が漂《ただよ》っていて、通りがかる人の目を惹きつけている。

美形は何してても、美形なのですね……

そこにいるだけで映画のワンシーンのように見えるなんて。恋する乙女フィルターなしでも東条さんはやっぱりかっこいい。いや、よすぎて困る!

あ、ちょっと待ってそこのお姉さん! その人は私の彼氏なの!!

彼氏、という言葉がすんなり自分から出てきたことに、顔が火照《ほて》りそうになったけど、今はそんな場合じゃない。瑠璃ちゃん並に恋愛ハンターっぽいきれいなお姉さんたちが東条さんに声をかける直前——ふいに東条さんが視線をあげた。

バッチリと私と目が合う。途端に東条さんはふわりと笑った。そして足早に私に近寄ってくると、人目を憚《はばか》らず、いきなりギュウッと私を抱きしめた。

「と、ととと、東条さん……!?」

「おはようございます、麗。今日は一日よろしくお願いしますね」

待った？　とか、遅くなってごめんね？　とかのやり取りをすっかり忘れて、私はこっくりとうなずいた。

「あの、いつからここにいたんですか？」

まだ待ち合わせ時間には早いのに。

「楽しみにしすぎて、早く着きすぎてしまいました。大したことはありません」

……具体的な時間を言わないのは、何故かしら。

でもその後、東条さんが続けた「待ち合わせをして、待ち遠しい気持ちを味わうのも、悪くないですね」っていう言葉がちょっとくすぐったくって、でも嬉しくて。

自然と笑顔でうなずいた。

「それでは参りましょうか」

差し出された手に自分の手を重ねて、ためらいもなくカップル繋ぎを受け入れられるようになっていた。亀の歩みのようにゆっくりとではあっても、私は少しずつ成長しているのかもしれない。

繋がれた東条さんの手の感触といつもの温もりに胸をときめかせて、歩き出した。

べったべたなラブロマンス映画なんて選ぶ気には到底なれない。

だって、考えてもみてよ！

隣同士で座って観る映画が、笑えるラブコメならまだしも。恋愛色が濃いストーリーだったら、濃厚なラブシーンがあるかもしれない。そうなると、めちゃくちゃ居たたまれなくなるに決まってる。

まるで家族の団欒《だんらん》中に、思いがけずドラマのラブシーンを観る羽目になってしまった時と同じくらい、微妙な空気が流れるよ。

まあ、家族と同じレベルで考えるのはあれだけど。

暗い映画館のシートに二時間座ったまま、ラブシーンを眺め続けられるほど、私の神経はまだ太くはないってことで。

東条さんから「何が観たいですか？」と尋ねられた時、心の中で「恋愛系以外なら何でも！」と間髪をいれずに答えたのは内緒だ。

「そうですね〜」と迷いながら、楽しめそうな映画のタイトルを物色する。

じゃあ、すかっと爽快なアクションコメディーにする？　それともドキドキハラハラなサスペンスホラー？　あ、いっそのこと、癒《いや》し系のアニメはどうだろう。

そこでふと、とある洋画の宣伝が目に入った。

あれは確か、最近話題になっていた映画じゃなかったっけ？

ハリウッド映画で、有名な映画監督の新作物。実力派俳優が出演することに加え、ストーリーが奥深いとなかなか評判だったはずだ。

「東条さん！　あれに興味があります！」

東条さんは私の意見を優先してくれ、笑顔で二枚チケットを購入した。

国は違えど、デートで映画を観に行くのはもう定番中の定番だと思う。

学生時代からそんなシチュエーションに憧れていた私は、ウキウキ気分で、飲み物を購入する列に並んでいた。

彼氏と映画デートって高校生の頃は特に憧れたなぁ～。

娯楽施設が少ないアメリカ生活では、大抵の子たちはよく映画館にカップルで訪れていたっけ。

そんな楽しげな様子を横目でちらっと見ては、いつか自分も好きな人と来たい！　なんて思っていた。この場合、映画の内容は二の次で、大事なのは〝好きな人と映画を観る〟というシチュエーションなんだけど。

ところで、ポップコーンは買うべきだろうか。私は別になくてもいいし、この後ランチに行く予定なら、今は余計なものは食べない方がいいよね？

「飲み物以外に何かいりますか？」

私のためにパンフレットを買ってきてくれた東条さんに尋ねてみる。列の近くまで来てくれた彼は、「いえ、私は飲み物だけで十分ですよ」と答えた。

予想通り東条さんはブラックコーヒーを頼んで、私は咄嗟《とっさ》にソーダを頼む。「珍しいですね」なんて笑顔を見せる東条さんに、私もこっくりとうなずいた。

いつもの私ならアイスティーか、甘くない飲み物を頼むところだけど。カフェインには利尿作用があるはず。観ている時にトイレに立つのは遠慮したい。

それに、色の濃い飲み物を飲んで、服に零したらシミになる。

暗い中でどこに零したかわからないとか、そんなのって嫌すぎる！　まだデートは始まったばかりなのに！

というわけで、普段はあまり飲まない、無色透明のソーダに。まあ、たまにはいいよね。

中に入ると、満員ではないけれど、なかなかの混み具合だ。

「こちらですよ。足元暗いから気をつけて」

さりげなく手を取って誘導してくれる東条さんについて行く。と、案内された席は私が今まで近寄ったこともない……

こ、これはいわゆる、カップルシートというやつですか!!

戸惑う私と、平然としている東条さん。二人分の飲み物をカップホルダーに置いた東条さんは、私に座るよう促した。

「こちらもよろしければどうぞ」

そう手渡されたのは、一体どこまで準備がいいんだと言わざるを得ない物――ひざ掛けだった。

「えっと、わざわざすみません」

「冷えたら私が暖めて差し上げたいのですが、今はまだ我慢しておきますね」

……何だかスルーできないことを笑顔で言われた気がするのですが。

顔の火照《ほて》りが再発したけど、多分暗くて気づかれてないだろうから、まあ、いっか。


最後のシーンからエンドロールに切り替わって、私は詰めていた息を吐き出した。

何、この映画！　何、今の終わり方！

複雑すぎて、世界観が壮大すぎて。頭の中がごちゃごちゃだ。

英語で聞いて、日本語の字幕を読んでいても、ちゃんと理解できているか怪しい。いやまあ、近すぎる東条さんが気になって、頻繁に意識が映画から逸れてしまったのも原因なんですが。

時折隣に座る東条さんの様子をちらっと窺《うかが》うと、彼は最後までまっすぐ画面に集中していた。たまに「寒くないですか？」と尋ねては、私の肩を抱き寄せてきたりはしましたけども！

多分私が映画に集中できなかった一端は、そのせいでもあるのだろう。

エンドロール中に、東条さんに視線を向ける。

途中混乱してついて行けなくなった私と違い、東条さんはちゃんと楽しんだみたい。

さすがです、東条さん。

◆　◆　◆

映画館を出た私たちは、近場でお昼ご飯を食べることになった。ランチセットを食べながら、話題はさきほど観た映画についてだ。

そうして、内容についていろいろと東条さんに解釈を聞いていたのだけど……

話している間、何故ずっと甘く微笑んで私を見つめているのですか!?

美形から見られ続けるなんて、苦行に近いものがあるよ！

こんなふうに一日過ごすなんてとんでもない！　心臓がいくつあっても足りなくなる。

耐えられなくなった私は、思い切って東条さんに訊いてみることにした。

「まさか私のこと、からかって楽しんでます？」

以前鷹臣君に、『お前はからかい甲斐があっておもしれーなぁー』と、あんまり嬉しくないことを言われたのを思い出したからだ。

「いいえ？　あなたの一挙一動を愛おしんでいるだけです」

「～～っ!!」

だ、だからぁ！

そんな甘い台詞《せりふ》を、蕩《とろ》けるような表情と声で言わないでー!!

あからさまに狼狽《ろうばい》する私の手からグラスを引き離した東条さんは、手の甲に小さく口づけを落とした。

周囲にいた女性客の息を呑む気配を感じた。

くらり、と眩暈《めまい》がする。

しまった。やはり、一日デートの解散時間を事前に決めておくべきだった。

じゃないと、私の心臓が……！

「さあ、そろそろ行きましょうか。まだ、たっぷり時間はありますからね」

さりげなく取られた手は、当然のようにカップル繋ぎだ。

ああ、もう。一日中この状態じゃ、私の気力は消耗する一方だよ！

おいしいご飯を食べて、身体的にはエネルギー満タンのはずなのに。映画館でずっと座っていたんだから、疲れてるはずないのに——

私のキャパは、もういっぱいいっぱいだ。

こういう状況に慣れていないからか、私はすでに、この甘い空気に食傷気味になっている。

遠慮しないという宣言通り、東条さんは蜂蜜《はちみつ》漬けのような愛を囁《ささや》いては、私の気力と体力を奪っていく。

とりあえず、今日の映画はＤＶＤが出た時に、もう一度見直してみようと思った。

◆　◆　◆

「まあ、お似合いですわ」

「ええ、可愛らしいですね」

……何だろう。何だかものすごく、既視感《デジャヴ》を覚える。

そういえばこんなやり取り、前にもなかったっけ？

ランチを食べた後は、予定通り東条さんのショッピングに付き合ったのだけど……

「あ、あの、東条さん！　何で私が試着室にいるんですかね……？」

紳士服を選びに来たのかと思いきや、何故か辿り着いたのは、婦人服売り場。

しかも、私なんかには到底手が出せない、高級ブランドのブティックが並んでいるところだ。

東条さんの姿を見るなり、デパートの人が飛んできた。胸に「支配人」と書かれたプレートをつけたその人は、各ブティックから店員を呼んできては、私の世話をしてくれる。

そして何故だか今、私は試着室の住人となっている。

「これもいいですね。肌が白くていらっしゃるから淡い色がとても似合います」

「こちらのワンピースは新作でして、今人気のデザインでございますよ」

丁寧な口調で説明してくれるオシャレな女性たち。

試着室から出ることなく、本日何着目になるかわからない着替えを繰り返している私。

あの、何で私が答えるより前に、東条さんが私の服のサイズを教えているのでしょう……

それについてもまったく不思議そうな顔をしない店員さん。教育が行き届いているのか、にこやかな表情を変えない。

付き合っているんだから相手の身体や足、指などのサイズを把握していても、おかしくはないはずなのだけれど……。問題は別にある。

私たちってお付き合いを初めて、今日でまだ一週間だよね？

その間に、東条さんに自分のサイズを教えた記憶はないんだけど！

若干腑《ふ》に落ちないけれど、今は深く考えないほうがいい気がする。

私はなんとか気持ちを切り替えた。

もしかしたら、サンフランシスコでドレスを購入してもらった時のサイズを覚えているのかもしれないしね。あれ、でもアメリカサイズだから日本の規格とは違うと思うけど……

「あちらのマネキンが着ているコーディネートも可愛いですね。一揃え見せてください」

「かしこまりました」

「え!?　あの、まだ着るんですか!?」

店員さんも、かしこまりましたとか言って、どっか行かないでー!!

普段私が買う服に比べ、明らかにゼロの数が多いそれらを化粧で汚さないように着替えるのには、大変な気力と労力を使う。

全身高級ブランド服で固められた私は、ぎこちない動きを繰り返していた。

「それではこちらと、今着ている服を全てください」

笑顔でにっこりと店員さんに告げた東条さんに、私は顔面蒼白になりながら待ったをかける。

「ちょっと待って!　全部って無理です!」

「気になさることはありません。私があなたに着てもらいたいのですから。とてもよくお似合いですよ。折角ですから、このまま着ていきましょうか」

いやいや、こんな高価すぎる服、もらえないよ!

しかもこれを着たまま歩く勇気なんてない。

私は皺《しわ》にならないよう気をつけながら、シフォン素材のスカートの裾《すそ》を握った。

……おかしい。

東条さんの買い物に来たはずなのに、私の服を買ってるって、何か違うよね？

満足そうに微笑んでいる東条さんの横顔をしばらく見つめてから、私は試着室の扉を閉めて、さっさともとの自分の服に着替えたのだった。


「あの、東条さん！　今日は私じゃなくて、東条さんの買い物をしに来たんですよね!?」

散々抵抗して、結局購入する服を何とか三着にまで減らした。こっちは一着だけでも恐縮してるのに、変なところで強情ですね、東条さん。

ちなみにデート中ですが、私は未だに〝東条さん〟と呼んでいる。

名前で呼ぶようにと言われているけど、二人きりじゃない時は、今まで通り苗字で呼ばせてもらっているのだ。

名前呼びに慣れるには、まだ当分時間がかかりそう。だって恥ずかしいし、照れるじゃん！

購入した服を自宅まで配送してもらう手配があっさりと完了した後、私はもとのまま身軽な手ぶら状態の東条さんと、再びカップル繋ぎをして歩いている。

「私の買い物はまたいずれ。着飾ったあなたを見る方が楽しいので。今日購入した服は、次回のデートで着て見せてください」

「え、次のデートで⁉」

うなずく彼に、ちょっと頬が緩《ゆる》んだ。

さすがは東条さん。さらりと次のデートを約束させるスマートな展開だ。

まさか、私がデートを断るかもしれないから服を購入したのか？　それとも服を着て見せてほしいからデートの約束を持ってきたのか？　どっちだ？

……付き合い始めたのに、私がデートを断るはずがない。そのことは東条さんもわかっているはず。となると後者だな。

嬉しさが募《つの》る。が、合計金額を思い出して、言葉に詰まった。

いやいや、あれを着て無邪気にデートを楽しめるかどうか、わからないんですが。シミをつけたらどうしようって思うじゃないか！

もんもんとしている私の横で、東条さんがふと何かに気づいたように言った。

「ですが、きれいに着飾ったあなたを他の人の目に触れさせるのは、ためらいますね。やはり室内着として家で着て、私だけに見せていただくというのも……」

「ないですよ⁉　全然リラックスできないんじゃ、室内着の意味がないじゃないですか！」

どこのマダムだよ、それって！

高級な部屋着を身に纏《まと》い、優雅に紅茶とか飲んでいる、ドラマや映画の中の美しいマダムが脳裏に浮かんだ。

と、何か閃《ひら》めいたような顔で、東条さんが「それでしたら」と提案をする。その言葉を否定する隙も与えられず、私は彼に手を引かれるまま、ショッピングモールの中を進んだ。

◆　◆　◆

ちらり、ちらりと、頬を上気させた女性が遠慮がちに視線をとある方向に投げている。

気にせず買い物に集中できればいいのだろうが、それは無理というものだろう。

フリルやレース、リボンにビーズ。

乙女心をくすぐる要素満載のこの場で、堂々と商品を物色している美青年がひとり……

目立つな、という方が無茶だ。

「こちらなんてどうでしょう？」

「…………か、可愛すぎじゃありません？」

首の下に当てられた服を見て、私は引きつり笑いをした。でも、それをさり気なくスルーし、東条さんは、「そうですか？　とってもお似合いですよ？」と首を傾げる。

九割以上を女性客で占めるこのお店で、女性物のルームウェアを選んでいる東条さんは、先ほどの買い物の疲れなど微塵《みじん》も見せず、私に似合う――と彼が考える部屋着を、次々と選んでいく。

ポップで明るいうさ耳付きのパーカーとショートパンツなんて、たとえいくら可愛くて自分好みだとしても、東条さんの前では着られない。

パイル地素材のチュニックも、裾《すそ》にはフリルがたっぷり施《ほどこ》されていてとてもキュートだけど、好きな人の前で着るのは乙女すぎて恥ずかしい。

以前サンフランシスコのホテルで羊のパジャマ姿を見られたくせに、何をいまさら恥ずかしがってるんだ、って感じもするけど。無理なものは無理！

だって女子高生ならともかく、二十五の女にそれはラブリーすぎるでしょ！

平然と店内を歩き回る東条さんの後ろを、私はおっかなびっくりでくっついて回る。

ショッピングモール内にある女性用の室内着のお店は、当然のように下着売り場と隣接している。むしろ下着売り場にルームウェアのコーナーがあると言った方が正しい表現なんだけど。

この下着専門店で、照れも動揺もなく堂々と歩きまわる男性って、日本の中にどれくらいいるのだろうか。

前にも東条さんには下着売り場に連れて行かれたけれど、あの時はデパートだったし、専門店ではない分ハードルも低かった。

それに、付き合っている女性の下着を男性が普通に選ぶ欧米なら、微笑ましい目で見られることはあっても、特に注目されることはない。オープンなアメリカで恥ずかしがっている男性は、確かにあまり見かけないかもしれない。

が、ここは日本。

それに東条さんは生粋《きっすい》の日本人のはずなのに、何で私より堂々としているの？　むしろ私の方が、黒や赤のレースの刺激的すぎる下着が視界に入るたびに、目のやり場に困って恥ずかしくなるんですが！

心を落ち着かせるために、東条さんと少しだけ距離をあけて、近くにある商品を適当に手に取った。あれこれと思考に耽《ふけ》る間、熱心に選んでいるとカモフラージュするためだったけど、何だこれ。手触りいいいな！

「一般的な男性の反応が東条さんと同じだとは考えにくいよね……」

身近にいる男性陣の反応を想像してみる。

響はまだ高校生だから除外するとして、まずは鷹臣君。

付き合っている彼女が下着を選びたいと言いだす前に、むしろ積極的に店に入って、強引に選んで購入するシーンが浮かんだ。普通に小悪魔風の赤とか黒とか、過激で布地が少ないベビードールなんて勧めそう！　何せ強引俺様オヤジだもんね。

うん、鷹臣君はダメだな。一般的な日本人男性の反応とはかけ離れている気がする。

それじゃ隼人君とか？　でも隼人君は飄々《ひょうひょう》とした笑顔のまま、彼女が選ぶ姿を見つめて、「いいんじゃない？」とうなずくだけで終わりそうだ。

もしかしたらそこには〝どれでも〟いいんじゃない？　なんて意味が込められていそうだけど。歴代の彼女と仮面をかぶったまま如才なく付き合っている隼人君の姿が、容易に想像できた。

「って、ダメだ。古紫兄弟は」

普通の反応は違うだろうよ。

きっと海斗さんならお店に入る前にためらって、外で待ってると言いかけたところで無理やり彼女に引っぱっていかれそうだし、桜田さんなら真っ赤になって「男が入れるか！」と拒否るだろう。

そう、そうだよ。海斗さんや桜田さんの反応がきっと一般的だよ！

現にほら。店の外には、どこか居心地の悪そうな微妙な表情でベンチに座っている男性がちらほら……

「麗？　どうしましたか」

ふいに後ろから聞こえてきた声に、びくっと肩が震えた。

振り返ると同時に東条さんの目線が、私の触っているものに注がれる。

くすりと笑みを深めた東条さんは、「そちらが気に入りましたか」なんて言って、私が触っていた手触りのいい服を、素早い動作で手に取った。

え？

「薄いピンクのナイトウェアですね。きっとよくお似合いですよ。ああ、もしかして色違いで悩んでいましたか？　黒は黒で麗の可憐さに妖艶《ようえん》さが加わり、また素敵ですね」

「はい？」

色違いを一着ずつ手に取ってレジに向かう東条さんに、私は間抜けな声で尋ね返した。

彼が持っていったものは、手触りは抜群だったが、透け感が半端ない小悪魔満載なセクシー系ナイトウェア……

って、私のバカー！

考え事に没頭するあまり、ろくに商品を見ないで適当に触りまくってしまった。そんな自分を、心の中で呪い倒す。

なんてこった。よりによってあんなのを選んでいたなんて。

過激すぎて私には着られないよ!?

「ちょ、ちょっと待ってぇえー!!」

違うんです東条さん！

こんなセクシーお色気風のパジャマなんて着る習慣はないんです!!

着たこともなければ、着る度胸も趣味もないんですー!! だけど悲痛な叫びは穏やかな笑顔で一蹴《いっしゅう》されてしまい、着る予定のないナイトウェアは購入されてしまった。

どうかこれらが朝姫さん行きになりますように……と、私は心の底から願った。


〈高まる鼓動〉


精神的にも肉体的にも消耗した買い物がようやく終わって、ふと気づけば既に夕方六時。

結局東条さんのものは何一つ買わずに、私のものばかりが増えている。

ああ、もう!

今日は一体何しに来たんだ。もともとは、海外出張のお礼だったはずなのに。その約束をまるで果たせていないよ。

夕飯はフレンチにしましょうか、と東条さんに言われ、私は咄嗟《とっさ》に首を横に振った。

そんな高級なものより、近くの居酒屋でお願いします、と。

だって、今日のデートで東条さんが出した金額を考えると、とてもじゃないけどフレンチなんて食べられない！

　一応外交官の娘だけどまったくお嬢様らしくない私は、金銭感覚は庶民のものだ。正真正銘、古紫のお姫様として育った母は、金銭感覚が狂っていてもおかしくない。だが母は、財布の紐をきっちり締める、経済観念の発達した人だ。使うところには出し惜しみはしなかったけれど、無駄遣いを嫌い、結婚後は一般市民と同じように過ごしてきた。そんな母の娘である私も、セレブ生活にはあまり馴染みがない。

　というわけで……

　居酒屋で十分だよ！

　焼き鳥にビール、枝豆に焼きおにぎり。大好きだ。

　でも、そんな場所に東条さんを連れて行くのは、もしかしたら失礼かもしれない。それに居酒屋に行った経験があるのかさえも怪しい。

　だけどこんな経験も、貴重なんじゃないだろうか。

　そう提案した私に東条さんは嫌な顔ひとつせず、笑って了承してくれた。

　丁度夕飯時の居酒屋は、活気にあふれていた。

　休日だけど、仕事帰りのサラリーマン風の男性や学生らしき若者集団、カップルも多い。

　私たちはせせこましい店内の奥のテーブルに案内されて、メニューを受け取った。この居酒屋はチェーン店で、事務所のメンバーと何度も利用したことがある。だからオススメを訊かれても、問題なく答えられますよ！

東条さんは、物珍し気な顔で店内を見回している。

もしかしなくても、私の予想は当たったのか？　なんて思った直後。案の定、居酒屋に足を踏み入れるのは初めてです、とカミングアウトされた。

「一度も？　大学の飲み会やサークルで来たりとか、なかったんですか？」

すると東条さんから「海外に留学していたもので」という答えが戻ってきた。

ああ、そういえば、東条さんも海外の大学を出ていたんだっけ。私は東条さんに出会った頃、別件で彼の身辺を調査していた時に得た情報を思い出した。

「ちなみにどちらの国でしたっけ？」

「イギリスです」

イギリス……

なるほど。紳士の国に留学していたから、東条さんは紳士的なのか。納得。そういえば話す英語も若干イギリス英語っぽかったっけ。発音もすごくきれいだったなあ。

「イメージにピッタリですね」なんてコメントを返した私に向かって、東条さんはくすりと小さな笑みを零した。

「それじゃ、まずはビール、でいいですか？」

「そうですね、ワインなどは家にありますから。ビールで乾杯しましょうか」

ん？　家にある？

まあ、東条さんの家には珍しい銘柄のお酒や、お高そうな洋酒がそろっていますが……

今ここで、その台詞《せりふ》がはかれた意味を深く考える前に、店員のお兄さんがオーダーを取りに来た。

東条さんが私に任せると言ってくれたので、私は以前食べておいしかったものを一通り注文する。東条さんは好き嫌いがないって言ってたから、特に問題ないだろう。

最初に来た大根と水菜の梅じそドレッシングサラダを二人で分けてつまんでいると、次々と頼んだ料理が届いた。

「東条さん、ここの焼き鳥、おいしいんですよ！」

私のオススメは手羽先とつくね。塩焼きの香ばしい手羽先には、ぎゅっと絞ったレモンをかける。ビールとの相性抜群だ。

「おいしいですね。塩加減も丁度いいですし」

「はい！　事務所のメンバーとよく一緒に来るんですよ～！」

そんな他愛もない話をしながら、和《なご》やかな時間はすぎていった。

お腹いっぱい食べたことで、私の気力も体力も回復した。ほろ酔い気分でお店を後にする。東条さんは車で行きましょうと言って、タクシーを呼んだ。

まだ夜の九時前。大人のデートにしたら早い帰宅かもしれないけど、そういえば海斗さんとのデートの時は、もっと早く帰宅したっけ。

このくらいの時間で帰らせてくれるなら、その方がいいかもしれない。今日はいろいろと疲れたし、初デートの終了には丁度いい時間だよね。

——なんて、ひとりで内心うなずいていたが、それはちょっと甘かった。

タクシーがとまった場所はうちではなくて、東条さんのマンション前。

素早く支払いを済ませた彼は、私に優しく手をのばし、当然の笑顔で「行きましょう」と言った。

ここまで来たら、今から赴《おもむ》く場所は、ただ一つ。実はマンション内にバーがあるんです——なんてことがない限り、行き先は東条さんの部屋だろう。

って、あれ、何で!?

「あああ、あの、東条さん！」

気づけばすでにエレベーターの中だ。慌てる私に、東条さんは一言「名前」と言った。

「そろそろ名前で呼んでください。もう人目は気にしなくてもいいのですから」

色香が漂《ただよ》う笑顔と声でお願いされて、私の鼓動が大きくなる。

輪郭をなぞられるように、東条さんの指先がゆっくりと私の顔に触れる。そしてカールが落ちかけた私の髪を一房手に取り、優しい手つきで耳にかけた。

そのまま彼の指先が耳に触れ、そっと首筋を撫でていく。

ぞくり、と背筋に甘さを予兆させる震えが走った。

ちょっといきなり甘い空気を作らないでください、東条さん～！

東条さんに聞こえてしまうんじゃないかと思えるくらい、私の心拍数、かなり速くなってるんですが。

私の内心の焦りを見抜いているのか、いないのか。

東条さんは正面から私を抱きしめて、その大きな腕の中に閉じ込める。その香りと暖かさに、ドクンと大きく心臓が跳ねた。その直後――

チン、と音が響いて、エレベーターが最上階に到着したことを知らせた。

視線が合うと、東条さんに降りるように無言で促される。

顔の火照《ほて》りを隠しながら、俯《うつむ》き加減で彼の後ろをついて行く。

恋人同士になってから初めてのお宅訪問。緊張するなという方が無茶だろう。私はおずおずと「お邪魔します」と言うのが精一杯だった。

ドキン、ドキンと高鳴る鼓動を抑えつけて、靴を脱ぐ。

東条さんから「麗専用ですよ」とスリッパを差し出され、その気遣いに嬉しさ半分、戸惑い半分。

……もこもこした羊の居眠り顔つきスリッパを選んだのは、何故ですか？

まさか、私のイメージって羊なの？

あれか。アメリカ出張の時、羊のパジャマを着ていたからか！　いや、あれは響にもらったパジャマなんです。私のセレクトではないんです！

そんなことを思ったけれど、かわいくてふわふわな感触のスリッパを履いたら、何だか余分な緊張がほぐれた気がするので、まあいっか。羊には隠れた癒《いや》し効果があるようだ。

リビングのソファに鞄を置き、東条さんのもとへ向かうと、彼はサイドボードの棚に並んだお酒を眺めていた。

「まだ飲み足りませんよね？　どれもおススメなのですが、飲みたいのはありますか？」

「そう、ですね～……。さっきはビールでしたし、ワインもいいですよね。あ、白ワイン好きです」

スコッチウィスキーやバーボンなどが並んだ中から、ワインを見つける。

ワインは甘口より辛口派の私は、見慣れた銘柄の白ワインを指差した。多分そこまで高価でも貴重でもないはず……。普段飲み用のお手頃ワインだったと記憶しているんだけど、違ったらどうしようか。

「白ワインのおつまみは何か……」

「そんな気にしなくて大丈夫ですよ！　さっきたくさん食べましたし！」

と言ったのだが、東条さんは頂き物ですが、とお菓子を出してくれた。一口サイズのチョコレートにマカロン。ピンポイントで私の好物を出してくれる。

甘さ控えめのワインに好きなお菓子という組み合わせも、なかなかよいものだった。

ソファに座り、高層マンションから展望できる夜景に思わず目を奪われる。まさしく絶景。パノラマ写真のような夜景を眺めながらワインを飲むなんて、物凄く贅沢で不思議な気分。

ここに来るたびに変わる東条さんとの関係は、今では恋人という肩書きで、これまた不思議議だ。

依頼主と担当者、上司と部下ではなく、彼氏と彼女——

ここから見える光景が、自分のものになったような錯覚に陥《おちい》りそうになる。

ふっと手元が軽くなった。視線を落とすと、東条さんが私の手の中のワイングラスをそっと取り上げて、コーヒーテーブルの上に置いていた。

「傾いていましたので。落としたら危ないですからね」

私の隣に腰掛けた東条さんは、柔らかなテノールの声音でそう言うと、私を胸の中に緩《ゆる》く拘束した。

抱きしめられて、体温が伝わって来る。さっきまで感じていたドキドキがまた再発してしまう。

「あの、と……びゃ、白夜？」

名前を言い直すと、東条さんは小さく笑みを零す。

そして、「やっと呼んでくれましたね」と、耳元で嬉しそうに囁《ささや》いた。

顔が熱い。鼓動が速い。

うるさく響く心臓を宥《なだ》めるには、一体どうすればいいんだろう――わからない。

ただ、東条さんから与えられるこの熱が心地よくって、離れ難い。

額を彼の肩に乗せて、目の前の胸元のシャツをきゅっと握った。

「白夜……」

「はい」

こんな何気ない呼び掛けだけで、胸の奥深くがじわっと疼《うず》く。

どうしようもなく好きだという気持ちが、あふれてきて止まらない。自分の許容範囲を超えた「好き」がわきあがってきたら、零れたその気持ちは一体どこへ行くのだろう。

昨日より今日、今日より明日。日に日に増していくこの気持ちには、際限がない。

好きの加速が止まらない。

「……心臓がヤバい感じなので、そろそろ離してくれますか？」

俯《うつむ》いたままでいるのは、私の顔が、確実に夕暮れ色に染まっているから。そんな情けない顔を見られるのは、まだちょっと無理……！

そんな私の訴えを、彼は一蹴《いっしゅう》した。

「そうですか。それならもっと耐性を付けるために、しばらくこうしていましょうね」

今までの緩い拘束が、あっという間に強固なそれに変わった。

ぎゅっと胸に抱きこまれて、私は大いに慌てる羽目になった。

って、何だその耐性って！

「し、しばらくっていつまでですか!?　もうそろそろ限界でありますが!!」

洋服越しに激しく波打つ心音が伝わっちゃうんじゃないかと焦る。ひとりで落ち着いている東条さんは、さすが大人というか、余裕の恋愛上級者というか……

それはそれで面白くないけれど。

「大丈夫ですよ。存分に、私が与える愛に溺れてください」

――〝溺れる愛〟と書いて、溺愛《できあい》と読む。

そんな注釈が頭をよぎった。

「おおお、溺れたら窒息死してしまいます……！」

「そしたら私が人工呼吸してあげますので、問題はありません」

ギャー！　そういう問題じゃないー!!

つい顔を上げると、愛おしげな視線で私を見下ろしている東条さんと目が合った。その表情でさらりと甘い言葉を口にし続けていたのか！

自惚《うぬぼ》れなんかじゃなくて、愛されているという気持ちが伝わって来るような、そんな熱視線。

ああ、もう。この人はどれだけ私を翻弄《ほんろう》するの！

見つめられるのに耐えきれず、私は再び顔を伏せた。

「麗、顔をあげて？」

色気を含んだ掠《かす》れた美声が、私の耳朶《じだ》に吹き込まれる。

強いお酒を飲んだような酩酊感《めいていかん》が、一気に身体の中を駆け巡った。

東条さんのこの声は、今の私には甘美な毒と同じだ。

抗《あらが》いたいのに、逆らえない。

甘く懇願するように再び私を呼ぶ声を聞いて、おずおずと真っ赤に染まった顔を上げた。

柔らかく微笑んでいる東条さんは、慈《いつく》しみに満ちた表情で私を見つめている。抱きしめている腕を外すと、右手の指先で私の前髪を横にかき分けて、現れたおでこに軽いキスを落とした。

チュッ、とリップ音を奏《かな》でる。

おでこ、こめかみ、頬。徐々に下がる唇の感触に、肌が粟立《あわだ》った。流れで瞼《まぶた》を下ろした時、もしかしなくても、私の中に、ある期待が生まれていたのかもしれない。

間近で東条さんの吐息が聞こえた直後。熱く柔らかな感触が唇に触れた。

待ち望んでいた熱に、身体の芯が溶けてしまいそうになる。

ついばむようなキスを何度か繰り返した後、薄く開いた唇で、お互いにもっと深い繋がりを求めて情熱的な口づけを交わす。

漏れる吐息が艶《なま》めかしい。目を開け、彼を見上げる私の瞳は、きっと熱に浮かされたように潤《うる》んでいるだろう。

唇が離れてしまうことが寂しい。頭で考えるよりも早く、心がそんなことを告げている。

ぼんやりとした頭の中に、ふと鏡花さんの言葉が浮かんだ。

『ごちゃごちゃ深く考えないで、時には心や感情で動いた方がいい場合もあるのよ』

気持ちで。感情で。心で。

抱きしめられている今、その言葉がゆっくりと身体の奥深くに浸透していく。

ずっと傍にいたい。

自然と芽生えたその感情に、胸がキュンと締め付けられた。

甘くくすぐったい気分に戸惑いながらも居心地のよさを感じていると、東条さんがゆっくりと離れていった。

至近距離で私を見つめるその瞳から、真摯《しんし》な色が放たれている。力強くまっすぐに視線を向けてくる東条さんは、次の瞬間、目を細めて、私を惹きつけてやまない魅惑的な笑みを浮かべた。

右手で私の頬を包み込むと、まだ夢見心地でいる私に向かって――

「麗。私と結婚してくれますか？」

「は……」

……え？


〈微笑む似非紳士にご注意を〉


思わず「はい」とうなずきそうになって、慌てて自分自身に待ったをかける。

え、何この自然っぽい流れでプロポーズって！

そして冷静になれ、自分。いきなりプロポーズに答えるのはまだ早いと思うの！

「あの、とう……、白夜!?」

嬉しさと同じくらいの戸惑いを感じながら、どういうことかと尋ねる。東条さんは満面の笑みで、「お望み通り、恋人期間を味わえましたよね？」とのたまった。

「本来ならあのまま婚姻届を提出したかったのですが、麗が恋人同士になりたいと言ったので、恋人期間を設けてみました。でも、そろそろ覚悟はできた頃かと」

「覚悟ってなんですかー!?」

結婚する覚悟か。婚姻届にサインする覚悟か。

どっちにしたって、早くない!?　だってまだ、付き合い始めて一週間だよ？

恋人期間ってそんなに早く終わるものじゃないよね、普通！

頭が真っ白になって唖然《あぜん》としている私の目の前に、東条さんはどこから取り出したのか、以前この部屋で見た婚姻届を差し出してきた。

当たり前のように、この前と変わりなく片側の名前は埋まっている。あとは私が自分の欄《らん》に記入するだけ……

いや、いやいやいやいや。

大好きだけど、好きだと自覚してからまだ一週間。交際期間も一週間。そんな私が、いろいろすっ飛ばして結婚っていうのは、心の準備が！

「あああ、あの！　私、とう……じゃなかった、白夜のことは大好きだし、ずっと傍にいたいとも思っていますけども！　まだお互いの両親に紹介もしていない段階で、入籍しちゃうのはいささか早すぎるかと思われますが!?」

私は極めて常識的なことを言っているはずだ。

普通、何だっけ、日本の場合だと、結納《ゆいのう》とか、なんかそんな段取りがいろいろあるんだよね？

本家である古紫と違い、うちは比較的自由な家だけど、東条さんは東条グループの御曹司。跡継ぎの婚姻がこんなあっさり行われていいものなのか。いや、いいわけないでしょう。

きっとご両親はお怒りになる！　うちの息子を誑《たぶら》かしたのは誰だ！　とか言いながら、黒塗りの高級車で事務所にまで乗り込んで来るかも！　そうなった時に、鷹臣君が穏便に仲裁してくれるかどうかは、わからない。むしろなんだか面白がって事態をややこしくしそうだ。

他にも周囲の人に、こんな完璧な東条さんの隣に立つのは相応《ふさわ》しくないとか言われたら……！

考えただけで立ち直れない！

やっぱり女子力あげて、自分にもっと自信をつけてから、改めてこの話をお受けすることに……

そんなことを考えていたら、東条さんが「提出はまだしません」と言った。

「ですが、少しでも私との未来を前向きに考えてくださるのなら、今この場で記入をして頂きたいと思います。お互いの家族に許可を頂くまでは、婚姻届を提出するのを待ちますので」

ふわりと優しく笑いかけられて、その言葉に驚いた。

そっか、今すぐ入籍するわけじゃないんなら、記入するのは問題ないかな？　いつかの約束として、お守り代わりに持っているのもいいかもしれない。

「すみません。あなたが戸惑うのを承知で性急なことをしているのはわかっています。これは私のわがままです。私は証《あかし》が欲しいのです。麗が私の傍から離れないという、証が」

「それは……、私がこの間心配をかけたからですか？」

一瞬でもいなくなる可能性を感じさせてしまったから。だから、東条さんはこうやって繋ぎ止めようとしてくれるのだろうか。たとえ紙切れ一枚でも、断ち切れない絆《きずな》があると、安心するために。

東条さんは真摯《しんし》な表情でうなずいた。

「ですから先に婚約だけでもしておきましょう」

ね？　と極上スマイルを向けられて、思わず頬が引きつる。

こここ、婚約だけでもしておくっていうのは、やっぱり結婚前提ってことで。じゃあ恋人期間は終了で、婚約者期間がスタートってこと!?

「提出日は先ほど言った通り、ちゃんと麗の家族から了承を得た後にしますが。今は先にお守り代わりにサインだけしてください、麗」

「え……、ええ!?」

婚姻届に名前を書けってことか！　それも今すぐなのか！

「あ、あの……。やっぱり、婚約っていうのも、ちょっと早くないですかね⁉」

「いいえ、早くないですよ？　それとも先ほどの話はなかったことにして、今すぐ籍を入れますか？」

「い、いやいやいや！　今すぐは無理ですよ‼　ほら、もう夜も遅いですし」

「婚姻届は二十四時間いつでも出せますよ」

え、そうなの⁉

さすが東条さん。よくご存知で……

って。流されるな、私！

「あの、お気持ちはすっごく嬉しいんですけども。私もずっと一緒にいたいと願うくらい、だ……大好き、ですし……」

かあ～っと、頬に朱が走る。うわ、大好きとか、どさくさに紛《まぎ》れてそんなこと言うなんて！　私、なんて大胆な告白を‼

気恥ずかしさを誤魔化《ごまか》すために、コホンと一度咳払いをして、私は東条さんに向き直った。

「ですが、もうちょっとだけ、恋人同士を味わいたいんです！　今日みたいなデートをして、彼氏と彼女として過ごしてみたいんです！」

彼女の位置からいきなり婚約者にランクアップっていうのは、まだ心の準備が！

そんな私の気持ちをようやく汲《く》んでくれたのか、東条さんは数秒の沈黙の後「わかりました」と答えた。

「それならば、仮婚約にしておきましょう」

「……え？　仮、婚約？」

何、その〝仮〟って奴は。

婚約にそんな種類があるとか、聞いたことないですよ!?

「婚約と交際の間です。婚約しているのと変わらないのですが、麗の心情を慮《おもんぱか》って〝仮〟をつけることにしてみました。極めて婚約に近い恋人同士、というのはどうでしょう？」

私はもう、ただの恋人同士では満足できないので」

えっと……。つまりそれって、婚約寄りのお付き合いってことなの？

私がまだ恋人でいたいと言ったから、間を取って妥協点を見つけてくれたってことか。

婚約、なんて言葉を使っているけれど、〝仮〟がついている分、まだ気持ち的には楽かもしれない。

「はい、それなら大丈夫、かな」

こくり、とうなずいた私を見て、東条さんは「ありがとうございます」と私を強く抱きしめた。再び得られた彼の温もりに、心が満たされていく。

東条さんの嬉しそうな笑顔が見られて、よかった。

本当は勢いで入籍しちゃったらもっと嬉しそうに笑ってくれるんだろうけど、私の中の常識がやっぱり待ったをかけるのだ。

それはやっぱりねえ？　物事には順序ってものが存在するから、ちょっと無理だろう。

〝(仮)婚約〟で少しでも東条さんが安心してくれるのなら、嬉しい。

私も、恋人よりもっと特別な、でも変に気負わなくていい存在になれたことに、純粋に喜びがわきあがってくる。

東条さんの腕の中にいる時が、一番心地いい。鼻腔《びこう》をくすぐる香りも、この温もりも。与えられる熱の全てが、私を幸せで満たしてくれる。

そう、幸せって多分、大好きな人の腕の中にいる今の状態を言うのだろう。

そんなふうに心地いい暖かさにしばらくうっとりしながら包まれていると——

「すぐ戻ります」と言って東条さんが私から離れてしまった。

遠くへ行った温もりに一抹の寂しさを覚えていたら、すぐに戻ってきた東条さんが、ソファの前に片膝をついた。まるで物語に出てくる騎士のような佇《たたず》まいに、私は目を瞬《またた》かせる。

「婚約指輪をまだ用意できていなくて申し訳ないのですが……」

え、指輪!?

思わず首を左右に振った。サイズも知らないはずなのに、用意されていたらその方が驚きだよ!!

「そんな！　指輪なんて別に気にしないでください……！」

「気にしないわけにはいきません。ですが、代わりと言ってはなんですが……」

そう言って差し出されたものを見た瞬間――私の頭は真っ白になった。

ゆっくりと左足を持ち上げられて、東条さんの指がストッキング越しの足の甲を滑っていく。

優雅な手つきですっと履かせられたそれを、私は青ざめた顔で見つめた。

少し冷たくて固い感触。でもどの足の指も当たることなく、ぴったりと私に馴染む。

隙間なく完璧に嵌《はま》った私の足。そこには、よく磨かれて黒く光る、私の大切だった……

「ああ、やはりぴったりですね」

ふわりと微笑んだ東条さんの顔には、確信めいた満足そうな表情が浮かんでいる。私は瞬《まばた》きすることすら忘れて、池の鯉《こい》のように何度も口を開閉させた。

――足の先には、あの真冬の日に失ったはずの、黒いパンプス。

〝市川玲〟の持ち物として東条さんが手元に置いていた、私が失くした靴。

あの朝、この部屋を出る時慌てて落とした私の靴が、何故か今、東条さんの手によって履かせられた。

どうして……？　東条さんは私が市川玲だと知らないはずじゃ……

でも、私を見上げた東条さんの顔を見た瞬間。

全てお見通しだったということを、私は一瞬のうちに理解した。

顔が赤くなったり青くなったりと、忙しく変化する。

まさか、全部知っているとか……!?

「っ～～～!?」

私は口を両手で覆いながら、声にならない奇声をあげた。

「待って、ちょっと待って！　嘘、どこから!?　一体どこから知っていたんですか!!」

東条セキュリティで働くようになってから？

それとももっと前、サンフランシスコやロスの出張で私の挙動不審なところを見た時から!?

聞きたくないのに、聞いておかなければいけないと自分の勘が訴える。この場で白黒はっきりさせないと、今後の関係に支障をきたす――と。

東条さんは、まるで壊れ物のように、靴を履いた私の足の甲を撫でている。が、やがてくすりと含みのある笑みを零した。

「もちろん、最初から、ですよ？」

「…………っ!?」

――最初から。

最初って、いつ!?

記憶を必死で巻き戻す。

この部屋の寝室で初めて目覚めた日。その数日後、東条さんは〝市川玲〟を捜してほしいとうちの事務所に依頼に来た。まさか、あの時から東条さんは、市川玲＝一ノ瀬麗だとわかっていた……とか!?

引きつる頰をなんとか動かしながら、「あの、最初というのは……」と、確認を取る言葉をかけると。

東条さんは爽《さわ》やかに言い放つ。

「はい、あなたをこの部屋で介抱した、あの日からですね」

ギャー！　やっぱり、全部バレてたー!?

「な、何で！　じゃあ、オフィスＴＫに来たのだって、まさか偶然じゃなくて、全部意図的に!?」

詰め寄る私に、東条さんはあっさりとカミングアウトを続ける。

「ええ、当然です。あなたに会いに行ってみると、何故かあなたは変装した姿で私の前に現れましたので。あの時の姿も実に可愛らしかったですが、私は今のありのままの麗が好きですよ」

「ちょっ!?」

ああ、そんな「好き」の一言でドキドキが再発しちゃうなんて。私はどこまで東条さんの甘い毒に冒《おか》されているんだ。

でも、今はそんなことを言っている場合じゃなくって。とにかく疑問を全部解消しなければならない。

「じゃあ、礼《れい》さんは？　ロスで出会ったあの一河《いちかわ》礼さんは、一体どなたなんですか！」

「あれは私の伯母です」

その衝撃的な発言に、私はとうとう「キャー!?」と叫び声をあげた。

「それじゃあ、何のためにファーストクラスのチケットを取って、カリフォルニアにまで行ったんですか!?」

きれいな姿勢で跪《ひざまず》いたまま、東条さんは狼狽《ろうばい》する私を見上げた。

「それは私があなたともっと親しくなりたかったので。存在しない市川玲を捜す名目を利用させてもらったのですよ。騙《だま》していたことは謝ります。すみません」

もはや掠《かす》れてしまって声にすらならない悲鳴をあげ続けている私に、東条さんは後光が射すほど輝いた微笑みを浮かべた。そして、すっと目を細める。

「でも、もう逃がしませんよ？」

靴を履かせて自分の片膝の上に置いていた私の足を、東条さんは優雅な手つきで持ち上げた。そして、私の足の甲に軽いキスを落とした。

「これで〝(仮)婚約〟は成立ですね」

語尾にハートマークがつくような甘さと爽やかさを秘めた声でそう告げた東条さんの瞳からは、捕食者のごとく鋭い光が放たれている。

まさに、紳士の皮を被った肉食獣。

狙った獲物は逃がさない狩人《かりうど》のようなその瞳は、紳士なんて生易《なまやさ》しい生き物ではない。

そうだよ、東条さんはやっぱり、紳士のフリをした……

「……え、似非《エセ》紳士〜〜〜！！！」

ああ、遠いアフリカの地にいるお父さん、お母さん。

どうやら麗に、一生逃れられない〝(仮)婚約者〟ができてしまったようです……

白夜様の休日

東条さんとの〝(仮)婚約〟が成立してから、二週間ほどたったある日。

私のプライベートのメールアドレスに、一通のメールが届いた。

「ん？　仕事依頼……？」

こっちのアドレス宛てに仕事の依頼が来るなんて、めったにない。不審に思いながら開くと、それは私の大学時代の友人からだった。

『日本に遊びに行くから観光案内をしてほしい』って。

何故わざわざ件名を〝仕事依頼〟としたのだ？　友達なんだから、普通に案内するのに。

『仕事じゃなくて、普通に案内するよ？』

とりあえずそんなふうにメールを返してみたら、すぐに返事が戻ってきた。私の仕事ぶりが見たいから、事務所に依頼するとのこと。

そういえば以前、事務所の話をした時、変わった仕事をしてるって興味津々だったっけ。

まあ、平日なら、仕事として依頼してもらった方が動きやすいかなぁ。

希望日を尋ねるメールを返すと、またまた速攻で返信が来る。手元にあったスケジュール帳を見て、思わず項垂《うなだ》れてしまった。

「あちゃ～……被った」

とりあえず、仕事として受けられるかどうかは、鷹臣君に相談してみることにしよう。

だがその前に、東条さんにデートのキャンセルをお願いしないと。

先約は東条さんとのデートだけど、アメリカから友達が来るのに自分のデートを優先なんてできない。しかも仕事として依頼されてしまったら、余計無理だなんて言えないよ。

「残念だけど、仕方がない！　東条さんとのデートはいつでもできるもんね」

海外に住んでいる友人に会えるのは、いつでもというわけにはいかないんだから。

時間を確認すれば、夜の十時すぎ。今日は東条セキュリティの出社日だったため、夜の逢瀬はナシだ。私は通常通りの時間で帰って来たけれど、東条さんは夕方から出かけてしまったっけ。

でも、多分もう帰宅しているよね？

一応電話だけかけて、出なかったら留守電に残しておこう。本当なら直接会って、謝りたいけれど。

携帯の画面としばらくにらめっこする。東条さんの電話番号は、もう何度も見ているから、すっかり覚えてしまった。

だが、未だに好きな人に電話をかける行為に慣れなくて、緊張する。

「うう……っ、恥ずかしがるのもおかしいんだけど！　や、やっぱり、メールで……」

ああ、でもメールでお断りするなんて、失礼にも程があるよね！

正直言うと、東条さんと電話するのが、私はあまり得意ではない。直《じか》に声が聞こえてくるからだろうか。電話で喋ると、耳に直接声が吹き込まれている気分になり、落ち着かなくなる。電話越しでくすりと微笑まれた時なんて、もう……！　ベッドに突っ伏してるよ!!

って、こんなふうに悩んでいたら、時間ばかりが経過してしまう。数回深呼吸を繰り返して、胸のドキドキを鎮めた。そして意を決して、通話ボタンを押す。

数コールで出なかったら諦めよう。そう思っていたのに——たったのワンコールで、東条さんの声が聞こえてしまった。って、ちょっと早すぎない!?

『こんばんは、麗。どうしました？』

「あ、こ、こんばんはっ……！」

予想外に早く出られたことに、驚いてしまう。焦って声がひっくり返りそうになった。危ない。

「あの、今大丈夫なんですか？　お忙しいようでしたら、また後で……」

『いえ、大丈夫ですよ。もう自宅ですので。私のことよりも、あなたから電話をくれるなんて珍しい。いつもは私からかける方が多いですから』

確かに東条さんからいつもかけてきてくれる。というのも、彼の仕事が終わるタイミングが、私にはわからないからだ。あとはまあ、やっぱり何となく、自分からかけるのが恥ずかしくて慣れないからなんだけど！

「すみません、電話って声がすごく近くに感じるから、ちょっと慣れなくって……」

あなたの声が無駄に色っぽいから、私の心臓が困ったことになるんですよ！　しかもその色気は、夜になれば昼間よりも数割増しになる。顔が見えないから色気を感じないなんてことはない。東条さんの声だけでも十分色気が含まれていて、電話一つでもこっちは大変なのだ。

くすりと電話越しに笑った東条さんは、『慣れてもらえるよう、毎日かけてもらいたいですね』なんてのたまった。

『ですが、やはりあなたの声は、こんな機械越しじゃなくて生で聞かせてほしいです。昼間会っていたのに、もうあなたが恋しくて仕方がない。頬を染めて照れながら私の名を呼ぶ麗に、早く会いたいですね』

「っ……!!」

な、なんてことを仰《おっしゃ》るの、この人はー!!

甘い、ひたすら甘い台詞《せりふ》を、さらりと言えるこの男……。どれだけ人を翻弄《ほんろう》すれば気が済むのか。顔は見えていないのに、破壊力が凄まじい。

『土曜日はどこへ行きましょうか』と続いた会話に、はっとする。そうだよ、そのデートのキャンセルをお願いするためにかけたんだよ！

「あの！　そのデートのことなんですけど、大変申し訳ないのですが、また別の日にしてもらってもいいですか？」

『何か都合が悪くなりましたか？』

不機嫌さを感じさせない、いつも通りの柔らかな声に安心する。実は……と説明をすると、東条さんは快《こころよ》く了承してくれた。

やっぱり彼は優しい。友人は大切にした方がいいとの言葉までもらって、胸の奥がじんわりと温かくなった。

うん、そうだよね。学生時代の友達は、社会人になるとなかなか会えなくなるけれど、できるだけ友情は長続きさせたい。

「ありがとうございます」とお礼を告げる。東条さんは『楽しんできてくださいね』と返してくれた。

『あまり長く話していると、今すぐ会いたくなるので、今夜はこの辺で。おやすみなさい、麗。よい夢を』

「っ！　お、お休みなさい……」

電話を切った後、私は脱力してそのままベッドにうつ伏せに寝っ転がった。

通話時間はたったの五分ほどなのに、何この疲労感と心拍数！　心臓の高鳴りが半端ない。

「会いたいのは、私もですよ」なんて、電話越しでも本人に言える度胸はなくて。私は閉じた携帯を見つめながら、そっと呟《つぶや》いた。

◆　◆　◆

ようやく麗と（仮）婚約ができてから、初めてゆっくり休日を過ごせると思っていたら……。この週末は、学生時代の友人がアメリカから訪ねて来るということで、愛しの我が婚約者は、観光案内役になってしまいました。

電話でのキャンセル連絡だけでなく、麗はお友達との約束時間前にわざわざうちに寄ってくれました。直接会って謝りたかったと、上目遣いで謝罪する彼女がとても可愛らしかったので、「私のことは気にせず、楽しんできてくださいね」なんて、笑顔で送り出しましたが……。実際のところ、本音を言えば、残念に思っているわけです。

国内に住んでいる友人に会うことだって、お互い仕事を持っているとなかなか難しい。それが海外に住んでいるともなれば、なおのこと。久しぶりに会えるのですから、きっと楽しみにしていることでしょう。

ですが、オシャレをして出かけた彼女に、不埒《ふらち》な輩《やから》が声をかけないとは限りません。もちろん彼女は、ひとりで観光案内ができない歳ではありません。が、万が一トラブルに巻き込まれた時などを考えると、途端にひどく落ち着かなくなります。

満員電車に乗ったりしていないでしょうか。もしも私の麗に触れる男が現れたりしたら……

ふふ、社会的に抹殺《まっさつ》するだけじゃ、済みませんよ？


そんなわけで、暇そうな海斗を早速呼び出すことにしました。

「十分以内に部屋に来いなんて、相変わらず無茶なこと言うなあ。仕方ないから一応急いで来たけど。で、王子、何してんだ？」

「もちろん出かける準備ですよ。海斗にも同行してもらいますからね。さすがに本職の方には及びませんが、ある程度距離を取っていれば大丈夫でしょう」

携帯を操作して、正常に動作するか確認します。充電もバッチリですね。

手持ちのワードローブの中でも、動きやすくてカジュアルな服を選びました。これなら人込みに紛《まぎ》れることも簡単でしょうし、目立つこともないかと。観光地なら人もたくさんいますしね。

海斗の服装は今時の若者が着るような、ラフなジーンズとロゴ入りシャツのスタイル。その無造作な感じを私が作り出すのは少々難しいです。こういうところは海斗が羨《うらや》ましいですね。

まあ、そこまでのラフさは私にはないとしても、このかっこうなら海斗と並んでいても、おかしくはないでしょう。

事情が呑み込めていない様子の海斗は、首を傾げながら「どこに行くんだ？」と尋ねてきました。

「今から麗の尾行をします。それでは行きますよ」

先ほどここを出て待ち合わせ場所へ向かったのですから、まだそんなに遠くに行ってはいないはずです。

「……は？　尾行って、はあ!?　ちょ、ちょっと待て待て！　まずいって、いくら恋人同士でも尾行とかはまずいって！」

慌てて私を引き止めようとする海斗に、すかさず訂正を入れます。麗はすでに恋人ではなくて、「婚約者」だということを忘れているようですね？

「王子も〝仮〟を忘れてるぞ……」

抵抗するのを諦めた海斗が、脱力気味にぼやきました。もちろん、あっさり聞き流しました。

さて、どうやら麗は山手線に乗ったようですね。

おや？　海斗が何故わかるのかって顔をしています。そんなの、当然です。麗の行動や思考は全部お見通しですよ。

……というのはまあ、半分冗談ですが。

私が彼女の後を追いかけられるのは、ひとえにある便利な発明品のおかげです。

「今度は麗ちゃんの鞄に、発信機＆盗聴機能付き新製品を潜り込ませたって、マジかよ……」

海斗は頬を引きつらせて冷や汗を垂らしながら、何やらブツブツと呟《つぶや》いています。

ああ、補足ですが、この商品も、とある方からの依頼によって開発したものです。我が社の新商品なのですよ。まあ、一般の市場には出回りませんがね。

見た目はただのシンプルなペンに見えるそれを、さりげなく麗の鞄に忍ばせたのは、何か問題が起こる可能性を危惧《きぐ》してのこと。

とはいえ、その時は麗を尾行しようなどとは、もちろん考えていませんでした。久しぶりに再会する友人との楽しい時間を邪魔するほど、私は無粋《ぶすい》で心の狭い人間ではありませんからね。

ですが、そのあとで相手について聞いた時の麗の反応が気になりまして。

ほんの一瞬でしたが微《かす》かな間があき、どうも何かを誤魔化《ごまか》している感じがしたのです。

私の気のせいならそれでいいのですが。

ちなみに今日お会いするのは、クリスさんというお名前の方だそうです。

……それは、女性でも男性でもあり得る名前ですよね？

クリスティーン、クリスティーナといった女性名の愛称。でも、クリスチャンやクリストファーなど、男性名の愛称でもあります。

アメリカ名はどうしてこう、性別が曖昧《あいまい》な愛称が多いのでしょうか。まあ、日本にも中性的な名前は存在しますが。

「クリスさんという方と会われるそうなのですが。さて、本当に女性なのでしょうかね？」

ぽつりと電車内で呟くと、海斗は頭の上に疑問符を浮かべながら、「普通に女友達なんじゃねーの？」と答えました。

「ええ。一応、麗もそうだと言っていましたが……どうも引っかかるので、本当に女性かどうか、確かめてみようかと」

「……まさか、俺、そのためだけに呼ばれたの？　普段はお嬢のお供で、休日はその兄貴とって……。俺の人生って、どんだけ東条兄妹に振り回される運命なわけ？　んなことなら司馬を誘えよ！」

「海斗はバカですね。司馬なんて誘ったら、目立って仕方がないじゃないですか。人目を忍んで行動するには、あなたくらいの若さと軽さが必要なんですよ。それにいつも司馬には苦労をかけていますから。休日くらいは羽を伸ばしたいでしょう」

苦労をかけている自覚はあるのか……なんて小さく呟いた海斗は、深くため息をついていましたが。まあ、それは聞こえなかったことにしましょう。


さて。麗が向かった場所は、観光地の定番の浅草などではなく。

ある意味とても若者らしい場所——原宿でした。

「うっわ、俺原宿なんて何年ぶりだ？」

なんて隣で周囲をキョロキョロ眺めている海斗に、思わずうなずいてしまいました。

でもよくよく考えてみたら、私は原宿に来たこと自体、初めてではないでしょうか。

外国の方にとっては、一度は行ってみたい観光スポットのひとつが原宿のようです。

ああ、少し先を歩く麗の姿をようやく見つけました。

シンプルで可愛らしいスタイルがよく似合う麗は、色落ちデニムにウェッジソールのサンダル、水玉模様のキャミソールにパーカーというかっこうで歩いています。

髪型はポニーテール。歩くたびに左右に揺れるストレートの髪が、何とも愛らしいですね。今日は髪を巻いていません。

きっと、大学時代の彼女のスタイルに近いのでしょう。

麗は迷う様子もなく歩いていきます。そして、明らかに外国人と思《おぼ》しき人物を見つけると、大きく手を振って駆け寄って――勢いよく抱き着きました。

実に海外慣れした麗らしい行動です。

ですが、その抱き着いた人物は……

彼女が私に伝えた〝クリス〟という方のようです。が……。その方の外見は明らかに女性的ではなくて、とっても男性的な――むしろ、男性だと断言できる方だとお見受けしますが？

「ふふ、これはどういうことでしょうかね？　女友達と仰《おっしゃ》っていましたが、どう見てもあの方は男性ですよねぇ？　海斗」

「あ、ああ……。そこそこガタイのいいアメフト選手的な――いや、水泳選手？　あの上腕二頭筋、結構鍛《きた》えてるよなー」

なるほど。

人混みに紛《まぎ》れて遠目から見た彼は、武道に精通している海斗の読みどおり、なんらかのスポーツを得意とするような体格の持ち主でした。

ナチュラルな金茶の短髪が、よく目立ちます。

半袖のTシャツから伸びた腕の筋肉や、シャツ越しでもわかるほど鍛えられた上半身は、なかなかのものだと思いますが……。何でしょうね、あれは？

着ているTシャツには、〝彼女募集中〟の大きな文字。外国人にありがちな、何が書いてあるかわからないけれど、とりあえず漢字がクールでかっこいいから選びました、という一般的な解釈でよろしいんでしょうかね?

それとも、本当にシャツの言葉どおりだとしたら——一刻も早く私の麗を彼の傍から引き離さないといけません。

「やはり鞄の中からでは少々声が拾いにくいですね……。ペンタイプは、室内でしたらまだしも、外出先だとあまり使い勝手がよくないかもしれません」

商品の改良の必要がありそうです。まさか自分自身で試す羽目になるとは思いませんでしたが。

「麗ちゃん。あの彼のシャツ見て、爆笑してるんだけど」

クリスという名の彼も、屈託のない顔で笑っています。

なかなか体格もよくて、見目もよろしいのに。

通りすぎる女性も彼にちらほら視線を投げていますが、あのシャツのセンスに顔を引きつらせている方が多数いますね。

中には話しかけようとするものの、隣に麗がいるとわかって断念する女性の姿もあります。

まさか私の麗が、あの彼の彼女だとでも思ったのでしょうか。

そうだとしたら、なんとも面白くないことです。

「あ、ほら王子。二人とも竹下通りに入ったぞ。あそこ混むからな～。狭い店が多いし、気をつけないと」

「ええ、多少見失っても問題ありませんけど。発信機は生きていますから」

携帯の画面を確認しながら、私と海斗も人の波に乗って横断歩道を渡りました。

◆◆◆

本当に久々の再会で、浮かれてしまう。原宿の人混みの中で、すぐに見付けられるだろうか、なんて心配は一瞬で消えた。外国人だから目立っているんじゃなくて、Tシャツのインパクトがありすぎたからだ。

『レイ！　こっち！』

『クリス！　久しぶり～！』

腕を大きく振ったクリスに思いっきり抱き着く。胸板が厚くて、相変わらずガタイいいな。今でもスポーツを続けているのかな。

少し大人っぽくなった……というか、ちょっと老けた友人は、とても私と同じ歳には見えない。欧米人ってアジア人より早く大人っぽくなる分、老けるのも早い気が……

なんて、ちょっと失礼なことを考えていましたが。思考を現実に戻して、クリスが着用しているTシャツに早速ツッコミを入れた。

『あはは、何、そのシャツ!!　それ嘘じゃん!!』

『え～、クールじゃない？』

いや、周りはみんな思いっきりドン引きしてるから。

クリスは金髪碧眼《へきがん》のいかにも外国人って容貌《ようぼう》で、なかなかハンサム。なのに、そのTシャツのおかげで全部台無しだ。それに、そんなTシャツを着た友人の隣を歩けるほど、私の神経は図太くない。

下にもう一枚黒いシャツを着ているのに気づいたので、速攻で〝彼女募集中〟Tシャツを脱いでもらうことにした。そんな爆笑ネタ、とりあえず今はいらないから！

観光案内する前に、本当に仕事にしていいのか尋ねてみた。鷹臣君は、私に任せる、の一言だったけど、やっぱり友達相手に依頼料を受けとるのは申し訳ないと思って。でも、クリスは仕事でいいと言う。

結局、あれこれ相談して、依頼料は受け取らず、その代わり食事代がクリス持ちってことで落ち着いた。

『レイ、あれが竹下ストリート？』

『そうそう！　人が多いから気をつけてね』

竹下通りを指差したクリスは、入り口で写真を撮り始めた。

ちなみに東京観光で原宿を希望したのは、彼だ。浅草とか、東京タワーやスカイツリーとか、外国人が好みそうな観光スポットもあるよ？ って一応提案はしたんだけどね。サブカルチャー好きの彼は、やっぱり一度原宿に来てみたかったそうだ。秋葉原とどっちにしようか、か〜な〜り悩んでいたが、結局秋葉原はひとりでも行けるという結論に達したらしい。

竹下通りはいつ来ても人が多い。特に若い子が多いから、ファッションも雑貨も個性的で、若者受けするものばっかりだ。そういえば私、原宿に来るのって何年ぶりだっけ？

『あ、クリス。百円ショップあるよ！ 入ってみる？』

大型チェーン店に興味津々な彼を連れて、店内をウロチョロ見てまわる。気が早いかもしれないけど、お土産《みやげ》もここで選んだ方がいいんじゃない、なんて提案もしてみる。とにかく安いからね。

『何この店！ これ全部ワンコインで買えるの？』

『まあ、税《タックス》はつくけどね』

それでもすごい！ とクリスは大はしゃぎだ。おお、喜んでくれている！

豊富な品揃えは見応えがあるだろう。食器から文房具、衣類に食品まで。これ、本当に全部百円でいいの？ マジで？ ってものばかりらしい。

まあね、日本の製品は質もいいから使えるよね！　クリスの『あっちの99¢《セント》ストアはガラクタばっかだよ』と呟《つぶや》いた言葉に同感だ。使えなくはないけれど、クオリティは高くない。

『この漢字ばっかりのカップ、ギフトにしたら喜ばれるかな？』

お寿司屋さんでよく見かけるような、魚偏《さかなへん》の漢字がギッシリ書かれた湯飲み茶わんを持ち上げて、クリスが問いかける。

『いいチョイスだと思うけど、割れ物って持って帰るの大変じゃない？　大丈夫？』

重いし、かさばるよねぇ？

っていうか、誰が使うんだろう。自分か？　いや、それとも身内へのお土産？

一個くらいなら平気ということで、お買い上げが決まったらしい。

その後も、クリスは和小物をやたらと手にとって眺めている。特に、これから暑くなるってことで、扇子《せんす》が気になるようだ。

こけしやミニダルマとかならわかるけど、「え、そんなものがいいの？」と訊きたくなるようなものが、彼曰《いわ》く〝クール〟なんだとか。

いろいろと説明を求められて困ってしまう。答えてはいるけど、全ての説明に「多分」という言葉が入ってしまうのについては許してほしい。野点《のだて》グッズを見ながら、いきなり茶道の表千家、裏千家の違いなんて訊かれたって、私にわかるか！

日本の伝統や文化を勉強するべきなのは私の方なんじゃないか、と密かに思ってしまった。

◆　◆　◆

本職の麗に尾行が気づかれるのでは？　という海斗の懸念は、どうやら杞憂《きゆう》になりそうです。

ある程度の距離を保ちながら、周囲に溶け込むように私と海斗で後をつけます。人混みに紛《まぎ》れてしまうと目で追うのは大変ですが、ＧＰＳの発信機が動いているので場所を把握するのには問題ありません。

麗たちは笑い合いながら、いくつかお店を覗いたり、クレープ屋に寄って食べ歩きをしたりしながら表参道方面へ。そして二人は、ある雑貨のお店に入りました。店内はそこそこ広そうです。海斗によると、今流行《はや》りの小物がずらりと置かれている有名店だそうです。この辺りは久しぶりなんてことを言っていましたが、なかなか詳しいですね、海斗。

そこはどう見ても、女子中高生が好みそうなお店です。男二人の私たちだと完全に浮きますね……

女性を同伴してるならまだしも、海斗と二人で店に入る勇気はさすがにありません。いえ、麗のためならどこにだって入りますが、今の状況では悪目立ちして気づかれる可能性が高まるのです。

仕方がないので、道路を挟んだ反対側で、気づかれないように入り口をさりげなく見張ることにしました。どうやら入り口は一つだけみたいですし、しばらくしたら出てくるでしょう。

そんな私たちに、背後から若い女性が声をかけてきました。

「あの～、どなたか待ってるんですか～？　もしお時間があるなら、私たちと一緒にお昼に行きません？」

振り返ると、女性雑誌の中で見かける感じの、茶髪で巻き髪の若い女性が二人。しっかりと施《ほどこ》された化粧に、ご自身の魅力を最大限にひきだす服を選んでいる辺り、かなり自信にあふれた方たちだとお見受けします。

おそらく十人中七人が、美人だと思うでしょう。

ですが、私は彼女たちには興味も関心もわきません。上目遣いで頬を紅潮させて見つめられても、私は麗が今どうしているのかを知りたいのであって、見ず知らずの彼女たちと時間を過ごすなんて無理な話ですね。

片耳につけたイヤホンで会話を拾いながら、やんわりと断る海斗をちらりと見て、それから私は彼女たちに視線を向けました。

「申し訳ありませんが、あなたたち二人には興味がありませんので。どうぞお引き取りください」

目を丸くして唖然《あぜん》とする彼女たちに、海斗がすかさず謝りながら手を振ります。私も一応は立ち去る彼女たちを見送りました。

「いやいや、王子よ。さすがに今のはらしくないと思うぞ？　今まではもっとやんわりと断っていただろう。いきなり直球で〝興味がない〟って言っちゃって、俺はちょっとびびったぞ」

――笑顔で言うからよけい性質《たち》が悪い。

最後にそんなことを言いながら持参していたボトルの水を飲みだした海斗に、私は改めて告げました。

「ですが、それが本音なので」

思わせぶりな態度を取るよりは、はるかにマシでしょう。

私は麗以外は欲しくないし、かかわりを持ちたいとも思いませんから。

そうこうしているうちに、お店から出てきた麗たちは、また移動を始めました。

手にはいくつか袋をぶら下げています。この店のオリジナルキャラクターなのでしょうか？　その袋には、二頭身で満面の笑みを浮かべるキャラクターが描かれています。にぎやかな笑みとは裏腹に、私の心の奥でチリッと何かが燻《くすぶ》り始めました。

楽しそうに会話をする二人は、学生時代を思い出しているのでしょうか。遠目から見ても仲がよさそうです。気心の知れた友人との時間を、彼女はめいっぱい楽しんでいるみたいですね。

なるほど。素の麗と過ごせる彼に、どうやら私は嫉妬しているらしいです。

（仮）婚約しているのに、未だに緊張しているのか、麗は、私にはなかなかあんな表情を見せたりしません。古紫室長や弟の響君と同じような仲になるには、時間がかかることもわかっているのですが。

いつになったら、私のことを名前で呼んで、彼等と同じように扱ってくれるのでしょうね？

緊張しているのは私を男として意識しているからいいと思っていたのですが、近ごろは早く自然体で接してほしいと思ってしまいます。

彼女が私に全てを委《ゆだ》ね、心を預けるようになるには、あとどれくらいの年月が必要なのでしょうか。

麗との距離を縮めようと思えば思うほど、もどかしい気持ちが増していきます。焦らず少しずつ、と頭ではわかっていても。

本当に本気でその気持ちが欲しいと望む相手には、どうやら余裕なんて持てないようです。

情けない気持ちになってため息を漏らすと、海斗が訝《いぶか》しげな表情を浮かべて私を見ました。

一言「問題ありません」と告げて、彼女の後ろ姿を見失う前に尾行再開です。

その後、麗たちは、ちょっと変わったメニューのある和風レストランに向かいました。ほうじ茶チャーハンやリゾットなど、あまり味わう機会がないメニューがずらりと並んでいます。

私と海斗も少し離れた場所に席を確保して、二人が食べ終わる頃合いを見計らい、再びあとを追うことに。

おや、この方面だと、どうやら歩いて渋谷に向かうみたいですね。途中で何度か立ち止まり、気になったらしいお店に入って行きます。立ち寄ったお店で、またお土産《みやげ》でも買ったのでしょうか。二人の手荷物がどんどん増えていきます。重くないんですかね？

クリスさんはともかく、麗まで何を購入しているのでしょう。後でちゃんと見せてもらうとしましょう。

渋谷に到着後、何やらクリスさんが見知らぬ男女に声をかけたようですが、麗が必死に止めていました。露出とアクセサリーが派手な男女に満面の笑みで声をかけるとは、彼はなかなか怖い物知らずのようです。

声をかけられた二人が怪訝《けげん》そうな顔で去って行った後、麗は明らかに脱力していますね。何やら彼に説明をしているらしいです。おそらく、むやみやたらに知らない人に声をかけるな、とでも言っているのでしょう。日本人はいきなり英語で話しかけられることに慣れていないのですから。

その後、繁華街を歩いている途中、思いがけない人物と遭遇しました。いえ、私たちではなくて、麗たちが、ですが。

「あれって、えーと、童顔刑事だっけ？」

「警視庁の桜田管理官ですよ。まあ、確かに童顔ですが」

私服姿の青年は、以前お世話になった桜田管理官です。

スーツ姿の時よりも数段若く見えますね。ほとんど高校生で通るのではないかと。あれで私と同年代とは。ある意味、恐ろしいものがあります。

途切れ途切れの会話を何とか拾います。どうやら彼は今日は非番なのだとか。

近くに古紫管理官がいないことから、やはりお休み中なのだと納得しました。もちろん、あの二人が常に行動を共にしているわけではないでしょうが。

クリスさんの紹介を手早くすませて、麗が記念撮影のように彼と桜田管理官のツーショット写真を撮っています。ノリのいい桜田管理官は、とりあえずはちゃんと笑ってくれたようで、よかったですね。その後で、若干戸惑いを見せていましたが。

クリスさんの人柄のよさと人懐っこさは、相手に警戒心を抱かせないようです。三人とも和《なご》やかに会話を重ねてから、その場を離れました。

さて、嗅覚《きゅうかく》の鋭い桜田管理官に気づかれないうちに、私たちも気配を消して急ぎますか。

◆　◆　◆

女友達ならまだしも、この可愛らしい雑貨屋に男友達を案内するのは正直どうなんだ？　と、自分でも疑問に思いつつ、とりあえずクリスに興味があるかと尋ねてみたら。

なんともあっさりと「ＹＥＳ」と返ってきて、こっちが驚いてしまった。

マジか、クリス。やるな、クリス！

可愛い物好きとは知らなかったよ。あ、でももしかしたら友達のお土産《みやげ》を選ぶつもりなのかもしれない。それとも単に珍しいから？

何年も入ったことがなかったお店に久しぶりに行ってみる。すると、店内の様子は記憶の中のものとはやはり変わっていた。

女の子の雑貨だけだと思っていたけど、案外男性にも受けそうなシュールなキャラクターグッズも売っている。オヤジ顔の猫のキャラクターもある。これはブサ可愛いというやつか？

『日本のキャラクターって何でこんなに豊富なの？　しかも種類もすごい多いよね。頭でっかちなキャラが多いのはどうして？』

『何で豊富かって言われても～、日本人が貪欲《どんよく》に〝可愛い〟を求めるからじゃないかなぁ？　今だと、ゆるキャラとかも流行《はや》っているし、日本のキャラ文化は漫画、アニメに並んで結構有名で人気だと思うよ。多分ね』

〝多分〟がやっぱりつくけれど。

頭でっかちなのが多いのは、その方が単に可愛く見えるからじゃない？　八頭身キャラとかって、日本ではあまり見たことないよね。それだとカッコイイの域に入っちゃうからかも？

『この豚のぬいぐるみとか、超手触りいいんだけど！　あ、こっちは抱き枕？　へぇ～いいね』

『うんうん、癒《いや》しだよね！　抱き枕はちょっと荷物になりそうだけど。小さく折りたためればいいのにねぇ』

『いや、傘じゃないし、さすがに折りたたむのは無理だよ。って、この傘いいね！　こんなにコンパクトな奴、見たことない』

クリスは持ち手が蛙《かえる》の頭になっているブルーの傘が気に入ったらしく、それをレジに持って行った。

折りたたみ傘とか、確かに日本の商品は優れている。機能性はもちろんだし、柄もデザインも。そういえばあっちの傘ってシンプルなのばっかりで、雨の憂鬱《ゆううつ》さを吹き飛ばしてくれるような可愛いのってあまり見なかったなあ。

東海岸に住んでいた頃の、梅雨《つゆ》の時季を思い出した。雨の日の甘酸っぱいシチュエーションといえば、定番は好きな人との相合い傘。

でも、好きな人がいなかった私は、青春の一ページになるような、胸キュンな状況になったことはない。男友達と傘をシェアしたことはあったけど、ドキドキ感は皆無。

改めて振り返ってみると、かなり寂しい学生時代を送っていたんだなぁ、と傘を眺めながら項垂《うなだ》れてしまう。

でもいいよ、日本はこれからが雨の季節なんだし！　折りたためて、でも二人で入れるような傘を選んで、私もレジに持って行く。素敵な恋人兼（仮）婚約者の東条さんと、いつか相合い傘をする胸キュンなシーンを夢見て。

お昼ご飯は、私の一押しの、お茶専門店で食べることにした。クリスは和食も中華も韓国料理のような辛いのも、何でもいける。アレルギーもないし、ベジタリアンでもない。

好き嫌いがなくて食の好みもうるさくない人って、案内する人間からしてみたら、すっごく楽だよね。クリスは私のオススメ、ほうじ茶チャーハンオムライスをオーダーして、おいしいを連発しながら夢中で食べていたし。

折角日本に来たんだから、ここでしか味わえないものを食べてもらおう。反対に、日本にあるアメリカのファミレスに行くっていうのも、ある意味楽しいかもしれないが。メニューの豊富さには目を瞠《みは》ると思うよ。

『夜は何が食べたい？　お寿司？　焼肉？　ラーメンもいいけど、やっぱり和食がいいかなぁ』

『食べ放題とかあったらいいね！　品揃えが充実しているところとか』

おお、確かに！　予約なしで行けるところがあったらいいかも。

あれやこれやと相談した結果、その時の気分に合わせて決めようよと、クリスから気楽な答えが返ってきた。

『店を探しがてら、歩いて渋谷まで行こうか』という話になり、ご飯を食べ終わってから、渋谷に向かって歩き出した。

背の高いクリスは、すれ違う女の子たちを見て、街中の景色を見て——そして私を見下ろす。

『ねえ、レイ。いつになったらヤマトナデシコに出会えるの？　楽しみにしてたんだけど』

『は？』

『どこにもいなくない？　ヤマトナデシコ』

堂々とそんなことを口にするクリスに、思わず周囲を見回してしまった。

ちょっと！　それって、日本人女性に喧嘩《けんか》を売ってるともとれる台詞《せりふ》だよ。

『ねえクリス！　大和撫子《やまとなでしこ》を何で判断してるの？』

『着物を来た和風美人じゃないの？』

『……』

当たっているような、そうじゃないような……

よくよく思い返してみると、日本人女性を大和撫子と呼ぶ理由を深く考えたことがない。

『確かに楚々《そそ》とした着物美人は、大和撫子のイメージだけど……。着物を着てるってことじゃなくて、見た目は小柄で可憐でも、精神は強くて大和魂《だましい》があるとか、そういう女性のことを言うんじゃないかな？　撫子の花にたとえている、とか？』

なんて、私はわけのわからない適当なことをしどろもどろに言って、誤魔化《ごまか》した。

自分がいかに物知らずかということを、改めて思い知らされた。

一応納得してくれたクリスに感謝。

でもそれ、他の人に言わないでね？

『そういえば日本人の店員さんって、みんな丁寧ですごいよね』

今まで入って来たお店の店員さんを思い出したようで、クリスが呟《つぶや》いている。私は激しくその意見に同意した。

『ホスピタリティ精神っていうのか、サービス精神旺盛っていうのか。久しぶりに日本に戻るたびに、私も感激したよ』

いささか丁寧すぎるところもあると思うけど。

『チップも取らないのにねー』

『うん。それってすごいよね』

そんな世間話をしながら、視界に入った本屋とCDショップに足を運んだ。

日本の雑誌も面白いかも。クリスには読めないけど、見るだけで楽しめるはず。

案の定、クリスは豊富な雑誌売り場に驚いているようだった。立ち読みしながら、その紙の質に驚いている。

え、驚くポイントそこ？　って気もするが。

続いてCDショップをブラブラする。クリスにJ‐POPを聞くか訊いてみたら、彼は意外なことに日本のアーティストを結構知っていた。たまにしか音楽番組を見ない私よりも詳しい気がする。

彼があげる曲名は、国民的人気アイドルの有名なものから、歌謡曲までと幅広い。

おいおい、詳しすぎじゃない？

ふと目に留まった新発売のＣＤを手に取る。これは確か、この間父がメールで「いいよね！」と言ってきた、父お気に入りのアイドルグループの新曲だ。

アイドル大好きな総領事って……

その隣に、夏に似つかわしくないダークな雰囲気のジャケットを見付けた。それは、AddiCt のＣＤだった。

「新曲じゃないみたいだけど……誰かが戻し忘れたのかな？」

発売日は二月のバレンタインデーになっている。タイトルの「迷宮アリス」ってどんな曲だっけ？　不思議の国のアリスを連想させるジャケットでは、何とＫ君がハートの女王に扮《ふん》していた。

Ｋ君元気かな？　呑気にそう思いながら、二枚のＣＤを手に持ってレジに並んだ。

AddiCt は私用。アイドルＣＤは今度父にプレゼントしよう。

それからも、二人で時間を気にせず会話を楽しみながら、のんびり歩いて渋谷に着いた。

渋谷で人の多さに酔いそうになるが、クリスにとってはこの人混みが新鮮らしい。そういえば、彼の出身はのどかな田舎《いなか》町だった。

『レイ！　ここってあれだよね、ハチがいるところだよね』

ああ、確か忠犬ハチ公を題材にした映画が、向こうで公開されていたっけ。

写真撮りたい！　と言うクリスを案内して、ハチ公前に移動する。相変わらずここは待ち合わせ場所の定番らしい。俯《うつむ》いてスマホをいじる若者の多いこと、多いこと。

何に興奮しているのかわからないけど、嬉しそうに写真を撮っているクリスを眺める。

外国人の観光客なんて今時珍しくもないけれど、クリスは日本人好みの外見をしているらしく、近くにいる女子高生たちが、頬を染めてひそひそ騒いでいる。

きっと瑠璃ちゃんだったら、「イケメンですね～！」とはしゃぐだろうな。身長の高さと、Tシャツから覗く上腕二頭筋は確かにお見事。でも、厚めの胸板に熱い視線が注がれていても、本人はまるで気にしない。

あのTシャツ、脱がせておいてよかった……

そこそこかっこいいイケメンが、〝彼女募集中〟と堂々と書かれているTシャツを着ていたら、台無しすぎる。

この旅行の目的を最初に聞いた時は、どうなるかと思った。だって、付き合っていた恋人と別れての失恋旅行なんて聞かされたら、誰だって心配するだろう。

でも今のところ、クリスは日本観光を楽しんでいるようだ。ハイテンションのままカメラのシャッターを切る音が響き、私は安堵のため息を零した。

よかった、そんなに引きずってないみたい。

なんて少しホッとしている間に、無駄に行動力があるクリスがそばにいた男女に声をかけていた。見るからに派手なギャル風の二人組。

肌の露出が多く、ギャル系雑誌の読者モデルと言われても納得できるような女性と、ちょっと――いや、かなり軽そうな男性に英語で声をかけるとか、それって勇者すぎないか、クリス。

『もう、何勝手にやってるの！』

彼らに「すみませんでしたー」と一声掛けてから、クリスを引っ張る。よりにもよって何故、彼らを選んだんだ。理由を訊いたら、おもしろい服装をしていたから写真を撮りたかったと言われた。

いや、すごいと思う気持ちはわからなくはないよ。でもね、無闇に英語で話し掛けたら、結構みんなびっくりするからさ、やめておこうか。

今の奇抜な若者ファッションに刺激を受けたせいか、クリスが『コスプレーヤーも見たい』と言い始めた。そんな集団知らないよ！　と宥《なだ》めようとした時、絶好のタイミングで、知った顔が近くを通りすぎた。

さらさらな黒髪に、実年齢よりはるかに若く見える童顔。まっすぐに前を向いている、くりくりで好奇心旺盛そうな瞳。

カジュアルなジーンズにシャツ姿のその人は、テロ事件で多大なるご迷惑とお世話をかけた、桜田さんだった。

『あの人ならＯＫ！』

そうクリスに言って、桜田さんを呼び止める。

「あれ、麗？　ん、友達か？」

ぶっちゃけ、高校生でも通じるんじゃない？　と思えるほど可愛らしい桜田さんは、クリスを見上げて私に尋ねた。

「大学時代の友人のクリスです。桜田さんは、今日はおやすみなの？」

「ああ、一応な」

なるほど、プライベートね。それを聞いて、私はにんまり笑った。

「すみません、写真いいですか？」

「おお、いいぞ」

桜田さんがカメラを受け取ろうと手を出す。それを「違う違う」と制して、私は彼をクリスの横に並ばせた。そして素早くデジカメのシャッターを切る。「スマーイル！」と声をかければ、彼は戸惑いつつも笑ってくれた。

基本、桜田さんはノリも人もいい。

その後、「俺が撮るんじゃないのか」と言われたので、私もクリスとのツーショットを撮ってもらった。そういえば、今日は二人で写真を撮っていなかった。私も撮る側に徹していたからね。

それからちょっと立ち話をして、桜田さんとは別れた。彼の後ろ姿を見送ってから、クリスがほんわかした笑みを零した。

『可愛いね、彼。あれはあれですっごくいい』

クリスが言うと別の意味に聞こえるけれど……それはまあ置いといて。

『でしょー。すっごい美少年だよね。でも、彼、ああ見えて私たちより年上だからね』

『え？　嘘でしょ？　いくつなの』

『四月で三十になった』

よほどの衝撃だったのか、クリスはしばらく無言だった。で、その後一言、『日本人の年齢詐称《さしょう》っぷり、半端ない……』とボソリと呟《つぶや》いた。

ってことは、うちのおばあちゃんを見たら、それこそ『化け物！』と叫ぶに違いない。

『彼は特殊で例外だから』としっかり釘をさして、私は一休みしようとクリスをカフェに誘った。

◆　◆　◆

そろそろ五時ですか。

少し疲れた様子の麗が、近くの喫茶店に入る提案をしていますね。さりげなく女性を道路側から遠ざけて歩くクリスさんには好感が持てます。が、何だか二人の距離が近すぎる気がして、私の中でモヤモヤが溜まっていきます。

先ほども麗が手にとった雑誌を見せて、二人で何やら盛り上がっていましたし。そんなふうに私に雑誌を見せてくれたこと、ありましたっけ？

「王子、黒い黒い！　何か変な靄《もや》が背後から滲《にじ》み出てるぞ～」

後ろから海斗が忠告してきました。おや、これは失礼。つい本心がダダ漏れしてしまいました。

私としたことが、自分の感情もコントロールできないとは。いけませんね。

容赦なく私の軌道修正をするあたり、海斗との付き合いの長さを感じます。学生の頃からですし、彼も私の思考を熟知しているのでしょう。

近くにあるカフェに向かう麗を、かなり近づいて尾行していると、何やら足取りが危なっかしいのに気づき、私はつい間合いを詰めました。

石畳の階段を下りる麗が一歩足を踏み外したのを見て、咄嗟《とっさ》に駆け出します。

背後から麗の腰に手を回して、ぐっと抱き寄せました。ぎょっとして固まっていた海斗が近付いてくる気配を感じます。

ああ、危ない。残り三段ほどでも、転べばただではすみません。

既に階段を下りきっていたクリスさんは、麗を気にして振り返って、何事かと目を瞠《みは》っています。

私が零した安堵の息に、麗はびくりと反応しました。それからゆっくりと振り返って、驚き顔のまま絶句し――思いっきり頬を引きつらせて硬直しています。

おや？　なんでしょうね、その反応は。

見る見る青ざめた麗は、「東条さん、何故ここに……！」と、もっともな疑問を口にしましたが、ともかく階段を下りることが先です。

海斗も一緒に、クリスさんが待っている場所まで麗について来ました。私は麗の肩に手を回した拘束状態――ではなく、エスコートしたままで。

海斗は、どういう顔をしたらいいのかわからないようで、気まずそうに視線を彷徨《さまよ》わせています。

真面目な彼のことです。尾行していたことに罪悪感があるのでしょう。

私はもちろん、偶然を装うことにします。麗がどこにいても察知する自信はありますので。発信機云々《うんぬん》のことは気づかれないほうがよろしいかと思っていますが。

沈黙の中で呆然《ぼうぜん》と私と海斗を見つめていたクリスさんでしたが、すぐに立ち直り、興奮気味に麗に尋ねました。

『もしかして、レイの彼氏⁉』

レイというのが麗のあちらでのニックネームというのは、どうやら本当のようです。

麗は観念したかのようにため息をついてから、うなずきました。

『嘘、マジでー⁉　やっだ、超かっこいいじゃないの！　さっきは写真見せてって言っても見せてくれなかったのに。何で早く紹介してくれなかったのー！』

『ご、ごめん……だって、失恋旅行中のクリスに自分の彼氏を紹介するのは、無神経かなと。それにちょっと面倒かと思って……』

……ん？　何やら最後に本音を持ってきましたね？

ごにょごにょと小さく呟《つぶや》いている麗は、大変可愛らしいのですが……

なんでしょうかね、この違和感は。

私と同じくらいの身長のクリスさんの仕草は、遠目で見た時はわかりませんでしたけど、ハイテンションな彼の口調は、どことなく男性というよりも……

『初めまして。彼女のフィアンセの白夜です』

違和感の正体に薄々気づきながら、とりあえず笑って自己紹介をした途端、クリスさんはどこか惚《ほう》けたような顔をしました。

そして『友人のクリスです……』と名乗って、隣にいる海斗にも目を向けてから、すぐさま麗に詰め寄ります。

『ちょっと何あの美声！　顔よし、声よし、スタイルよしって！　ねえ、レイ。一日でいいからどっちか貸してよ』

『やーだーよー!!　もう、こうなるってわかってたから紹介したくなかったのにー!!』

どんな方向に向かうのかわからない不穏な会話に、思わず海斗と顔を見合わせてしまいます。

やはりというか、予想通りというか……。どうやら雲行きを怪しく感じているのは、私だけではない様子。海斗も表情筋を固定させたまま、硬直していますし。

振り返った彼は、海斗を上から下までじっくりと眺めています。そして半袖のシャツから覗く腕に目を留めて、感嘆の声をあげました。

聞き間違いでなければ一言、『タイプ！』と。

『ダメダメ、あげないからねー!?』

慌てた様子で、麗が海斗と私を庇《かば》うように両手を広げます。そして振り返った彼女は、ぺこりと私たちに頭を下げました。

「すみません、いきなり！　クリスったら最近彼氏と別れたばっかりで、今回の旅行は傷心旅行だったんですよ。新しい出会いを求めるのも、旅の目的の一つとか……」

「えっと、麗ちゃん。俺の勘違いでなければつまり、彼はその～……」

かなり困惑気味な海斗に、麗はしっかりとうなずいて、半ば予想通りの答えをズバリと口にしました。

「はい、同性愛者《ゲイ》です」

……彼女の学生時代の友人に同性愛者がいる話は何度か聞いたことがありましたが、そうですか。こちらのクリスさんがその中のひとりですか。

私は内心の動揺など微塵《みじん》も見せずに、偏見がないことを笑顔で伝えて彼女を安心させました。その後麗はふと何か思い出したようで、小首を傾げてクリスさんを見上げています。

『あれ？　クリスって、そういえば高校生の時までは彼女いたんだよね？　ってことは、ゲイじゃなくって両性愛者《バイ》だっけ？』

『あー、そうそう。最初は普通に彼女がいたんだけど、大学に入った頃くらいから異性がダメになったんだよ。今はどうかわかんないから、とりあえずバイじゃなくてゲイね』

『あ～なるほど。そっか～』

感心してうなずく麗が大物に見えたのは、私だけではないようです。

そんな私たちに、クリスさんは話しかけてきました。

『そんなわけで、日本滞在中に是非デートしたいです』と、ウィンク付きで。

麗のご友人の申し出を無下にすることはできませんので、私は快くうなずき海斗の背中を軽く押します。

『私には可愛いフィアンセがいるのでデートは無理ですが、彼の貸し出しでしたら、私が許可しますよ』

『まあ！』と喜色満面のクリスさんを見た海斗が、目に見えて狼狽《ろうばい》しています。

『待て待て！　俺は普通にノーマルだから、そっちの気は全然……！』

『大丈夫。初めはみんなそう言うけど、一歩踏み込んでみたら案外ハマるから。それじゃ、とりあえずカフェに行きましょう！』

そう告げて、海斗を軽やかに引っ張って行くクリスさんを、麗は呆然《ぼうぜん》と眺めていました。ああ見えて、海斗は妹の護衛を任されるほど、身体能力が高いです。その彼を引きずることができるとは、クリスさんもなかなかやりますね。

戸惑いながら連行されていった海斗には悪いですが、彼は格闘技全般を修得していますし、大事には至らないでしょう。いざとなったら自力で逃げ出せばいいだけのことです。

二人の姿が近くのカフェに吸い込まれたのを見届けた後、私は麗の肩を再び抱き寄せて、尋ねました。

「さて、麗。出かける前には女友達の観光案内をすると仰《おっしゃ》っていましたが……。私に嘘をつきましたね？」

びくり、と肩を揺らした麗は何とか私の腕から逃れようと身体を捩《よじ》りますが、もちろん逃がすつもりなどありません。

「ち、ちがっ！　いや、ある意味違わないし！　見た目はああでも、クリスは中身はとんど女の子なんですよ！　趣味も好みも男性的じゃないから、間違ってはいないかと!!」

「なるほど。では、言い訳は帰ってからたっぷり聞いてあげます。さあ、行きましょうか」

自分のことはすっかり棚に上げて、私は麗を連れてそのままタクシー乗り場に向かいます。運よくとまったタクシーに麗を先に乗せて、自分も隣に乗りました。

隣で固まっている麗が可愛らしくて、つい意地悪をしたくなりますね。

さて、これからどう料理してさしあげましょうか？

◆　◆　◆

いろいろと、まずい状況になりました。狭いタクシー内から中継でお送りします。

――なんて実況風に語ってみたけど。状況が変わるわけもなく、内心の焦りがどんどん募《つの》っていく。逃げられる場所もないし。そうこうしているうちにも、車は目的地に向けひた走っている。

どうしてあの場に東条さんが現れたのか、さっぱりわからないんだけど!?　足を踏み外した時支えてくれたことには感謝しているが。

まさか、後をつけられていたり……。いや、いやいやいや！　立派な良識ある大人の東条さんが、そんな尾行なんて真似、するはずがな………い、とは言い切れない。だって彼は、似非紳士──

サーッと顔が青ざめていくのがわかった。冷や汗を流しながら、ずっと握られたままの手に視線を落とす。

本当に、どうしてあの場所にいたんですか、東条さん～！

まだ夜には早い、夕方五時半。すっかり見慣れた東条さんのマンションに到着して、そのまま最上階の自宅まで完璧なエスコートで誘導される。自社のセキュリティシステムのロックを解除して、中に入るよう促された。

ちなみにこのロック。指紋認証もついていて、いつに間にか私の指紋も登録されていることを最近になって聞いた。指紋を採取された記憶、全くないんですが……

バッグをソファに置かせてもらった後、急いでクリスに連絡を入れた。彼が海外でも使える携帯を持っていてよかった！

『最後まで案内できなくてごめん！　また連絡して！』とお詫びメールを送ると、五分も経たずに返信が戻ってきた。早いな！　と感心するのと同時に、海斗さんが心配になった。

まさか、本当にめくるめく禁断の世界に片足を突っ込んじゃったりしてるとか！

『大丈夫！　十分楽しかったから気にしないで。今カラオケ来てるんだ。また連絡する』

そう締めくくったクリスのメールを見て、とりあえずは安心した。

ふう、カラオケなら健全で安全……と思ったところで、はたと気づく。

カラオケ、暗いよね。でもって密室だよね？　二人は歌を歌っているんだよね？

クリスが日本の曲に詳しいことは、わかった。ちょっと歌ってもらった日本の歌謡曲は、驚くほど上手だったし。

まあ、何があっても二人とも大人だもんね。それに海斗さんは武道の達人のはず。クリスだって嫌がる相手を無理やり——なんてことをする人間じゃないと信じている。

私が気にしたって仕方がないか。そう自分を納得させていると、いつの間にか目の前に来ていた東条さんに声をかけられた。

「どうやら、おひとりでお楽しみ中のようですね？」

……その台詞《せりふ》、何だか語弊がありませんか。

携帯を握りしめながら百面相をしていた私の前に、温かい紅茶が置かれた。わざわざ私のために紅茶を淹《い》れてくれたらしい。

くん、とダージリンの香りを吸い込んでから、一口飲む。ほどよい濃さが心地よい。

まさか大好きな紅茶を飲ませて心を落ち着かせてから本題に入る、なんてこと計算してませんよね？　って、してますね、やっぱり……

私も段々東条さんのやり方がわかるようになってきたと、感慨深く思えてくる。いわば、この紅茶は軽い現実からの逃避。

半分ほど紅茶が減ったところで、上質な革張りのソファが軽く沈む。じっと立っていた東条さんが、私の隣に腰を下ろしたのだ。

ああ、尋問タイムスタート……

何もやましいことはないはずなのに、身体が強張るのは何故だろう。でも、私は別に嘘をついたわけではないし！　言わなかったこともあるけれど、それを怒るほど東条さんは器《うつわ》の小さい男じゃない……はずだ。

身体は温まったけど、内心が冷えていくのを感じる。私は東条さんが口を開くのをじっと待った。

「――さて、今日は楽しかったですか？　麗」

「エエ、トッテモ」

肩を抱き寄せられることにも、随分慣れた。が、笑顔なのに漂《ただよ》ってくる負の威圧感が半端なくて、萎縮《いしゅく》して片言になってしまった。

次に何を言われるかびくびくしていると、東条さんは相変わらず端整な顔を私に向けて、柔らかな印象を与える笑みを深めた。

でも、その双眸《そうぼう》の奥から鋭い光が発せられているように感じるのは、気のせいか。

「それはよかった。あなたの喜ぶ姿は私にとっても嬉しいことです。ですが、私以外の男がその笑顔を作ったとなると、いささか妬けますね」

すっと頬を手の甲で撫でられて、ぴくりと肩が反応した。ゆっくりと輪郭を描くように、今度は頬から顎のラインを指でなぞられる。その繊細で妖《あや》しい手つきに、ぞくっと背筋に震えが走った。

黒曜石《こくようせき》のような瞳に、心の奥まで見透かされる気分だ。

「や、妬けるなんて、まさか嫉妬ですか？　東条さんがクリスに？」

「ええ、そうですね。男性と二人きりで遊びに出かけているとは、思ってなかったので」

「あの、一応嘘はついていないですよ!?　女友達というのもあながち嘘じゃなくてですね、先ほども言った通りクリスは中身は乙女で……」

「彼の恋愛対象は、今は同性のようですが、バイでもあったのですよね？」

げっ！　忘れてた!!

記憶力がいいのも困りものだ。東条さんを納得させるには一筋縄ではいかないと覚悟していたけど、いらない記憶は是非とも消去していただきたい。

「ええっと、まあそうなりますが……。それも過去の話というか」

ああもう！

ここはひたすら謝った方がいいかもしれない。学生時代の友人と再会して遊んで何が悪い！　と開き直りたいところだけど、何だかこちらが騙《だま》したような気分になってきた。

浮気なんて、しないのになぁ……。

「私のことも、未だに苗字で呼びますしね……。名前で呼ぶようにと言っているのに、忘れていましたね？」

雲行きが本格的に怪しくなってきたことを感じ取って、私はガバリと頭を下げた。

「ごめんなさい！　生物学的には男なのに、女友達のカテゴリーにいれてましたぁ！　初めからちゃんと説明しておくべきだったのに、秘密にしててごめんなさい！」

もう何でもいいからとりあえず謝っておけ。そう脳が判断を下した。

ふう、と東条さんが小さくため息をつき、そして指先で軽く私の顎を持ち上げた。ゆっくりと顔を上げると、目の前には穏やかないつも通りの笑みがあった。

あ、怒ってない……

そう、ほっとしたのも束の間――

「そんなに悪いと思ってくださっているのなら、誠意を見せてもらいましょうか。あなたからキスをしてくれたら、嘘をついたことを許してさしあげます」

「…………え？」

唖然《あぜん》として東条さんの顔を見つめていると、彼はにっこりと微笑みながらうなずいた。

ちょ、ちょっとそれは！　恋愛初心者になんて注文を!!

「できませんか？　それとも、私とキスはしたくないと？」

「っ!?　ちが、違いますけど！　そうじゃなくって……!!　いきなりキスを私からしろだなんて、心の準備というものが……!!」

何度もしているのに、いまさらキスごときで何を言う——なんてコメントは、受け付けておりません。

自分からするなんて、経験ないんだよ！　東条さんからの不意打ちキスは、それこそ何度かあったけど！　バードキスからフレンチキスまで、そりゃあもう濃厚なのもガッツリされちゃったりしていますけども！

私にそのようなキスができるかと問われれば、答えはNO！　もしかしたら将来的にはできるようになるかもしれないけど、今はまだNOだ！

冷や汗を流しながらうろたえて、はたと気づく。どこにキスをしろとは言われてない。それなら、額や頬など、唇以外のキスでの謝罪はアリなのかも？

「ちなみに、頬にキスとかはアリだったり……」

期待を込めて上目遣いに尋ねてみると、あっさりと首が左右に動く。その笑顔が憎らしいと思ったのは、多分今が初めてではないだろうか。

「ああ、名前を何度か言い間違えられましたね……。仕方ありません。それなら麗からのキスも、最低三回はしていただきましょうか」

「何で三回！　それって全部私からですよね!?　む、無理ですっ」

「おや、三回では少ないようですね。それならキスは五回に増やして、制限時間まで設けましょう。一度のキスに最低三十秒で」

「三十秒を五回!?　無理、絶対無理です!!」

私を心臓発作か何かで殺す気ですか！　動悸《どうき》、眩暈《めまい》、呼吸困難、脈拍の急上昇とか、死因をそんなふうに書かれたら、恥ずかしすぎて成仏できません。いや、死ぬ予定はまだまだ先のはずですけど。

「それでは、十分間の濃厚なキスを一回か、最低三十秒のキスを三回か。時間を長くすれば一度で済ませても構いませんよ？　それとも回数を増やして最低時間を短く設定しましょうか」

どんどんエスカレートしていく要求に、私は心の中で滂沱《ぼうだ》の涙を流した。

「三十秒のキスを三回で許してください～……」

心の中だけではなく、現実にも私は既に涙目だった。

その答えに満足したかのように、東条さんは満面の笑みを浮かべて頭を撫でてくる。

「いいでしょう。でも、一度にキスの権利を使ってしまうのは、もったい無いですねぇ。今すぐに一回、食後に一回、帰宅前に一回、でお願いしますね？」

ぎゃぁあー！

この羞恥《しゅうち》を半日で三回も味わうとか、どんな新手の拷問《ごうもん》なの……！

私はたまらず、心で声にならない悲鳴をあげた。

「もちろん本音を言えば、あなたを帰したくありませんが」

東条さんの口からその言葉が出た時は、はっきりと拒否させてもらった。この流れでのお泊まりは、絶対にまずい。そして「ちょっと失礼します」と言って部屋から出て行く。東条さんは引き下がってくれた。するとと、思いのほかあっさり「わかりました」と東条さんは引き下がってくれた。

ひとりになった私は、そういえば、あの買い物で購入したルームウェアは、どうしたんだろう。結局送り先をここにしたんだっけ？　なんてことを、つらつらと考えていた。言ってみれば現実逃避ってやつだ。

そうこうしているうちに、席を外していた東条さんが、ショップ袋を持って戻ってきた。今すぐキスをしろと言うわりには、私にべったりくっついているわけではなくて。少しの間でもひとりの時間をくれたことにホッとする。

だが、さっきの思考は現実逃避ではなく、いわば予知のようなものだったのかもしれない。

「さて、麗。折角ですし、着替えましょうか」

「……はい？」

手渡されたその袋の中には、数着のルームウェアとセクシー系ナイトウェア。

それはまさしく、先ほど私が考えていた代物《しろもの》……

「あの、これって、別に必要ないんじゃないかと……」

「家に戻ってから部屋着に着替えて寛《くつろ》ぐのが好きと仰《おっしゃ》っていたのは、麗でしょう？

さあ、ここがあなたの自宅だと思って、遠慮なく好きなのを選んでくださいね」

帰宅したら確かに部屋着に着替える。それは誰にだってある普通の習慣だろう。

でもね！　それはあくまでも自宅に帰宅したらの話であって。こうやって、か、彼氏の家でとかは、違うと思うの！　こんな夜景を展望できる豪華な部屋は、自宅とは思えない！　同棲しているわけでもないのに。

同棲、なんて単語を使う勇気はないが――。言ったが最後、あの時の二択のようにまた選択を迫られて、気づいたら週末だけ通い婚みたいな関係になりそうで、笑うに笑えない。

まだ高校生の響をひとり暮らしさせるわけにはいかないし、けじめだってちゃんとつけなければ！　婚約なんて言っているけど、今はまだお付き合いの延長線で〝仮〟がしっかりとついているわけなので！　むしろ、まだ〝（仮）婚約〟してからひと月も経過していないんですけど！

いつまで経ってもなかなか受け取らない私に、東条さんがうなずいた。

「なるほど、私に選んでほしいのですね。ええ、いいでしょう」

「は？」

何ですか！　そのポジティブすぎる思考は！

袋から取り出したカラフルな布地に混じるように、あの小悪魔風のナイトウェアまで出てきたもんだから、口から魂《たましい》が飛んでいきそうになった。

密かに朝姫さん行きになることを願っていたのに！　現実とはつくづく自分の思い通りにはいかないらしい。

パイル地のチュニック、猫耳がついたパーカー、ポップでキュートな上下のセットなどなど。

それらを眺めて、「まずは」と呟《つぶや》いた東条さんに、まさか全部着させるつもりじゃないよね!?　と思わずギョッとした眼差しを向けた。ルームウェアを取っ替え引っ替え着替えていたんじゃ、リラックスできないじゃないか。

「私を可愛く振り回す麗には、猫のようにおねだり上手になってもらいましょうか」

――小悪魔風に振り回してもらうのは、次回に取っておきますね？

実に楽しそうな笑顔でルームウェアを見せる東条さんに、私の片頬は引きつりまくりだ。

「着替えにお手伝いが必要でしたら、何なりと」

「それは謹《つつし》んでご遠慮させて頂きますー!!」

ダメだ、完璧に東条さんのペースにはまっている。

これ以上追い詰められないように、もう諦めて大人しく着替えてこよう!

羞恥《しゅうち》で紅潮している頬を隠すこともできずに、私は手渡されたルームウェアを受け取って、客室として使われている個室に駆け込んだ。


はっきり言って、このままここに籠城《ろうじょう》したい……

そんなできもしないバカげたことを考えてしまう。バスルーム付きだし、食料さえあれば引きこもれるんだけど……なんて。食べ物がないから、それは到底無理な話なわけで。というかそれ以前に、東条さんがこの部屋のドアを開けられないはずがない。

手渡された服をベッドの上に広げる。七分袖の黒地に水玉模様のパーカーは、汗を吸収する素材でさらっとしている。大胆に襟ぐりが開いたホルタータイプのチュニックは、丁度お尻が隠れるくらいの長さ。太ももの真ん中ほどの丈のショートパンツも全部同じ生地。裾《すそ》は全部細いゴムで絞ってあって、可愛らしいフリルが施《ほどこ》されている。

着ている服を脱いで、観念してそれらに袖を通した。ポニーテールにしていた髪を下ろして、手櫛で整える。姿見で確認したままフードを被ると、可愛いのかよくわからない猫耳がクタリと前に倒れてくる。

これはちょっと……。いや、うさ耳じゃないだけいいのか？

「ティーンの女の子ならまだしも、私の歳でこれって、可愛いを通り越して、恥ずかしいんだけど！」

色が黒なのがまだ救いになってる。これが薄ピンクだったり、フリルやレースが満載だったらきっと恥ずかしくて悶《もだ》え死んでしまうだろう。

自宅なら何を着てても気にしないし、響や鷹臣君の前でならこんなかっこうも恥ずかしいとは思わないのに。好きな人に見られるのは、やっぱりたまらない。

「好きな人……」

そう呟《つぶや》いてみると、自分はこれから大胆なことをしなければならないのだと、改めて頭を抱えたくなる。

うわ、うわー！　このかっこうで東条さんの唇を奪うとか、ないわ!!　とんだ拷問だよ!!

あの東条さんに堂々とキスできる権利が与えられたら、普通なら役得と思うのだろうけど、私の恋愛スキルはまだ全然そこまで追いついてないし！

「それにこれ、パーカーがあるからまだマシだけど。ちょっと……、胸元が開きすぎじゃ？」

しかも、あれだ。ルームウェアだから、下着をつけなくてもリラックスできる作りになっている。

つまり、ブラなしでも大丈夫なように、パッド付きなのだ。

通常なら「楽ちんだわ、これ～」なんて喜んでるのに。今のこの状況だと、それがいいんだか悪いんだか！

キス以上の関係になっていないから、余計に貞操《ていそう》の危機を感じてしまう……

「いやいやいや、落ち着け私！　違うから、誘惑と違うから！」

とりあえず、ジッパーは上まであげておこう。ショートパンツも、靴下なしの生足だ。いささか涼しい気もするが、まあ大丈夫だろう。足のムダ毛は昨晩処理しておいてよかったと、安堵した。


そろりと扉を開けて、リビングに戻ると、キッチンから小気味いい音が聞こえてきた。

時間はもう六時すぎ。もしかして、夕食の準備？

東条さんの手料理が食べられる！　と、喜ぶあたり、どこか女子として間違っている気もする。でも私がひとりでキッチンに立つには、まだ響の許可が……

「私も手伝います！」と顔を出すと、野菜を切っていた東条さんがまな板から顔を上げた。

「ありがとうございます。やっと出てきてくれたんですね。客間の扉が天岩戸《あまのいわと》化してしまったらどうしようか、と思っていましたよ」

……すいません、一瞬考えてました。

天照大神《あまてらすおおみかみ》のように閉じこもっていても、きっと東条さんの手料理の匂いを嗅《か》いだら、空腹に耐えきれず出てきたと思うけど。

ルームウェアに着替えた私の姿を上から下までじっくりと眺めた東条さんは、満足したように微笑んだ。

「思った通り、よくお似合いで。可愛いですね、私の猫さんは」

「……っ！」

普通の人が言ったのなら、「痒《かゆ》い！」とか、「痛い！」とかのコメントが飛び出るところだけど、どうしてこの人が言うと全ての言葉が甘くなるんだろう。

ああ、これも恋のマジックというやつか。恐ろしいな、おい！

真っ赤になっている顔を見られたくなくて、俯《うつむ》き加減でお礼を言う。ルームウェア姿を強要されているのに、お礼を言うのも何だか変な感じだけど。でも、東条さんの感想がお世辞なんかじゃないとわかっているから、嬉しくなってしまうのもまた事実で。

毒されているなぁ、と苦い笑いがこみ上げてきた。

「何作っているんですか？」

「サラダです。今夜は何が食べたいですか？　メインはまだ何も準備していないので、リクエストがあれば遠慮なく仰《おっしゃ》ってくださいね」

「うーん、そうですねぇ……」

特にこれが食べたい！　というものはないんだけど。と思いつつ、冷蔵庫の中を見させてもらう。そこで、冷凍庫にシーフードミックスを見つけた。トマト缶もあるし、魚介類のパスタとか、トマト煮込みのシチューとか。そのあたりってどうだろう？

私の提案にうなずいた東条さんは、ふと手を止めて私に微笑みかける。

「食事の準備の前に、まずはあなたを味わってみましょうか」

ふいに色気を滲《にじ》ませた視線に絡めとられて、息を呑んだ直後。腰を引かれてすっぽりと広い胸の中にダイブしていた。

って、この動き、ちょっと鮮やかすぎじゃありませんかね!?　そして何だか言い回しがエロイんですがっ！

「あの、あの！　それって、まさか今……」

「ええ。先ほどのキスの権利を、今行使します」

今じゃなくていいよ！　先にご飯作って早く食べようよ！

そう言いたくても言えない空気を、このお方は作るのが本当にお上手で。

催促するように熱を孕《はら》んだ声で、「麗？」と名前を呼ばれたらもう、色香にあてられた恋愛ビギナーはお手上げです。

「ああ、この体勢じゃきついですね。ソファに移動しましょうか」

身長差に気が付いた東条さんは、私の腰を抱いたまま、リビングのソファに誘導する。

確かに、ずっと見上げる体勢でいるのは辛いし、首が痛くなる。けど、ソファに座った彼に、私はどんな体勢でキスをすればいいの！

おろおろと目線を彷徨《さまよ》わせて、自分も座るべきか、中腰になるべきか、その段階でもうわからない。

隣に座ったら腰をひねってキスすることになるから、それでは体勢が辛くなりそうだ。中腰でもそれは同じだし、むしろソファに座らせるよりも、ダイニングテーブルの椅子に座らせた方がよかったんじゃ？

なんて思考をぐるぐると巡らせていたら。東条さんが軽く私の手首を引っ張って、自分の膝の上に横座りさせた。

こ、これはこれで、恥ずかしいんですが！

「どこにどう座ったらいいのか、お悩みのようでしたので。私の膝に座れば問題ありませんよね？」

むしろ大ありだよ！

「いえっ！　重いので、どいた方がっ」

「重くなんてありません。さあ、麗。早く私にキスして？」

ギャーーー!!

そんな壮絶な色気をまき散らしながら、甘い声で何てことを囁《ささや》くんですかぁ！　声フェチじゃなくったって、この声だけで誰でもくらりと失神しちゃうよ。

危険だ、この人は。いろんな意味で危険な男だっ。

いつも敬語口調の人がふいに敬語じゃなくなるというのも、立派なトキメキポイントになることを、今この瞬間、新たに発見した。

「あの、目……閉じてください……」

ふっと小さく笑い声を零した東条さんは、ゆっくりと瞼《まぶた》を閉じた。

男性なのに、相変わらず肌理《きめ》の細かいお肌で羨《うらや》ましいですねぇ……。

直毛の睫毛《まつげ》は長いし、目を閉じた顔もどこまでも美形だし。

完璧に配されたバランスのいいパーツ。サラサラな黒髪。自分とつい比べてしまう。

色気がなくてもせめて、もう少し美を磨く努力をすべきか……。

そっと頬に手を合わせて、両手で東条さんの頬を包み込む。うわ、想像した通り、お肌すべすべだよ！　一体、どうやってこの美肌を保ってるんだよ！

とか八つ当たりして、早鐘《はやがね》のごとく打ち始める心臓を宥《なだ》めてみたけれど。ダメだ、まるで効果がない。

ドキドキする心臓の鼓動を聞きながら、私は頬から手をずらして、東条さんの首に両腕を回す。震える吐息に気づかれないように、ゆっくりと東条さんの頭を自分の方に傾けて、唇を合わせた。

柔らかくて甘い口づけ。唇が合わさっただけで、お酒を飲んだような酩酊感《めいていかん》が襲ってくる。心の中で三十数えてから離れると、東条さんは目を開く。至近距離にある端整な顔に、しっとりとした笑みを浮かべて、首を傾けた。

「今のは?」

「キスですね」

即答の後、東条さんが無情にも一言、「やり直しですね」と答えた。

「えっ！　何でですか！」

ちゃんと三十数えてキスしたよ、私！

「正確には二十八秒とちょっとですね。あと、恋人同士のキス以外は認めません」

しっかり時計で時間を計っていたんですか!?　なんて、そんなことにも驚いたけど、でもそれよりも……。〝恋人同士のキス〟という単語に私は狼狽《ろうばい》する。

ちょっと待って。私の認識では、唇同士が合わされればキスはキス。たとえ濃厚じゃない軽目のものだったとしても、キスで間違いないはず。

なのに、いつの間に、そんなハイグレードなキスをする話になっていたの！

「キスはキスですよね!?　恋人同士のキスって、私からディープをしろってことですか！」

　焦る私を見て、東条さんが逃がさないとばかりに私の腰に片腕を回す。身体が拘束されて冷や汗が流れたけど、それよりも何よりも、彼の答えを聞く方が重要だ。

「ええ。身も心も蕩《とろ》けるような甘いキスを」

　ひっ！

　ど、どんなのですか、それはぁああ！

「異議あり！　初心者にそれは無茶振りしすぎですよ！　私が今したのだって、どれだけ勇気を振り絞ってやったと思っているんですかぁ！」

　少しでも東条さんとの距離を稼ごうと腕を突っぱねてみたけど、無駄な労力を使っただけだった。がっちりとホールドされている腰が、ますます強く引き寄せられる。

　そのキラキラしい王子様スマイルが、何だか憎たらしい！

「もっと恥じらう姿が見たいので、頑張って私が与える試練を乗り越えてもらいましょうか」

　試練って！　自分で言っちゃったよ、この人！

　——さあ、今度はちゃんと恋人同士のキスをするんですよ？

　甘く囁《ささや》く悪魔が、降臨した瞬間だった。

　逃れられない状況とは、今みたいなことを言うのかもしれない。心臓が痛いほど主張してきて苦しい。

耳まで真っ赤に染めた私を愛おしげに見つめていた東条さんは、直接耳朶《じだ》に吹き込むように私の名前を呼んだ。

「麗?」

……ああ、もうダメ。

サスペンス劇場でよくある、断崖絶壁に追い詰められた犯人の心境だ。覚悟を決めた私は、未知なる世界に飛び込むことを決めた。

「口、開けて? 白夜」

彼の名前を呼ぶ自分の声が、いつもより数倍甘く感じる。目を閉じ薄く開いた口元に、私は顔を傾けてゆっくりと唇を合わせた。

初めはついばむように。そして段々その繋がりを深めていく。

私から舌を差し込むなんてしたことない。正直どうしたらいいのかわからない。耳元で爆竹のように鳴り響く胸の鼓動を感じながら、震える舌をゆっくりと東条さんの口内に進入させた。

歯列を割って、舌を絡め取る。自分から積極的に絡めるなんて、恥ずかしすぎて死にそうだ。

零れる吐息が艶《なま》めかしくて、抱き寄せられている身体も火照《ほて》るように熱くて。思考が徐々に鈍っていく。

「っ……ふ、んん……っ」

淫靡《いんび》な水音に、耳を塞ぎたくなる衝動に駆られた。いつの間にか主導権が東条さんに移っている。差し込んでいた舌が、今度は私の方に戻り、そして逃げ惑う舌を執拗に追われた。

ああ、くらくらする。

頭の中は靄《もや》に覆われたように鈍さが増していくのに、身体の感覚はどんどん鋭敏になってくる。口の端から零れ落ちる唾液を気にも留めず、深くお互いの熱を求め合うみたいに、唇を貪《むさぼ》った。

……やばい、そろそろマジで酸欠に陥《おちい》りそうなんですがっ。

もう確実に三十秒すぎてるよね!?

ペチペチと東条さんの肩を叩くと、より一層舌の動きが増して、私は思わず「違う、そうじゃねぇ!」とくぐもった悲鳴をあげた。

ようやく解放してもらった後、東条さんは情欲を孕《はら》んだ眼差しで私を見下ろした。うっすらと潤《うる》んでいる双眸《そうぼう》は、女の私より艶《つや》っぽい。フェロモンがダダ漏れすぎて、見られるだけで妊娠しそう……

東条さんは最後の仕上げとばかりに私の唇をぺろりと舐めて、顎に伝った唾液を親指で拭った。ああ、もう、お約束のように指を舐めないでください！

荒い呼吸を繰り返しながら、クタリと東条さんの肩にもたれかかる。羞恥《しゅうち》と酸欠で、しばらく顔が上げられそうにない。疲労困憊《ひろうこんぱい》というのは、こんな状態なのかも……

「ご希望通り、三十秒は経過したかと思いますが……」

掠《かす》れ気味の声で告げる。ちゃんとタイマーで計っておけばよかったよ！　そしたらあと一回分は減らせたかもしれない。

「ええ、そうですね。合格です」

チュッ、と軽く額に口づけられて、余計顔があげられなくなってしまった。

もう、何でこの人、そんなに余裕なの！

経験値の差か――

私の知らない東条さんの恋愛遍歴が、俄然《がぜん》気になってきた。

そろそろ離してもらおうと、もぞりと上半身を動かす。すると、東条さんも腰に回していた腕の力を緩《ゆる》めたが……何故かついでのように、自由な方の手で、私のパーカーのジッパーを半分ほど下げた。

ギョッとしたのも束の間。鎖骨の下あたりに、チリッとした痛みが走る。

「ひゃっ！」

毛先が首筋にあたってくすぐったい！

強く吸い付かれた肌には、お望みのものがしっかり残ったらしく、東条さんは満足そうな笑みを浮かべた。

「きれいにつきましたね」と呟《つぶや》きながら、その痕《あと》を指でなぞる。

ぞくりとした甘い痺《しび》れが、背筋を駆け抜ける。

こ、これ以上はマジで危険だっ！

精神の焦りに反応したかのように、タイミングよく私のお腹が空腹を訴えた。

ぐぎゅるる～……

獣《けもの》の鳴き声のような誤魔化《ごまか》しのきかない音量で、お腹が鳴ったのだ。

普通なら、何て間の悪い！　と赤面するところだけど、今回だけは「ナイス！　私の腹時計！」と褒め称えたよ。

「お、お腹空きましたね!!　早くご飯作りましょう!!」

どうにかしてこの甘い空気を霧散させたい一心で、本来の目的を思い出した。さっきまで夕飯の支度をしていたんだよ、この人は！　私も及ばずながら、お手伝いをさせていただきましょう。

くすりと小さく笑った東条さんが、私をゆっくりと隣に座らせる。

「ええ、ご飯にしましょうか」

立たせなかったのは、私の身体に力が入らないと気づいていたからか……。本当に侮《あなど》れない。

恐るべし、東条白夜……

いつかこの人に敵《かな》う日がやって来るのか、心底不安になる。

今の濃厚すぎるキスのせいで、すっかり足腰に力が入らなくなっていた私は、そのまま黙ってクッションに顔を押し当て、身悶《みもだ》えていたのだった。

手際のいい東条さんは、さほど時間をかけることなく夕食を作り終えた。手伝うと言ったはずなのに、結局最後まで東条さんひとりに任せてしまい、申し訳なくて居たたまれない。

私がやったのは、ダイニングテーブルの上をセッティングして～、お皿を並べて～って、小学生のお手伝いか！　なんてツッコミたくなることだけ。いや、今時の小学生の方が、私よりはるかに役に立つかも。

彼氏に手料理を披露して胃袋をしっかり掴んでおくという話をよく聞くけど、どうやら私たちの場合は逆のようだ。胃袋を掴まれているのは、確実に私の方だろう。

シャキシャキのレタスを使ったサラダ。オニオンスライスと酸味の利《き》いたレモン果汁のバランスが、さっぱり感を与えている。スモークサーモンとカマンベールチーズを乗せたクラッカーは、見た目にもオシャレだ。

東条さんお手製のシーフードとトマトのリゾットも完璧なできだ。お米の芯がほんの少し残っている絶妙の歯触りで、お店で食べるよりもおいしい。

私の周りは本当に料理上手な男性が多いなぁ〜。響はいいお嫁さ……じゃない、お婿さんになること間違いなしだし、東条さんも、お坊ちゃんとは思えないほど、その腕前は抜群。スペックが高すぎて自分のダメさ加減にも若干気づかされたけど、私は私で修業を続けるとしよう。

「お口に合いましたか？」

「とっても！　本当においしかったです。ごちそうさまでした」

お世辞じゃない本心からの感想を告げると、東条さんは破顔した。その笑顔だけで私の心臓がまた大きく跳ねる。

うわ、不意打ちの極上スマイル……！　反則だ!!

私の顔が赤くなったことにしっかりと気づいているくせに、くすりと笑ってグラスに入った水を飲み干した東条さんは、「デザートにしましょうか」と席を立った。

東条さんの一挙一動に翻弄《ほんろう》されてしまう。感情が顔に出る自分が、恨めしい。

「あの、これは一体いつ用意していたんですか……」

目の前に置かれたティラミスを見て、ふと疑問に思う。お店で買ったものにも見えるけど、東条さんの手作りっていう可能性も十分あり得るからだ。

小さな白い陶器に入ったティラミスは、ひとりで食べるにはちょっと量が多そう。お茶碗より一回り大きめの器に目線が釘付けになる。

「今朝、海斗が持って来てくれたんですよ。朝姫に頼まれたそうです。昨晩作った試作品で、麗の意見が聞きたいと」

「試作品ですか」

朝姫さんのお店で出しているケーキか！　女性用のカロリーカットされたケーキを以前食べたけど、美味しかったなぁ。

わざわざ持ってきてくれたことに喜びながら、ふと忘れていたことを思い出す。そういえば、何で東条さんは海斗さんと渋谷にいたの？

「あの、と……白夜は、今日何であそこにいたんですか？」

危ないっ。危うく東条さんと呼ぶところだった。これ以上自分を追い詰める愚行は避けなければ！

「おや、残念」と呟《つぶや》いた東条さんの声をしっかりと聞いた。一体今度は何を要求してくるつもりだったんですか。

「ええ、奇遇でしたね。私も普段は滅多にあのあたりには行かないのですが、今回は仕事で海斗に付き合ってもらっていたのですよ」

「仕事で？　……私服で？」

本当に？　と、胡乱《うろん》な視線を送ったが、東条さんは「ええ、本当です」と言い切った。

休日の仕事までは把握していない私は、その言葉を信じるしかない。司馬さんならともかく、第二秘書の私は、彼の仕事内容をそんなに細かくは知らされていないから。

でも海斗さんを巻き込んだのか……。部外者の彼に付き添いを頼む仕事って、一体何だろう？

「少々特殊な仕事でして。開発中の新商品のデータ収集、とでも言っておきましょうか」

――市場には出回りませんが。

続けられた言葉に何となく納得する。なるほど、きっと警察がらみで頼まれている製品なのだろう。

これ以上追及するのは踏み込みすぎかなと思い、話題を変えることにした。

「これくらいはやらせてください」と東条さんに告げ、私はコーヒーを二人分淹《い》れた。

それを持ってテーブルに戻ると、向かいに座っていたはずの東条さんが、私が座っていた場所の隣に移動している。そこでスプーンが一つしかないことに気づき、私はキッチンに戻ろうとした。が、東条さんに手首を掴まれる。

「どちらへ？」

「スプーンをもう一つ取ってこようかと」

「必要ありません」

そうきっぱり告げた東条さんに「食べないんですか?」と問いかける。甘いものがそこまで好きではない東条さんは、もしかしたら食べないのかもしれない。

でも私ひとりで食べるとなると、この量は少々多いんですが。

「一口くらいはもらいますが、スプーンは一つで十分です」

言うが早いか、東条さんは掴んだ手首を引き寄せて、あっという間に私を膝の上に座らせた。そして左腕を腰に巻き付け、身動きできない状況に追い込んだ。

東条さんは右手でスプーンを持つと、極上の笑顔と脳を痺《しび》れさせる美声で、「はい、あーん」と私に囁《ささや》いた。細胞が一気に活性化して、身体が沸騰したような感覚になる。

「ひとりで食べられます!」

「それはダメです」

「!?」

即返って来た言葉に、声が詰まる。唖然《あぜん》とする私をよそに、東条さんは一口分のティラミスが乗ったスプーンを改めて私の口元へ持ってきた。

「さあ、いい子だから、口を開けなさい?」

め、命令形来たー!

甘い空気、再び到来。百メートル全力疾走した後みたいな心拍数が続くこの状況は、絶対身体に悪い。

「ひ、ひとりで食べ……」

「私が食べさせたいから却下です」

再度断られて、この場から動けないでいる私には、観念する道しか残っていなかった。赤面したままおずおずと口を開くと、蕩《とろ》けそうな眼差しで私を見つめる東条さんが、そっと冷たいスプーンを差し入れた。

さらりとしたココアパウダーが、唇に付着したことを感じる。

しっかりとエスプレッソがしみ込んだビスコッティに、洋酒とマスカルポーネチーズが混ぜられたクリームをゆっくりと味わい、こくりと呑み込む。

甘ったるくないのに舌触りがよくて、コクがある。そして後味はさっぱり。美味しくて、すぐにもう一口食べたくなった。でも、第二弾が既に準備されているせいで、なんだか素直に口を開けない。

「はい、あーん」

「っ……‼」

差し出されたスプーンと東条さんの顔を交互に眺めながら、どうしても食べなきゃダメかと葛藤していると――

「まだたくさん残ってますよ？」と甘く耳元で囁《ささや》かれた。

ぞわりとした震えが背筋を走り抜ける。早くこの状況から脱け出さなければ！

慌てて口を開け、差し出されるままに二口、三口と食べる。すると、東条さんが私の口元に顔を寄せ、口元についたクリームをぺろりと舐めとった。

「甘いですね」

「～～！」

イヤー!! もうマジで勘弁してください、お代官様!!

イメージ的には帝《みかど》と呼ぶ方が近いのだが、今の彼は溺愛《できあい》とS心を持った悪代官そのものとしか思えない。

そうだ！ 私ばっかりこんなことをされるから恥ずかしいんだ。自分もされたらどんなに恥ずかしいかわかってくれるはず！

目には目を、歯には歯を。羞恥《しゅうち》のあまりそんなことを考えてしまった私は、東条さんの手からスプーンをもぎ取って、ティラミスをすくった。そして上半身を少しずらして、彼の口元へそれを運ぶ。

「はい、あーん♡」

半ばやけくそで、語尾にハートマークまでつけて同じことをした。するとふっと色香あふれる吐息を零した東条さんは、微笑んだまま口を開いた。

すっとスプーンを口に差し入れ、食べさせる。彼は羞恥の色を浮かべるどころか、あっさりとティラミスを食し、恍惚《こうこつ》の笑みを浮かべて私を見つめた。

……あれ？

予想外の反応に戸惑う私を見て、余裕の表情で私の手からスプーンを抜き去り、コーヒーのソーサーに置く東条さん。私の後頭部に手を差し込み、そのまま流れるような動作で私の唇を塞いだ。

「ちょっ……！」

抗議の声をあげることは許されず、初めから深いつながりを求められる。甘いデザートを食べた後のお互いの口には、当然のように甘いクリームが残っている。絡まる舌がいつも以上に甘く感じられた。

「ふぁ……う、むっ……んん‼」

口内の粘膜を舌先でこすられ、歯茎を舐められ、唾液があふれる。室内に響く水音が何とも卑猥《ひわい》で、私の思考を再び霞《かす》ませた。

恥ずかしくて逃れたいのに気持ちいいとも思ってるなんて！　いろいろ重症だ。

いつの間にか東条さんの色に染められて、それを心地いいと感じている自分がいる。

どちらのものともわからない唾液を呑み込み、すっかりクリームもティラミスの味も消え去った頃、私はようやく解放された。

肩で息をする私を宥《なだ》めるように、東条さんが強く抱きしめてくれる。全身に与えられるこの温もりと、腕の強さに安心感を抱く。多少振り回されている感はあっても、やっぱり私は彼のことが……

「あなたとのキスは、甘いですね」

いつか見た悪夢がここで正夢になったと気づくのは、もう少し後のことだった。

頭の芯がぼうっとしている私を落ち着かせるように、東条さんがゆっくりと頭を撫でている。髪の毛を指先で梳《す》かれていると、まるで犬か猫になった気分だ。

「今日は買い物を楽しんだようですね。何を購入したのですか?」

東条さんに穏やかな声で尋ねられた。

私は東条さんにもたれかかっていた上半身をゆっくりと起こし、荷物を置いたソファに視線を走らせる。今日クリスと買ったものは、確か……

「傘とか、CDとか……小物類、ですね」

「見せてもらっても?」

何のためらいもなく、私はうなずいた。

買った荷物を取りに行く。袋を持って戻ると、いつの間にかソファに移動していた東条さんが、ポンポン、と隣に座るようにソファを叩いた。まるで躾《しつ》けられたペットみたいに、私は言われた場所に腰を下ろす。

見つめる視線が慈《いつく》しみに満ちていて、蕩けそう。気恥ずかしさと嬉しさがごちゃ混ぜになった感情を宥《なだ》めて、私は思考を切り替えた。

「百円ショップでクリスにつられて、ついいろいろと買ってしまって」

たまに行くと便利なものが多くて驚くよね。

「食器やキッチン道具も豊富だし、美容小物も多くて。衣類まであったりして、びっくりですよね」

そう言いながら、つい買ってしまったレースの靴下などを見せた。あと、これから必要になってくる紫外線防止グッズとか。

クリスが購入したものを挙げて、扇子《せんす》や和小物が気に入ったことを話すと、東条さんがふんわりと笑って「いいお土産《みやげ》ですね」とうなずいてくれた。

「ところで、素朴な疑問なんですが。百円均一ショップって行かれたことは……」

あるんだろうか？

考えてみたら、この人は東条グループの御曹司。庶民が行くような激安ストアなんて行く機会、なさそうだよねえ。アウトレット店ですら縁遠そうだ。

が、東条さんはちょっと間をあけて、「ありますよ」と答えた。

「え、本当に？　そうなんですか〜。ちょっと意外ですね」

「ええ、入ったことはありますね。なかなか興味深くて面白いですね。品揃えも豊富ですし」

きっと海斗さんか司馬さんが付き添ったんだろう。この人がひとりでそんなお店に入る場面は想像できない。いや、それよりも。明らかにブルジョワな美形がそんなところに行っちゃったら、店内中の視線が集まって落ち着かないだろうよ。騒ぎになりそう。

「こちらは?」と東条さんが指差したのは、キャラクターグッズをたくさん売っていた雑貨屋さんでの購入品だ。中から折りたたみ傘を出して、私はちょっと照れくさくなって頬を染めた。

「傘、です。折りたためる便利なタイプ」

きれいな水色の傘だ。鬱陶《うっとう》しい梅雨時《つゆどき》の気分を晴れやかにしてくれそうで、一目惚れしたのだ。シンプルなその無地の傘を、東条さんはちょっと意外に思ったらしい。

「あなたの好みでしたら、水玉とか柄が入ったものを選びそうですが」

……よくご存知で。確かにいつもの私ならそうだけど、これは違う。

「模様が入ったものも大好きですけど。つい学生時代に憧れていたシチュエーションを思い出してしまって、衝動買いを……」

うっ、改めて言葉に出すと恥ずかしいかも！　相合い傘に憧れていたなんて乙女チックなことを言って、引かれないだろうか。

「憧れのシチュエーション、ですか?　どんな?」

東条さんのことだから絶対わかっているはずなのに、あえて訊いて来るとか！　私は笑って誤魔化《ごまか》し、話題を変えようとしたが……

「麗？」

「っ……！」

甘い空気は霧散したはずなのに、何でまた再発!?

私の名前を呼ぶ声は艶《つや》めいていて、髪に触れてくる指先が優しいと同時に、何だか……エロイ。

「答えなさい？　麗。学生時代に憧れていたシチュエーションとは、一体何のことですか？」

私がギュッと握っていた折りたたみ傘を抜き取って訊く東条さん。さらには私が俯《うつむ》かないよう、頬に片手を添える。

何となく気が付いていたけれど、今、確信した。彼は時折Sになるらしい。

「あ、相合い傘……その、好きな人と一緒の傘に入って下校したり、ドキドキを味わってみたかったなぁ、なんて思い出してしまいましてですね……」

ああ、何だかもう、最後の方は自分でも何を言っているのかわからない。じっと見つめてくる視線は優しげなのに、どこか熱くって。顔が火照《ほて》るのを止められない。

東条さんにすっと親指で頬の輪郭をなぞられて、くすぐったくて私は反射的に目を閉じた。瞼《まぶた》の上に柔らかな感触が下りてきて目を開けると、至近距離に東条さんの顔があった。

ギュッと正面から抱きしめられる。

「一緒に下校は無理でも、相合い傘はできますよ、これからいくらでも。私があなたの憧れを叶えてあげます。丁度これから梅雨入りですしね。雨が降る日も多くなるでしょう」

そんな嬉しいことを言われて、自然と頬が緩《ゆる》んだ。

片想いの男の子と味わうドキドキ感も、好きな人との初めての相合い傘も、トキメキ度は同じくらい高い。

甘酸っぱい青春のメモリーなんて一つもなかったから、初恋で初彼で、（仮）婚約者の彼が私の高校時代の夢を叶えてくれるなんて、嬉しくないはずがない。

「今度二人用の大きな傘、買いに行きましょうね」

思いっきり彼に抱き着くと、東条さんは笑いながら「その傘でも十分ですよ」と言った。

「でも、やっぱりこれは一人用ですし、どうせならちゃんとした傘で、白夜も気に入るものが欲しいです」

身長差もあるしね。小さな傘だと、やっぱり濡れちゃうし。

「小さければより密着度があがるのでそれはそれで望ましいですが、風邪をひかせるわけにはいきませんね」

爽《さわ》やかに密着度云々《うんぬん》とか、言わないでほしい。濡れては困るという本来の用途を思い出してくれて、助かったよ。

「他にも憧れているシチュエーションがありましたら、遠慮なく言うんですよ？　一つずつ、私が叶えてさしあげます」

東条さんのその言葉に、私は笑顔になった。


それから私は、袋からAddiCtのCDを取り出して、美麗なジャケットを東条さんに見せた。私が購入した初回限定盤は、プロモーションビデオのDVDが付いている。

「これは、この間の彼の……」

「はい、K君のCDですね、AddiCtの。バレンタインデーに発売されたみたいです」

折角だからと、一緒にPVを見ることにした。

大きなテレビ画面に、幻想的な世界が映し出される。私の口から、思わず感嘆の声が漏れた。

「やっぱり不思議の国のアリス……！」

モデルか女優だろうか。アリス役は、十代くらいの可愛い女の子だ。アリス定番のエプロンドレス姿。でもそこに、AddiCtらしいちょっとした毒気が混ざっている。可愛いけどダーク！　そんな姿はインパクトが強い。清純な可憐さに、どこか残酷さが加わったような、若干黒いイメージだ。

そしてやっぱり、K君はハートの女王様だった。

「び、美人……！」

そして色っぽい!!　何、この色気!!

中性的な顔立ちだなとは思ったけど、こんな妖艶《ようえん》美女だったとは。自分が知り合いになったのはすごい人だったんだと、改めて思った。

食い入るように映像を見ていたら、突然東条さんに、頭にフードをかぶせられた。

「ん？」

驚いて横を向くと、画面より私に集中している彼の姿が。

「私の可愛い猫さんは、いつ私をこんなふうに積極的に誘惑してくれるんでしょうかね？」

「え？」

丁度チェシャ猫に扮《ふん》したメンバーのひとりが、猫耳と尻尾を揺らしながらアリスを誘惑しているシーンだった。くいっと頤《おとがい》を持ち上げて、勝気そうなアリスに向けて何やら呟《つぶや》いている。

東条さんが口にした〝誘惑〟という言葉が蘇《よみがえ》って、首を左右に振った。

「無理、無理です！　そんな高等技術を披露できる日は当分来ません!!」

「先ほどは私にキスしてくれたのに？」

「あ、あれはっ……!!」

「ああ、まだ二回権利が残っていますよね」

「ちょっ！　さっき白夜の方からキスしてきたんだから、二回目はなしです!!」

ティラミスだって食べてる途中だったのに！

デザートの存在を思い出したけれど、ここでまた言い出すと面倒な展開になりそうなので、グッと言葉を呑み込む。ちらりとダイニングテーブルを確認すると、そこにティラミスの姿はない。すでに冷蔵庫にしまわれた後のようだ。さすが東条さん、抜かりない。

やがて、ディスクが終わりを告げた。時刻を確認し、私は着替えることを伝えて先ほどの客室に閉じこもる。

「着替えてしまえばこっちのもの。帰宅って話になるよね」

もう夜の九時すぎだし！

いくら響が理解ある子でもね、姉がしょっちゅう恋人宅に外泊していると思われるのは、お年頃の弟の教育上あまりよろしくない気が……。変な気を遣われるのも困りものだし、何より気まずい。

日中着ていた服に着替えて、忘れ物がないかチェックした。脱いだばかりのルームウエアはしっかりと手に持って。これは自宅で洗濯しよう。

「もう帰られるのですか？」と引き留められて、もう少しだけいっかと流されそうになる欲望に抗《あらが》って、きっぱりとうなずく。

　無言でじっと見つめられて流れる沈黙が痛い……。決して「帰るな」とは言わない東条さんは、優しくて思いやりにあふれている。無茶なことも言うけれど、こんな時は私の意思を尊重してくれるのだから。

「残念ですが、仕方がありません。——送ります」

　車のキーを手にした東条さんに肩を抱かれたまま、駐車場まで足を運ぶ。

　見慣れた車の助手席に座り、走ること約二十分。閑静な住宅街の一角にある自宅前で、車はとまった。

「送ってくださってありがとうございました」

　ぺこりと習慣のように頭を下げると、目尻を下げて微笑む婚約者様（仮）の姿。外から差し込む街灯の光が東条さんの端整な顔に濃い陰影をつけて、彫りが更に深く見える。

　思わずときめいてしまった。

「あなたをひとりで帰すなんてことはできません。当然のことです」

　蕩《とろ》けそうな微笑を見せた刹那《せつな》。黒曜石《こくようせき》のような瞳の奥が、きらりと光った……気がした。

「それでは、最後は麗の口から、『愛してる』と言って、私にキスしてくださいね？」

「えっ！」

あい？　愛してる、だって!?

〝好き〟の二文字さえ緊張してうまく言えない私に、更に難しい五文字の言葉を言えと？

「アイ　ラブ　ユーとかは……」

「却下」

「ジュ　テームは……」

「却下」

笑顔でダメ出しされて、色気のない悲鳴をあげた。英語は軽いし、有名なフランス語の方も何となくかっこいいイメージはあるけれど。日本語で「愛してる」って、日本人はそう簡単に言わないよね!?　何だか重みがあって緊張感が半端ないんですがっ!!

でも、東条さんからは期待を込めた眼差しが注がれ続けている。私はじんわりと汗をかく手をぎゅっと握りしめて、妖《あや》しく艶《つや》めいた笑みを向ける東条さんと視線を合わせた。

女は度胸……!!

「白夜っ」

震えそうな声を誤魔化《ごまか》すように、両腕をぐいっと東条さんの首に巻き付けて自分に引き寄せる。助手席側に上半身を傾けた東条さんの唇を、すかさず奪った。

キスの間の呼吸も、以前と比べたらかなり慣れたと思う。

息苦しさを感じるより、お互いの熱に酔いしれることができるようになった。ゆっくりと東条さんの唇を食《は》む。東条さんの唇から零れる吐息が扇情的で、私の身体の芯に熱が灯《とも》る。疼《うず》くような甘い痺《しび》れに身を委《ゆだ》ねて、三十秒後。唇を離した私は、掠《かす》れる声で、でも彼にはっきりと聞こえるように、口を動かす。

「愛してる」

それを聞き、東条さんは愛おしそうに目を細めた。そして、私の大好きな声で返してくれる。

「私も麗を愛してますよ」

間近で感じた吐息がくすぐったくって目を閉じると、再び柔らかな感触を唇に受ける。

「お休みなさいのキスです」と最後に告げられ、私は車を降りた。東条さんは実に満足そうな笑顔で、車を発車させる。

自宅に入り、閉めた玄関扉に背を預けてしばらくじっとしていた私は、声にならない悲鳴をあげた。

キャパオーバーだ。

もう、いろいろと限界です……東条さんっ!!

その日の夜遅く。クリスから、一通のメールが届いた。

『今日は楽しかったよ。案内本当にありがとう！
それにしても、日本人の男の子はシャイね～。
海斗には、是非アメリカにも遊びにおいでって伝えておいて！
一押しのゲイクラブに連れて行ってあげる。
レイもフィアンセと一緒においでね。じゃ！』

……とりあえず、海斗さんが新しい世界を開拓しなかったことに、私は心から安堵した。

旅先での出会い

二十一世紀を目前にした、とある秋。

修学旅行を控えた高等部二年の生徒たちは、浮き足立っていた。交わされる話題のほとんどが、旅行についてだ。

親しい学友と寝食を共にできる貴重な時間。友情を深めるもよし、勉学に励むのもよし。そしてこの年頃の少年少女たちがもっとも関心をもっているのは、当然のごとく恋の話題だ。旅先での自由時間、いかにして意中の相手に想いを告げるか——それが、今一番盛り上がっているネタだった。

学園という日常を離れ、制服という無個性を脱ぎ去り、自由な私服姿で己をアピールできる貴重な時間。普段とは違った自分を見てもらえる、又は相手の違う一面を知ることができる。異国情緒あふれる環境ならば、なおのこと。その場の空気に感化され、芽生える予定のなかった恋も芽生えるかもしれない……

そんな思いを胸に、限られた時間をどう使うか、生徒たちはリサーチに余念がない。

少女たちの話題の中心人物は、部活動で好成績を残す爽《さわ》やかな男子生徒や、クラスで人気者の明るい男子生徒。彼らは日常的に何かと話題に上ることが多い、学年でも目立つ生徒たちだ。

その中でも一際関心を惹いているのは、生徒会のメンバーだった。

今年の生徒会会長は、中等部時代にも生徒会長を務めていた。彼の存在は、高等部にとどまらず、卒業後の中等部にも知れ渡っている。

優雅な物腰、穏やかな口調、柔和《にゅうわ》な微笑み。

指定の制服のブレザーをきっちり着こなし、生徒会メンバーのみが着用する特別なネクタイを身につけたその姿。男性的な精悍《せいかん》さよりも、中性的な美が際立つ。

眉目秀麗《びもくしゅうれい》、頭脳明晰、文武両道。おまけに大企業を束ねるグループの御曹司と、家柄も申し分ない。そんな彼が注目されないはずがない。

そういうわけで、三拍子も四拍子も揃った東条白夜は、当然ながらよくモテた。

「あの、白夜様。よろしかったら、わたくしたちと自由行動……」

「あら、ご予定がないか、ちゃんと先にお伺《うかが》いしないとダメよ！」

「修学旅行先がイタリアだとお姉さまに話したら、素敵なアンティークショップを紹介してもらったんですの。白夜様もよろしければ、朝姫様のお土産《みやげ》を選びにご一緒しませんか？」

「アンティークより、美術鑑賞の方がお好きですわよね？」

休み時間中の教室の片隅。表面上は笑顔の少女たちが、でも明らかに一触即発の空気を漂《ただよ》わせながら熾烈《しれつ》な戦いを繰り広げていた。

数名の女子生徒が、お目当ての人物をぐるりと囲んでいる。彼女たちの口調はゆったりしていて態度もおしとやかながら、その目には肉食動物を彷彿《ほうふつ》とさせる光が宿っている。そしてその視線は、全て白夜に向けられていた。

だが、彼女たちの強い眼差しを浴びても、当の本人は慌てる様子も戸惑った顔も見せない。

余裕を失わず、穏やかに微笑む彼の表情は、常と何ら変わらない。柔らかく笑み続ける彼に、たまりかねたようにひとりが声をあげた。

「白夜様！　フィレンツェでの自由時間は、一体どなたと過ごされるおつもりですの！」

鬼気迫る迫力で問い詰められた白夜は一言、「千寿《ちとせ》とですね」と答えた。

「その日は生徒会の仕事がありまして。お誘いはありがたいのですが……」

先ほどまでの勢いはどこへやら。彼女たちは、申し訳なさそうに眉尻を下げる白夜の顔にしばし見惚《みと》れた。

白夜の困った顔なんて、これまで見たことがあっただろうか。

いつもは見られない極めてレアなその表情。それを見られただけでも、今はよしとしよう。困らせたいわけではないのだから——。そう考えたであろう少女たちの思考は周囲にも伝わってきた。

「……そうなんですの。千寿様と生徒会のお仕事で。残念ですわ……」

「折角の修学旅行ですのに、お仕事なんて。白夜様、おかわいそう」

口々に慰めの言葉をかける彼女たちに、白夜はとどめを刺すように、「中等部の生徒会からの頼まれごとでして」と続けた。そして秘められたその意味を彼女たちは、すぐに理解した。顔を見合わせてうなずきあった後、肩を落としその場から立ち去る。

少し離れたところで一部始終を見ていた白夜の友人——引き合いに出された千寿という少年——が、音もなく近づいてきた。

「なあ、俺はいつからお前の予定に巻き込まれることになったんだ？」

「たった今ですね」

悪びれた様子もなくさらりと流されて、千寿は呆れたように「おい」とツッコミを入れる。

白夜の同級生である山茶花《さざんか》千寿は、見た目もなかなか派手な生徒だ。指定の制服を着崩しているのに、だらしなさを感じさせない。正統派王子と称えられる白夜とは、タイプの違うイケメンである。

軽薄そうな口調とファッションだが、親しみやすい雰囲気をもっている。誰とでも分け隔《へだ》てなく付き合える彼の性格が、外見にも現れていると言えるかもしれない。

「相変わらずモテモテですね～生徒会長様は。彼女たち、俺が同じように言っても、『自分も手伝う！』って言って逃してくれないのに。お前がちょっと困り顔をしただけで、これだもんなぁ。聞き分けのいいお嬢さんたちだ」

――つくづく得してるよな、お前。

千寿がため息まじりに呟《つぶや》いた本音に、白夜は苦笑する。

「あなたも十分得した性格をしてると思いますけどね。まぁ、先ほど言ったことも、半分は本当ですよ。個人的に頼まれたことなので、大したことではないですが。フィレンツェの街並みの写真を撮ってこい、ですから」

「誰だよ、それ言ったの。妹ちゃんか？」

「ええ、そうですが……」

白夜の微苦笑を目にして、千寿は察した。中等部の生徒会にいる白夜の妹、朝姫が何か無理を言ったのだろうと。そしておそらく、彼女と姉妹のように仲がいいもうひとり――

「あの中等部の生徒会長か。そりゃ断ったら面倒だな。一応〝許嫁《いいなずけ》〟なんだし？」

学園の理事長の孫娘で白夜の許嫁である彼女は、彼より三学年下の中学二年生だ。親同士の仲がよく、幼い頃に決められた関係だが、本人同士の相性は最悪である。一言で言えば、〝同族嫌悪〟という表現がピッタリだろう。

お互い婚約という関係を望んでいるわけじゃないが、朝姫を含め何かと三人でいることが多く、外からは仲がいいように見える。しかしそれは円滑で自由な学園生活を送るための演技でしかない。実際のところ、朝姫と彼女は全てにおいて出来すぎの白夜を何とか困らせてやろうと、日々地味な嫌がらせを画策している。そのほとんどが不発に終わり、余計彼女たちの苛立ちを募《つの》らせているのだが――

お互い都合がいいため、学園内では婚約者として接しているが、高校卒業と同時に、この関係を解消することを決めている。

千寿の言葉に、白夜の笑顔に凄みが増した。「おお、こわっ」と、ちゃかす友人の声に、白夜は珍しくもイラッとした。

だが見た目は軽くてチャラくても、白夜の内面をよく理解している有能な生徒会副会長は、相棒の肩をポンポンと叩いた。

「まあ、誕生日くらい自由に過ごしたいよな。いいぜ、ひとりで自由に動けるように俺が協力してやるよ」

「それはどうも。是非よろしくお願いします」

軽そうに見えて義理堅い千寿は、一度交わした約束は必ず守る。これで旅先での一応の自由は確保できるだろう。

すっかり穏やかで人好きする表情に戻った白夜は、爽《さわ》やかにお礼の言葉を口にした。

◆ ◆ ◆

初等部から高等部までエスカレーター式で進むこの学園は、良家の子女が多く通うことでも有名だ。世間一般でいうセレブ校。当然のことながら、学園の設備は一般の公立学校とは比べものにならない。

高等部の修学旅行先も豪華だ。この学園の高等部では、二年生で修学旅行が行われる。その行き先は、毎年海外と決まっている。

そして今年はフランス、スペインといった他の候補を抑えて、行き先はイタリアに決まった。

季節は、十月の初旬。

イタリアの十月は雨が多いが、初旬であれば、比較的気候もよくて過ごしやすい。そんな中、二学年の生徒たちは、遠いイタリアの地へ飛び立った。

と言っても、イタリアへ行くのが初めてという生徒は極めて少ない。何せ、日本有数の金持ち学校。ほとんどの生徒は、一度は来たことがある場所だ。主要都市であるローマやフィレンツェ、ヴァチカンなら、なおのこと。

ツアーガイドの説明を聞きながら、生徒たちは国家としては世界最小の国土面積であるヴァチカン市国に足を踏み入れる。

白夜は他の生徒たちと同じように、サン・ピエトロ広場を通って約百四十体の聖人像を見上げながら、カトリックの総本山、サン・ピエトロ大聖堂に向かった。

残暑を感じる外から、天井の高い大聖堂内に一歩入ると、ひやりとした空気が肌を撫でる。神聖な場所だからか、あるいは熱がこもらない造りだからか。重苦しく荘厳な空気を肌に感じ、開放的な異国に来て少し緩《ゆる》んでいた心が引き締まるようだ。

巨大な聖堂内を見上げて歩く。内部装飾の豪華さに魅入られ、白夜は思わず吐息を零した。

歩きながらオーディオガイドに耳を傾ける。聖堂に入る前に日本語版のオーディオガイドが生徒全員に手渡されており、初めてでも問題なく聖堂内を自由に回ることができた。とはいえ、これまたほとんどの生徒がすでにこの大聖堂を訪れたことがあるわけだが。

白夜は数度目の対面になるミケランジェロの有名なピエタや聖ペテロ像などを眺め、膨大な芸術作品を瞼《まぶた》に焼き付ける。

「コンクラーヴェの時期に来てみたいな」

大聖堂を抜けた後に行ったシスティーナ礼拝堂で、白夜の近くにいたとある男子生徒が、そんなことを呟《つぶや》いた。

システィーナ礼拝堂は、カトリック教会のローマ教皇を選出する選挙、コンクラーヴェが行われることで有名だ。

「いや、それはどうだろう。人が多すぎて相当大変だと思うぞ」

「まあ、確かにな。ってか、ここの壁画と天井画は、いつ見てもすごいな……」

白夜の隣にいた男子生徒が、友人の会話にうなずきながら頭上を見上げている。

ミケランジェロが描いた、創世記を題材にした天井画は確かに壮観で、何度見ても圧倒されてしまう。

首が痛くなりそうなほど高い場所にある繊細でディテールに凝った絵画は、イタリアに来たら一度は見ておくべきものだろう。白夜はそっと感嘆した。

ルネサンスを代表する芸術家たちによる作品を堪能し、一般観光客に押されながら、前へ進んだ。

いつ来ても、ここは人が多い。

――人に酔いそうですね。

はぐれないよう誘導されてようやく外へ出た。警備員であるスイス人衛兵の制服姿に色めき立った女子生徒たちが、カメラのシャッターを切り始めた。一切の軍事力を保持していないヴァチカンは、警備などはスイス人傭兵によってなされている。

ただ柱の前に立っているだけで、衛兵の制服姿は絵になる。赤、黄、青の太いストライプが施《ほどこ》された派手な制服は、その女子生徒が言うにはミケランジェロがデザインしたのだそうだ。だが、別の女子生徒はそれを否定していた。

ちらりと彼女たちの視線の先を辿る。とその時、背後から声をかけられた。おずおずと遠慮がちな声に白夜が振り返ると、数名の女子生徒が写真を一緒に撮りたいと頼んできたのだ。

勇気ある申し出を笑顔で受ける。数名の女子に男子ひとりという、バランスの悪い配置で写真を撮られた。自分だけ男という状況での写真撮影は正直居心地が悪く、苦笑いが浮かんでしまった。

——ハーレム願望なんてないんですが。

学生時代の思い出は多いに越したことはない。記念撮影は歓迎すべきだが、その写真がどこかに出回らないように気をつけねば。面倒な人間の目に入れば、おもしろがっていろいろ言われるのは間違いないのだから。

「モテモテっすね〜東条会長」

「あなたほどではありませんよ、山茶花副会長？」

背後から白夜の首を絞めるように片腕を回した千寿が、ニヤニヤ笑いを浮かべて白夜を見ている。写真撮影などには滅多に応じない白夜にしては珍しいと、からかっているのだろう。

白夜に憧れる女子生徒は多いが、その実、あからさまなアプローチをかける少女は意外に少ない。

一歩離れた距離でじっと熱い視線を送る、そんな奥手なタイプが多い。

修学旅行前に自由行動時間を尋ねてきたのは、ごく少数だ。他は当然のように存在する白夜のファンクラブに入っていて、そこでは抜け駆け厳禁という厳しい掟が存在するとかしないとか。

白夜自身は決してとっつきにくい空気を放っているつもりはないが、気安く喋るには勇気がいると思われているらしい。それに加えて学園の権力者の孫娘が婚約者であるということも、彼女たちが、大胆なアプローチを仕掛けてこない理由の一つだろう。

ある意味、白夜は学園の王子という称号にふさわしい扱いを受けている。

対して千寿は、人懐っこいイケメンだからか、積極的に迫ってくる女子生徒が多い。

本人も派手な交友関係を好み、白夜に話しかけているこの瞬間にも、彼の近くには数名の女子が待機していた。

「修学旅行は授業の一環で、遊びじゃないんですよ。生徒の見本になるべき生徒会役員が、こんなところでまで女子生徒を侍《はべ》らせて、問題起こしたりしないでくださいね」

「大丈夫だって。ちょーっと仲よく話してるだけだし」

その仲よくがどこまでの話なのか、信用ならないのだが。

まあ、軽くてチャラいが、根は真面目な千寿のことだ。最低限のマナーを守っているのなら、とやかく言う筋合いではないだろう。

軽くため息をつく白夜に、千寿はこっそりと耳打ちした。

「で？　フィレンツェに移動した後の自由行動。どこに行くか決めてるのか？」

「さあ、特には」

「とか言って、本当はフィレンツェ《あっち》にも彼女のひとりや二人、いるんじゃねーの？　学園内じゃ遊べないからな」

「何を言うんですか。ひどい言いがかりですね……」

お前と一緒にするなという視線を投げると、千寿は笑いながら白夜の背を叩いた。

「冗談だって。やるならあの二人にバレないところで遊ぶよな！　まあ、お前ならバレても痛くも痒《かゆ》くもないだろうけど」

「……」

一体この男は、自分にどういうイメージを持っているのだ。

否定するのが面倒になった白夜は、早く女子生徒たちの方へ戻るよう、千寿を促した。

「まあ、自由行動は任せろって。お前がいなくても適当に生徒会の仕事ってやつで、誤《ご》魔化《まか》しておくからよ」

爽《さわ》やかに笑いながら頼もしい言葉を残して、千寿は離れていった。

「ええ、ありがとうございます」と呟《つぶや》いた白夜の声は、周囲の喧騒によって掻き消される。

タイプの違う二人が寄り添う姿を、乙女たちが特殊なフィルター越しにうっとりと眺めていたことに、二人はまったく気づかなかった。

◆◆◆

観光バスがフィレンツェに到着した。

この修学旅行は十日間の日程で、ここフィレンツェは四カ所目の移動地だ。

ルネッサンスの色が濃く残る花の都、フィレンツェ。ドゥオモで知られる、サンタ・マリア・デル・フィオーレ大聖堂などの教会や、歴史に名高いメディチ家ゆかりの建物が数多く存在する。

初日に一流画家の名作が集まる美術館を訪れた。空き時間を使って、生徒たちはお土産《みやげ》選びに勤《いそ》しむ。

この街には、革製品や陶磁器、織物など、幅広い伝統工芸品が存在する。技術が廃れることなく、職人たちに受け継がれているためだ。

日本国内ではなかなか見ることができない珍しい工芸品に、少女たちはしばしば目を奪われていた。

「この間、お父様のお誕生日のお祝いに靴を注文しに、イタリアへは来たばかりですの。丁度でき上がったと連絡があったので、受け取りに行けそう。タイミングがぴったりでうれしいわ」

「よかったですわね。どちらのマエストロに頼まれたんですの？」

何気なく交わされる日常会話にも、セレブ感が漂《ただよ》う。

そしてフィレンツェ滞在二日目、十月八日は、白夜の十七回目の誕生日だ。この日は一日のほとんどが自由時間になっているのだが、一言だけでも祝いの言葉を伝えたいと、白夜は朝からひっきりなしに女子生徒たちに声をかけられていた。笑顔で応対するが、少しずつ疲労が溜まってきている。そろそろひとりの時間が欲しい。

人の波がおさまった頃を見計らって、千寿が助け船を出してくれた。

「ごめんね、こいつ、ちょっと生徒会の仕事あるから。また後でね」

いささか残念そうに見送る彼女たちを残して、人目のつかない場所まで移動する。

「助かりました」

「いいって、会長。たまには羽をのばしたいんだろ？　ちなみに先生たちには何て言ったんだ？」

「親戚に会う用事があると、適当に」

単独行動をさせるわけにはいかないとかなり渋い顔をされたが、何とか了承してもらえた。こんな時、人徳があると有利に働く。

「お前は教師受けいいもんなぁ……。ったく、本来ならグループ行動厳守だっつーのに。危険なことには巻き込まれるなよ？」

最後に、集合時間に遅れるなとウィンクしながら釘を刺して、千寿は走り去っていった。男からのウィンクなぞいらないが、何故か嫌味に見えないのがあの男の魅力である。

ふと無意識に、私服のポケットに忍ばせてあるカメラの感触を確かめる。そして白夜は、見知った顔と出くわさないように慎重に道を選んで歩き始めた。この日は自由行動のため、生徒たちは全員私服だ。

「そういえば、朝姫や夏姫《なつき》さんのお土産《みやげ》はどうしましょうか」

母である夏姫、妹の朝姫。あの二人なら、本当に欲しいものがあれば、自分たちで買いに来るだろう。ヨーロッパには日常的に来ているのだから。特に欲しいものなどないはずなのに、とりあえずお土産をと要求されていた。そうかといって、適当に選ぶわけにはいかない。彼女たちが気に入るようなものを選ばないと、後で何を言われることか。

――女性の、いえ、あの二人の好みそうなもの……。ああ、考えるのも面倒ですねぇ。

小さくため息をつき、白夜はポケットから地図を取り出して広げた。

こういった観光地の人目につく場所で地図を広げるのは、得策ではない。素早く目を通し、千寿から提供された情報を頭の中で整理する。

どうやらこの自由時間に、期間限定で展示されている絵画を見るためにと美術館へ向かった生徒が多いらしい。その先導を担っているのが、千寿だ。

その他にも、フィレンツェ大学に行った者、ピッティ宮に向かった者、またはフィレンツェが本店の一流ブランドで買い物をする者などが多いという。そんな中、白夜はあえて観光客が多いフィレンツェ最古の橋、ポンテ・ヴェッキオ周辺を選び出した。

ここが一番観光客に紛《まぎ》れ込みやすく、かつ同級生との接触も避けられるはずだ。海外慣れしている白夜のクラスメイトたちは、いまさらメジャーな観光地には来ないだろう。

白夜はようやくほっと息をつき、ひとりの時間を謳歌《おうか》しはじめた。

橋の途中で立ち止まり、ポケットからデジタルカメラを取り出した。自分では滅多に使うことのないそれを、僅《わず》かに眉をひそめて見つめる。

つい先日、夕飯の際に妹たちに言われたお願いごとを思い出す。

『白夜お兄様、今年の高等部の修学旅行はイタリアなんですってね。わたし、フィレンツェって大好きなんですの。是非観光地として有名なところの写真を見せてほしいわ。ね？　朝姫ちゃん』

『あら、いいわね！　写真撮ってきてよ、白夜。お土産話も期待してるわ』

なんの変哲もない会話に聞こえるだろうが、白夜はしっかりと彼女たちの意図を察していた。

観光名所での写真撮影は、どう見ても、初めてその地を訪れる観光客がする行為。

ヨーロッパなど日常的に訪れているはずの生徒会長が、まるでおのぼりさんよろしく、風景写真ばっかり撮っていれば、周囲の視線が自然と集まるだろう。

白夜様が写真を？　それも超メジャーな観光地の!?　ちょっと意外ね……

という具合に、周りから好奇の目を浴びればいいわ！　少しは恥ずかしい思いをするんじゃない!?

くすりと、いたずらっこのような笑いをした妹たちの思惑など、当然お見通しだ。

表面上は笑顔で「ええ、わかりました」と伝え、白夜はその挑戦を適当に流した。

周りからどう思われようと、別にどうということはない。生徒会の仕事の資料で、とでも言っておけば、来月に行われる文化祭のことを勝手に想像するだろう。イベントが近いから、勘違いしてくれるはずだ。
一、二枚ほど橋から見渡せる風景を写真に収め、白夜は気が赴くままに歩みを進めた。
来た道を戻り、道沿いにまっすぐ歩くと、新市場ロッジアに辿り着いた。小さな店がずらりと並んでいる。

革製品などを扱う店も多く、仮面舞踏会などで使われるような、陶器の派手なマスクなども至るところで目についた。

ここに来たのは初めてだ。

家族旅行で訪れると、優先されるのは母親と妹の希望だ。東条家の中で発言力の強い彼女たちは、気分のままに、同行者を振り回す。

意欲的に行動するのでたまにうんざりすることもあるが、そんな彼女たちに付き合っていても、この場に来た記憶はない。

見るからにイタリア人とわかる陽気な中年男性が、白夜に声をかけてきた。

『いい革のコインケースがあるんだよ』

商魂逞《たくま》しい彼らは、観光客と思《おぼ》しき若い青年に友好的な笑みを向ける。

『君、ネクタイは好きかい？　これはいいギフトになるよ』

『こっちのスカーフは女性に大人気さ。なんと言っても、軽くて肌触りが違うから。ほら、触ってごらんよ』

『あら、仮面舞踏会《マスカレード》に招かれる予定は？　当然あるわよねぇ。うちの仮面、一ついかが？』

流暢な英語で語りかける彼らに、白夜は曖昧《あいまい》な微笑を返す。当然とはどういう意味だろう、と考えながら。

――色鮮やかで派手な仮面は、夏姫さん好みですね。ですが、うちでそのようなパーティーを開かれるのは面倒なので、購入するのは見合わせておきましょう。

折角あるんだから使わないと！　と言い出されたら困る。もちろん、邸の中を仮面とドレスで歩かれるのも、自分がとるべきリアクションを考えると実に厄介《やっかい》だ。

気を遣わなくても済むようなものが他にないかと、白夜は周囲に視線を走らせた。

ふと、黒革の手帳が目に入る。手触りがよさそうで上質な革を使っているように見える。

白夜の視線に気づいた店主が、にこにこと話しかけてくる。

頭のてっぺんが少々寂しい五十代くらいの店主は、数種類の革の手帳を奥から持ってきた。

『兄ちゃん、目がいいねぇ。これはうちの人気商品さ。すぐに売れちまうから、なかなか手に入らないんだよ。ほら、この意匠。これはかの有名な画家の子孫のもので、今じゃ売れっ子デザイナーに――』

ペラペラと喋り続ける店主に相槌を打っていたが、彼のセールストークは一向に終わりそうもない。

切り上げようとすると、更に言葉を被せてくる。

断るやり取りをするのが面倒になり、白夜は一つ購入するかと思い始めていた。自分用か、もしくは暁《あかつき》にでも贈るとしよう。彼にはいつも色々迷惑をかけているのだから――と、年上の幼なじみを思い浮かべつつ、店主に購入する旨を告げようとした。だがその時。隣から、少女のような声が聞こえた。しかも日本語で。

「それ、あっちのお店でもっと安く売ってたよ」

くいっと袖を引っ張られた白夜は、いつの間にか真横に立っていた子供を見下ろした。キャップを目深《まぶか》に被り、髪はその中に収まっている。動きやすそうなカジュアルなかっこう。長袖のフード付きパーカーに膝丈のハーフパンツで、スニーカーを履いている。

変声期前の少年のような声で、服装も小学生の少年に見えるが、自分を見上げる顔は愛らしい。髪の長さはわからないが、おそらく、女の子だろう。

「そうですか。ありがとうございます」

若干戸惑いつつもお礼を告げると、彼女は白夜の袖を引っ張って、しつこく商品を見せてきた店主から離れた。

くるりと振り返った彼女が、白夜に告げる。

「あのね、お兄さん。そんな高そうな服着てひとりで歩いていたら、スリにも遭うし、今みたいな感じで絶好のカモにされるからね！」

年下の少女にそう注意されて、白夜は目を瞬いた。

が、「ご心配おかけしました。ご忠告、ありがとうございます」とすぐに丁寧にお礼を告げた。

どうやら遠くから白夜の様子を見て、親切心を出してくれたらしい。

自分はそんなに目立っていたのかと、改めて今の装いを確認する。

だが、特に目立ったかっこうはしていないと思う。母親から押し付けられたトラッドな服の中で、カジュアルなものを中心に選んだ。いたって普通の高校生に見えるはずだ。

「清潔感あふれるきっちりしたその服装だけじゃなくて、お兄さんの雰囲気がお金持ってそうな観光客に見えるんだよ」

はきはきと喋るこの少女は、歳の割に随分しっかりしている。

「あの手帳が欲しかったの？　同じやつがあっちに売ってるから、案内してあげようか？」

その言葉に、白夜は甘えることにする。この異国の地で、同級生以外の日本人と、しかも年下の少女と話す機会を、もう少し味わってみたくなったのだ。

東条白夜を知らない彼女に、この周辺の案内を頼むのも楽しそうだ。こんなに年下の少女と喋る機会なんてあまりないから、余計珍しく感じたのかもしれない。

彼女を怖がらせないよう柔らかく微笑んで、白夜は案内をお願いした。

なるほど。少し離れた店では、先ほど見た商品と全く同じものが、低価格で売られていた。

彼女曰《いわ》く、あの店長は人を見て値段を変えるらしい。

「値札がなかったでしょ？　気をつけないと、ぼったくられる」

彼女は熱心に「こっちの方が傷がない……でも、色ムラが気になる」などと呟《つぶや》きながら手帳を選んでいる。軽い気持ちで頼んだ白夜は、彼女が気に入った〝一番〟を買うことにした。

いつも心配《くろう》をかける暁へのお土産《みやげ》に、と。

「ありがとうございました。いいものを手に入れることができました」

お礼を告げると、彼女は照れくさそうに、はにかんだ笑みを見せた。

その素直な反応が、実に子供らしくて可愛らしい。

「えへへ、よかった」

「あなたもお買い物中ですか？」

「うん！　パパの誕生日プレゼントを選びに」

「おひとりで？」

改めて近くを見回したが、彼女の保護者らしき人物は見当たらない。

こっくりとうなずいた少女を見て、白夜はいささか心配になった。

「門限前に帰るように言われているから、大丈夫。それにちゃんと男の子に見えるかっこうもしてるし」

やはり、この少年のような服装は、自衛が目的らしい。

犯罪に巻き込まれるリスクを少しでも回避するため、動きやすいスニーカーとハーフパンツをはいているのだろう。髪を隠しているのも、おそらく少女だとバレないように。

「そうですか、実は私もひとりなんです。誕生日プレゼントはもう買えたのですか？」

「ううん、まだ。何がいいのか、ちょっとわからなくって」

……どうやらお互い、同じ悩みがあるらしい。

「実は私も、母と妹へのお土産《みやげ》が決まらなくて困っていたのです。よろしければ、一緒に選びあいっこしませんか」

困った表情で項垂《うなだ》れていた彼女は、顔を上げるとパアっと表情を輝かせた。でもその明るい表情の中から、本当にそうしていいのかと目で尋ねてくる。

「ええ、あなたが選んでくれた方が心強いです。代わりに、微力ながら私がお父様へのプレゼント選びを手伝いますから」

「本当!?　わあ、ありがとう、お兄さん！」

「こちらこそ」

随分と人懐っこい少女だ。危機回避能力はあるのに、そんなに簡単に見ず知らずの人間を信用して大丈夫なのだろうか。ある意味不安になる。

ふと、喜んでいた彼女が首を傾げて、思案するようにじっと白夜の顔を見つめた。

数拍後、日本人にしては色素の薄い瞳をまっすぐに向けて、彼に問いかける。

「……お姉さん？」

「いえ、お兄さんで正しいですが」

思わず、間髪をいれずに訂正してしまった。

上から下に視線を動かした彼女は、納得したのか、何度かうなずいた。

どうやら白夜の「私」という一人称が気になったようだ。

「そっか、やっぱりお兄さんだよね！　よかった、間違えてたら失礼な勘違いをしていたことになるから、焦っちゃった」

十七歳になったばかりの白夜は、身長は一七〇センチを超えた頃。中性的と言われることが多い。

常に醸《かも》し出している穏やかな空気と、物腰柔らかな口調は、白夜を青年になりかけの美少年に見せていた。

その危ういバランスが独特な色気を生み、人目を惹きつける。女性のかっこうをさせたら、確実に女性モデルで通じる容姿だ。少女が間違えるのも無理はない。

「気になさることはありませんよ。自分を『私』と呼ぶから、混乱させてしまったのですね」

「うん、男の人でも私っていうのは知ってたけど。お兄さんは美人さんだから、もしかして？　って思っちゃった」

正面きって美人と言われたのは、初めてかもしれない。

裏表のない少女の言葉に、白夜は珍しく照れた。

これはちょっと、恥ずかしい。

「それでは、まずはあなたのプレゼントを……」

と、言いかけて、はたと気づいた。

そういえば、まだお互い自己紹介もしていない。

すっかり普通に会話を進めていたのに、名前も知らないのだ。

ずっと、「お兄さん」「あなた」と呼ぶのは無理がある。

いや、彼女から「お兄さん」と呼ばれることは問題ないのだが。むしろ、新鮮すぎて、どうも慣れない。実妹からは平然と、名前で呼ばれている。兄と敬《うやま》う気はないらしい。

白夜の考えをくみ取ったかのように、少女が言う。

「レイ。友達からは、レイって呼ばれるから。お兄さんもそう呼んで？」

「友達からはってことは、それはニックネームか何かですか。私は……」

「このまま〝お兄さん〟って呼ぶからいいよ。むやみやたらに本名教えたら危ないからダメだよ？　私が悪い人だったらどうするの」

どうやらよく知りもしない人間に本名を告げるのは、あまり褒められた行為ではないらしい。

彼女の――レイの、両親の教育方針か。ここは外国で、確かに日本よりも危険が多い。

先ほどといい今といい、随分と自分は危機管理が甘いと思われていそうだ。思わず苦笑した。

「ふふ、そうですね。気をつけます。では、私のことはお好きに呼んでください」

個人情報の漏洩《ろうえい》を防ぐこと。周囲への警戒を怠《おこた》らないこと。こんな可愛らしい少女が自分に危害を加えるとは到底思えないが、白夜は素直にうなずいてみせた。

本名を知らせず、ただの「お兄さん」と「レイ」で接する。

余計な気を遣わないで済むから、気楽でなかなか居心地がいいかもしれない。


人通りが多い新市場を離れる前に、レイは何かを思い出したように、白夜を振り向く。

「ねえ、お兄さん。イノシシは触った？」

「猪《イノシシ》、ですか？」

レイは「あっち！」と指差して、反対方向へと白夜を誘導した。

そこには、横座りをするブロンズ像の猪がいた。本物のでっぷりとした猪よりは、若干スリムに見える。この猪の銅像は、市場の象徴だという。

「この鼻に触ると、またフィレンツェに戻って来れるって言われてるんだよ」

――皆が触るせいで、鼻がテカっちゃってるけど。

そう笑いながら、レイは見本を見せるように猪の鼻を撫でる。

話に聞いたことはあったが、実物を見るのは初めてだ。白夜も、知り合ったばかりの少女にならって鼻を撫でた。

「これでまた来られますかね？」

「うん！　多分ね」

人懐っこい少女は、白夜に屈託のない笑顔を見せた。

「パニーニはあそこが一番おいしいの。ここのパンは外がカリカリでね、中はもっちりしているんだ。分厚いモッツアレラチーズのとろとろ加減がお気に入りなの。ドルチェもおいしいんだけど、コーヒーはあそこのカフェじゃなくて、あっちのお店がいいよ。狭いし古いけど、ママのお気に入りのお店なの。ミルクたっぷりのカプチーノとか。ちょっと小腹が減った時に飲むと、丁度いい感じにお腹が膨れるって、ママが言ってた」

その後も彼女は通りすぎるお店を指差し、「ここのジェラート屋さんの店主は、素材に拘《こだわ》ってるんだって」など、地元情報を教えてくれる。

「レイちゃんは詳しいんですね」

前を歩いていたレイが振り返った。きょとんと白夜を見上げていたが、徐々にその頬が赤く染まっていく。

何か彼女が照れるようなことを言っただろうか。

「〝ちゃん〟って呼ばれるの、滅多にないから」

「そうでしたか。気に障ったのかと思いました。嫌でしたら別の呼び方で……」

そう言った白夜に、レイは「ううん！　そう呼んでもらいたい！」とはっきりと言い切る。

微笑ましい気持ちで「レイちゃん」と呼んだら、彼女ははにかんだ笑顔を見せた。

——何だか、頭を撫で撫でしてあげたくなりますね……

純粋で純真。好意には好意を返してくれる少女を、白夜は無性に可愛がりたくなった。

彼女みたいな少女が実の妹だったら……と考えてしまう。

「ん？　お兄さん？」

無意識のうちに手が出ていた白夜は、気づくとキャップの上から、彼女の頭を撫でていた。自分の胸元までしかない背丈も、庇護欲を誘う。

「いいえ、あなたみたいな素直な妹が欲しかったな、と」

「お兄さんも妹さんいるんだよね？　今いくつなの？」

そうだ、レイには妹と母親のお土産《みやげ》を選んでもらうのだ。ある程度好みや趣味がわかるような情報を与える必要もあるだろう。

「私より二歳下の、中学三年生。今は十四歳ですね」

気が強く、努力家で、負けず嫌い。そんな強烈な個性を持った妹。兄である自分にあれほど敵対心を燃やさなければ、溺愛《できあい》とまではいかなくても可愛がったと思うが……。

なかなか兄妹仲はうまくいかない。

「私の二歳上か～」

「……」

十二歳だったのか。実はもう少し下だと思っていた。今は小学六年生だろうか。

見た目は小柄な少女だが、考え方はしっかりしている。

「お兄さんは高校生？　ここには修学旅行で来てるの？」

「ええ、今は自由行動中なのです」

いいなぁ、と呟《つぶや》いた彼女は、憧れが混じった目で自分を見つめてくる。

「レイちゃんはイタリア生まれなのですか？」

「ううん、日本。イタリアには去年から。パパのお仕事で引っ越しが多いの」

「お父様のお仕事で？　ちなみにどういった……」と口にしかけて、はたと気づく。

深く尋ねすぎたかもしれない。質問の途中でやめたのだが、レイは一言「公務員！」

と答えた。

海外を転々とする公務員と言われれば、思い浮かぶのは、一つしかない。

――外交官のご令嬢……

なるほど。危機管理がしっかりと教育されているはずだ。

だがいいのだろうか、簡単にひとりで出歩かせて。まあ、まだ時刻はお昼を回った頃だ。誘拐など、人通りが激しくて人目につく場所ではそう簡単に起こらないと思いたい。

それから白夜は、イタリアに来るのは初めてではないこと、家族でも何度か訪れていることを告げた。その上で母と妹へのお土産《みやげ》選びを改めて依頼する。レイは、難しそうに眉間に皺《しわ》を寄せて考え込んでいる。

初めてではないのなら、目新しいものもそうないと考えたのだろう。

「特にコレ！　って言われたものはないいんだよね？」

その質問にうなずくと、「それなら何でもいいってことだよねぇ……」と呟いた。

その「何でもいい」というのが、一番困るのだ。センスが問われるのだから。

「妹さんは未成年だから、お酒はダメだし。食べ物はやっぱり最終候補かなぁ。パスタやジャム、ソース類が売ってるスーパーも面白いけど。ポルチーニのリゾットのインスタントは、結構おいしくてオススメなんだけどなぁ。そういうの、買ったことある？」

パスタやソースを買うことはあったが、インスタントのリゾットは自分が知る限りではない。そもそも、市民が行くようなスーパーに行ったことはなかったと気づく。

「いえ、おそらくないかと」

「じゃあ、いいのがなかったらそれも面白そう。乾燥ポルチーニもいいかも。軽いから旅行者にはいいいと思うよ」

ならば、と、気に入ったお土産が見つからなかったら、食べ物を選ぶことに決めた。

「食べて消えないやつなら、日本にはあまり売っていなさそうなものを選びたいよね……。革の小物とか、銀細工とか、グラス系とか？　アクセサリーはつけるの？」

　真剣に考えてくれる姿に、つい彼女が選んでくれたものなら何でもいいと言いたくなる。

　だが、それでは真面目に悩んでくれている彼女に、失礼だろう。

　女性だし、あの二人はオシャレに敏感だからアクセサリーはつけると答えると、彼女は小さな工房のような店に案内してくれた。

「オーダーメイドもできるんだけど、ちょっと時間かかっちゃうから。既製のもので、二人が気に入りそうなものあるかな？」

　雑然と品物が並べられている店内をぐるりと見回す。

　この店は、主に金と銀を扱うらしい。身につけるアクセサリーだけでも種類が豊富だ。精緻《せいち》なデザインが施《ほどこ》されたブローチやリング、バングルにペンダント。

　そのいずれにも、色鮮やかなストーンがついている。

　ターコイズ、アクアマリン、サファイアにアメジスト。

　同じデザイン、ストーン違いで十二種類あるそれらは、どうやら誕生石をあしらっているらしい。

　ふと、白夜の視線が、大きめのストーンがついた銀のバングルに引き寄せられた。

　華美すぎない、シンプルなデザイン。スクエアカットされたストーンが、幅の広いバングルの中央にしっかりと嵌《はま》っている。

薄い水色にも黄緑にも見えるその石は、トパーズだろうか。光の角度で色が変わる。

「すっごいきれいだね～その石！」

ひょっこりと隣から声が聞こえた。先ほどまで奥の方にいたのに、白夜が気になるものを見つけたと思って駆け寄って来たのだろう。

愛嬌のある小型犬が笑顔で自分に懐く姿を想像して、思わず口元が緩《ゆる》んだ。

お世辞でなく、素直にきれいと感想を述べるレイを見下ろす。

天真爛漫《てんしんらんまん》な彼女の笑顔を見ていると、何故だかお菓子をあげたくなる。これはもしかして、孫の喜ぶ顔が見たくて菓子類をあげる祖父の心境だろうか。

……次に祖父に会ったら、優しくしよう。白夜はそう密かに誓った。

「レイちゃんがそう言うなら、これを頂きましょうか」

え、そんなあっさり！　と驚く彼女に微笑みかけて、白夜は値札のついていないバングルを、母親へのお土産《みやげ》用に購入した。

「次はどちらへ向かいましょう？」

「うーんと、あっちのストリートも面白いものが多いから、楽しいかも」

人の波が激しさを増す、狭い小道だ。さりげなく、歩きやすいように車道側を白夜が歩き、安全に気を配る。が、石畳を歩くレイが躓《つまず》いて前のめりに倒れそうになった。

上体が落ちる前に、咄嗟《とっさ》に彼女の腕を引き寄せた。

「大丈夫ですか？」

「う、うん」

そのまま白夜はレイの手を握る。

「これで危なくないですね？」

「あ、ありがとう……」

知り合って間もない男が手を取るのは少し馴れ馴れしかったかと思ったが、握りしめている小さな手にキュッと力が入った。握り返されたことに安堵する。

ふくふくしている子供の手から、高い体温が伝わってくる。

――そういえば、朝姫も昔はよく手を繋いできましたっけ。

かれこれ十年は前の話だが。

実の妹とも手を繋がなくなって久しいので、何だか懐かしい気持ちに浸る。

気恥ずかしいのか、若干俯《うつむ》いているレイを見下ろして、「このまままっすぐ歩きますか？」と促してみた。

道順を尋ねられた彼女は、「右に行こう！」と白夜の手をぐいぐい引っ張った。

既に恥ずかしさはどこかへいったらしい。

「私のものよりも、レイちゃんのお父様には何がいいですかね」

忘れてはいけない、彼女の目的。父親の誕生日プレゼントを選ぶため、ひとりで買い物に来ているのだ。自分ばかり手伝ってもらうわけにはいかない。

「うーん、ママとならよく買い物に行くから、わかるんだけど……。おじさんの好みって全然わからないよ」

おじさん……。一般的にはそう呼ばれる年代だろうが、ちょっとかわいそうだ。

「ちなみに、お母様には尋ねました？」

「肩もみ券でも何でもいいのよ～って言ってたけど。それはもう父の日にあげたから、誕生日はちゃんとしたものをあげたい」

そう言って、彼女は不満そうに唇を尖《とが》らせた。

愛娘の手作りの肩もみ券は、父親にとっては何とも嬉しいプレゼントだろう。自分の学友たちは皆それなりに裕福な家庭だからか、肩もみ券を作ってあげたという話は聞いたことがない。マッサージチェアを購入したという話は耳にしたことがあるが。

外交官の娘でも、甘やかされることなく、金銭感覚は厳しく育てられたようだ。

「いいですね、肩もみ券。お父様は喜ばれました？」

「鬱陶《うっとう》しいくらいはしゃいで、ニコニコしてた」

「可愛い娘が労《いた》わってくれて嬉しかったのですよ」

少しだけ、彼女の両親に興味がわいた。きっと愉快で笑いが絶えない家族なのだろう。

そういえば朝姫が父親の誕生日に贈ったものは、何だったか。

照れくさそうに手渡していた姿を思い出す。

父が見るからに嬉しそうにラッピングを解《ほど》いて、出てきたものは、確か――

「ペン、とかどうでしょう？」

「ペン？」

「はい。普段から使うものは、いくつあっても嬉しいですし。きっと、お父様はたくさん書類にサインされるでしょう？」

印鑑などを使わない海外なら、ペンは重宝するだろう。書きやすい一本が手頃な値段で見つかればいい。

ペンか……と少し考え込んでいたレイだったが、ほどなくしてパッと顔を上げ、うなずいた。

「うん、いつも使ってくれるものは嬉しいよね。ペンにしよう！」

ペン屋さん探そう！　と再び手を引っ張られて白夜は苦笑する。

彼女は、随分と決断力があるようだ。

時計屋の隣に店を出している、ペン専門店を見つけた。

昔ながらの羽ペンから、日本ではあまり見ることがない封蝋《ふうろう》など、珍しいものが所狭しと並んでいる。

ベネチアングラスが持ち手についているようなペンは、ペン立てにいれておくだけでも楽しめる。

まるでおとぎ話に出てくるかのような数々のアンティーク類に、白夜の視線も惹きつけられた。

「これ可愛い！　あれも可愛い！」と大はしゃぎなレイは、ちょこちょこと店内を移動し、興味津々の様子。あまり賑《にぎ》わっていない店内なので、少し離れていても彼女の様子がよくわかる。

ずっしりと手に沈む銀の万年筆や、軽くて細い女性向けのもの。白夜は自身も気になったものを一つ一つ手にとり、じっくりと眺めた。

各品物には、しっかりと値段が表示されている。

そういえば、彼女の予算を聞いていなかった。

――日本円で千円、二千円くらいでしょうか……。きっとお小遣いを貯めて買いに来ているのでしょうし。

あまり高価で手が出せないものは勧めない方がいい。

店内にはそれこそピンからキリまで揃っている。その中でも安価で、書きやすそうな一本を見つけて、白夜はレイに近付いた。

「何か気に入るものはありましたか？」

「うーん、羽根ペンって可愛いんだけど、これってインク瓶も買わないとダメだよねぇ。いちいちペン先にインクをつけて書くのって、面倒かなって」

なるほど、それは確かに。

白夜はうなずきながら、手元にある青い羽根がついたペンを見下ろす。

ペン先にインクをしみ込ませて使うそれは、別売りのインクが必要になる。

様々な色のインクを買えば、一本のペンで何色も使える。いわば筆と同じようなものだ。

だが、ペン軸はともかくとして、ペン先はおそらく定期的に交換するものなのだろう。傍に替えのペン先だけが売られている。

羽根が気に入ったのか、レイは手の平を羽根でくすぐっていた。筆のように動かして、羽根の感触を味わっている。

「一本で済むなら、確かにその方が楽ではありますね……。とはいえ、インク瓶が必要となると、外出先に持ち運ぶのはちょっと手間かと思いますが。でも、羽根ペンなら自宅用にするとか」

「だよね～。お仕事では使いにくいよね。第一、職場で可愛い羽根をふりふりさせながら書類にサインするって、周りの目が気になるかも」

そうして、「おじさん向きではないなー」と呟《つぶや》いて、レイは持っていた羽根ペンをもとのところに戻した。

「そうですね」とも言えず、白夜は苦笑する。

「あっちの封蝋《ふうろう》も可愛いんだけどね！　デザインを自分で選べるんだよ！」

袖を引っ張られて連れて行かれたのは、ずらりと並ぶ判子のようなもの。手紙に封をする際に使うものだ。

イニシャルや名前の頭文字を選べるように、AからZまで揃っている。

アルファベットの一文字だけでも、フォントの種類があるようだ。

ハートや星、花や鳥など、何かのシンボルマークまである多種類のそれらは、全部封蝋に押すデザイン。自分好みのものを選べば、手紙一つ送るのも特別に感じるだろう。

「こっちの蝋もいろんな色があるんだよ！」

可愛いな～と一通り眺めたレイだったが、おもむろに顔を上げ、「やめた」と告げた。

「可愛いけど、これ一式そろえたら予算オーバーだ」

ちょうど、彼女の予算を訊こうと思っていたところだった。

「ちなみに、おいくらまでのものを考えているのですか？」

「二六〇〇〇リラ。私のお小遣いとね、ママが少しくれたの。それより高いものはダメって」

なるほどとうなずいた白夜は、自分が選んできたペンを見せた。

「それなら、こちらはどうでしょう。レイちゃんが選ぶには少しシンプルですが、とっても書きやすいですよ。お値段も予算内ですし」

銀色に輝くペンを手に取り、レイは試し書き用の紙に線を引く。

「すごい、滑《なめ》らか〜！」

ぐるぐると円を描き、満足そうな笑みを浮かべて白夜が選んだペンを見つめた。

シンプルながらペンの上部には青い色が施《ほどこ》されている。深い群青色のそれは、白夜の好みで選んだものだ。

「色でしたら他にも数色あったので」

好きな色を選んだらいい。そう告げると、レイは頭を左右に振った。

「ううん、これがいい！　お兄さんが選んでくれたやつにする」

彼女が母親用に選んだバングルを思い出し、白夜は微笑んだ。

先ほどの自分と同じように、彼女も即決で決めたのだ。

レジに持っていき、簡単にラッピングされたペンを袋にしまう。

「Ｇｒａｚｉｅ《ありがとう》」とお礼を告げる声が届いた。

「お兄さん、ありがとう！」と小走りに駆け寄ってきたレイの頭を、白夜が撫でる。

そしてごく自然に、少女の方から手を繋いできた。

「次は妹さんのお土産《みやげ》だね！」

チリン、と扉の鈴の音が響き、二人は店を後にした。

上機嫌で購入した父親へのプレゼントの袋を片手に持っていたレイは、少し歩いたところで立ち止まった。女性物の革製品が多く売られている店の前で、何か思案しているようだ。

そんな彼女の様子に気づいた白夜が声をかける前に、レイが顔を上げた。

「ちょっとここ、見ていこう！」

この店では、革製品の鞄や財布などの小物の他に、手袋を多数扱っていた。

無難な黒やベージュだけでなく、鮮やかな色彩の女性用の手袋が展示されている。

スタイリッシュなデザインのそれは、赤や青、黄色に緑と、見ているだけで楽しい。

手と指の形に添うように作られた手袋だが、細いリボンがついていたり、控えめなファーがついていたりと、女性の心をくすぐる可愛らしさも施《ほどこ》されている。

「手袋はどう？　これから冬だし、寒くなるから使うかなって」

手首に同じ革のリボン結びがちょこんと縫い付けられている手袋を差し出しながら、レイが白夜を見上げる。

手渡された手袋を受け取った白夜は、視線を手元に落とした。

滑《なめ》らかな革の表面と、革独特の匂いが鼻孔をくすぐる。手触りも縫製も文句ない。

「いい革ですね」と返事をすると、パアっと少女の顔が明るくなった。

「妹さん、何色が好き？　十色くらい、色違いであるよ！」

奥の棚にはずらりと、同じデザインで色違いの手袋が陳列されている。ラベンダー色や薄ピンク色など、少女が好みそうな色をレイは手に取った。

どう？　と目線で尋ねられて、白夜は思案する。

――そのピンク色は朝姫にというより、彼女にピッタリなんですが。

そもそも、妹の好きな色は何色なのかと、初歩的な疑問が頭に浮かんだ。

身内の欲目を除いて客観的に見ても、妹は美少女という呼び名にふさわしい。

内面の気の強さが表れている目元は、好き嫌いがはっきりしている彼女の性格を如実に語っている。整った容姿の彼女は、それでいて特にファッションに対する拘《こだわ》りはないようで。母親の着せ替え人形になっていても、文句を言わずに楽しんでいた。

私服姿を思い出すが、その日の気分で服のテイストを変えているようにも思えた。

数年経てば、黒や赤などのドレスをさらりと着こなす美女になるだろう。

だが、現在はまだ中学三年生。レースやフリルが過分に施《ほどこ》された服に興味はなさそうだが、女の子らしくて可愛い色使いの小物は好きなはずだ。

数秒考えこんだ結果――白夜が告げた色は、無難中の無難の、黒だった。

「ええ～？　可愛くない～！　そんな誰でも使えて汚れが目立たないやつなんて、大人になってから買えばいいよ！」

女の子なんだから、絶対に可愛い色がいいはず！

力説するレイに、白夜は「そうですか？」と言葉を返す。力強くうなずいた彼女を見て、それならとひとつ提案してみることにした。

「レイちゃんが可愛いと思うのを、参考までにいくつか見せてください」

その中から、朝姫のイメージに一番合うものを選べばいい。

ほぼ直感で選んでいると思われる速さで、レイは三色の手袋を持ってきた。デザインはそれぞれ、バラバラだ。

「ラベンダーと、水色と、赤」

「おや、ピンクは選ばなかったのですか？」

女の子はピンクが好きなのでは？　と、定番とも言えるその色が入ってなかったことに驚きつつ尋ねると、レイは「何となくお兄さんの妹さんっぽくない気がして」と呟《つぶや》いた。

当たっているだけに驚きが増す。

「やっぱり色を選ぶのって難しいよ。ねえ、せめて写真とかはないの？」

あいにく、家族写真を持ち歩く趣味はない。

申し訳なく思い首を左右に振ろうとした時、あることを思い出した。

「そういえば、カメラならありますよ。妹の写真があるかどうか、確認してみますね」

ポケットからデジカメを出して操作する。

彼女とのお土産《みやげ》選びが楽しくてすっかり忘れていたが——むしろずっと忘れていたかったが、写真を撮るという目的も一応あったのだ。まあ、それはこの少女と別れた後、その場の景色を数枚撮ればいいだろう。

数秒後、自分ではない誰かが——おそらくは暁か海斗が——撮ったらしい写真が出てきた。そこには、やや不機嫌そうな表情の朝姫の姿が写っている。

新学期が始まってすぐのものだ。朝姫は、白いワンピース型のセーラー服を身につけている。

「うわー制服だー！」

真っ先に反応すべきはそこなのか、というツッコミは置いといて。

レイは見たままの感想を述べた。

「美少女だねぇ～。機嫌が悪そうだけど、可愛いー！　将来美人さんになるよ。お兄さんも美人さんだもんね！」

褒めているのだろうが、再び言われた美人という表現にいささか反応に困る。が、白夜は大人として聞き流すことにした。彼女に悪気はまったくないのだから。

「ありがとうございます。妹が聞いたら喜びそうですね。それで、どの色がいいかイメージはわきましたか？」

写真と手袋を交互に見つめていたレイは、やがて鮮やかな赤の手袋を手に取った。

「赤。ちょっと濃いめの赤がいいと思う！」

リボンとファー付きのそれを白夜に渡す。じっくり見つめていると、確かにそれは朝姫にピッタリな気がしてきた。彼女がこれをつけている姿が想像できる。

「確かに、赤がいいですね。朝姫にピッタリです」

「アサキちゃんって言うの？　可愛いね」

ふと気が付いたことだが、彼女は人をよく褒める。さりげなく、そして嫌みなく人を褒めるのは、長年の海外生活で身に付いたものなのか、外交官の身内から教えられたコミュニケーションの知恵なのか。

計算なく素直に褒められることは、自分のことじゃなくても少々照れる。

「サイズはどうする？　ちょっと大きめでも大丈夫だと思うけど。手もこれから大きくなるだろうし。Sサイズにしておく？　それともXS？」

「日本人は小柄だから」と続いた言葉に、朝姫の手がどれくらいの大きさなのか見当がつかないことに気づいた。身長はともかくとして、手の大きさなど気にしたことがなかった。

手を握る習慣がないのだから、仕方がないが。

自分の手を見つめて、レイの手に視線を向ける。小さくて、ふくふくしてて、握り心地のいい手。

男の自分よりも、同性の彼女の方が、サイズ的には近いのではないか。

無意識にレイの手を持ち上げて、手の大きさを計った。自分の手のひらと合わせると、二関節分も大きさが違う。

両手を使い、手のマッサージでも行うように、ふにふにと感触を確かめていると……

「っ！　お、お兄さん？」

顔を赤くした彼女が、戸惑いの声をあげた。

自分の行動に気づいた白夜は、「レイちゃんの手が気持ちよかったので、つい感触を楽しんでおりました」と、正直な本音を告げる。

詰めていた息をついて小さなため息をついたレイは、「お兄さんみたいな人、天然って言うんだっけ？」と大人びた感想を呟《つぶや》いた。

「私の手じゃ参考にならないと思うの。ピアノとかやってれば、指だって長くなるって言うし。アサキちゃんって何か楽器はやってるの？」

「そういえばピアノを習ってましたね。最近はそこまで熱心に弾いていませんが」

今の朝姫の背丈を思い浮かべ、今後もまだ伸びることを考えると、XSでは小さいかもしれない。

参考までに店員に尋ねると、Sでいいのでは？　という返事が戻ってきた。

「それではSにしましょう」

レイは手に取った品に傷がついていないかどうかじっくり確認してから、レジに並ぶように白夜を促した。

「ありがとうございます。おかげでお土産《みやげ》が揃いました」

「うん、こちらこそありがとう！　パパへの誕生日プレゼント、いいのが見つかってよかった！」

同じ方向に帰ることがわかって、二人は買い物終了後も行動を共にしていた。

集合時間の四十分前。

それほど集合場所から離れていない場所で、白夜はジェラートの有名店の看板に気づいた。

ずっと歩き通しだったから、レイは疲れているのではないだろうか。

折角だから、好きなジェラートでも奢《おご》ってあげたい。

「レイちゃん。あそこのジェラートって有名なんですよね？　最後においしいジェラート、教えてくれませんか？」

「え、ジェラート？」

「ええ。歩きっぱなしでしたから、少し休みましょうか。時間は大丈夫ですか？」

可愛いキャラクター物の腕時計で時間を確認した後、彼女はこくりとうなずいた。どうやらまだ門限は大丈夫らしい。

五人ほどの列の最後尾に並ぶと、レイはメニューの説明を始めた。カップの種類、コーンの種類、フレーバーが二つ以上の値段などを、丁寧に教えてくれる。

「ここのジェラートはね、素材にこだわっているの。ベリーやレモンのソルベはさっぱりしてておいしいんだけど。私はちょっぴり大人な味のコーヒーと、ラムレーズンが好き」

そう言って、彼女は自分の分をオーダーする。

洋酒がきいているラムレーズンが好きとは、少し意外だ。

白夜自身はあまり甘いものは好まないが、自分から誘っておいて、頼まないわけにもいかない。自分用に、さっぱりしていておいしいと彼女が言ったレモンのソルベを頼んだ。サイズはもちろん、一番小さいカップで。

支払いをしようとするレイを制して、白夜は二人分のジェラート代を支払う。戸惑う彼女に、白夜は微笑みかけた。

「たくさん案内してくれた、せめてものお礼です。いささか安い気もしますけど」

「え、でも、お兄さんもパパの選んでくれたし……」

「楽しい時間をもらったのは私の方ですから。それに、レディに支払わせるなんて真似は、できません」

言葉はまったく通じていないはずなのに、会計を待っていてくれる店主の目が温かい。

中年の店主は、にこにこ顔で白夜におつりを手渡した。

運よく空席のテーブルとイスを見つけて、腰掛ける。たっぷりと二種類のジェラートが詰められたワッフルコーンを握りしめたレイは、垂れないように側面をスプーンで削りながら、冷たいジェラートを口に運ぶ。

「おいしいですか？」

「うん！　お兄さん、ありがとう」

彼女が笑顔でジェラートを食べる様子は、見ていて飽きない。

自分の分が溶けだす前に、白夜もスプーンで柑橘系のソルベを一口すくう。爽《さわ》やかな風味と、さっぱりした味が舌に広がった。

「お兄さん、ソルベはおいしい？」

「ええ、さっぱりしていますね。よろしければ、一口どうですか？」

「いいの？」と尋ねる彼女にうなずき返す。遠慮なくどうぞと告げると、レイは自分のスプーンで一口すくう。

「濃厚なクリームもおいしいけど、こっちもおいしいね。私のも一口どうぞ」

ずいっと差し出されると、断りにくい。一言お礼を言ってから、白夜はラムレーズンをスプーンですくった。

「本当だ。レイちゃんが言うように、ちょっぴり大人な味ですね」

「ふふ、でしょ？」

それから彼女は、あっという間に最後のコーンまで食べきった。

食べ終わり、ふと時間を確認すると、集合時間まで残り十分になってしまっていた。ここから集合場所まで歩いて一分もかからない。とはいえ、彼女を長々と引き留めるわけにもいかないだろう。まだ日は十分に高いが、早めに帰した方がいいとも思う。

席を立ったところで、背後から声がかかった。先ほどの店主だ。

「写真撮ってくれるとか言ってるけど。そういえばお兄さん、カメラ持ってたよね。どうする？」

「あなたは撮られてもいいのですか？」

うん、とうなずいた彼女は、どうやら写真を撮られることを問題とは思っていないらしい。本名は教えないが顔写真は問題ないというのは、大丈夫なのか？

いささか不安に思えたが、そこまで自分を信用してくれていると解釈することにした。デジカメの電源を入れて、店主に渡す。シャッターを切る音が聞こえた。

二人で店を出たところで、白夜はレイに声をかけた。

「素敵な誕生日プレゼント、ありがとうございました」

自分の誕生日が今日だということを仄《ほの》めかすと、数歩先を歩いていたレイが振り返り、目を丸くした。「今日が誕生日だったの!?」と驚いている。

言わないままの方がよかったかと、少し後悔した。でも、何故か彼女に伝えたくなったのだ。少女の前で、白夜はどこか気恥ずかしさを感じている。

うなずくことも、レイの質問に明確な返事を返すこともできずに、白夜はただ曖昧《あいまい》に微笑んだ。

そんな白夜の姿から、質問の答えが肯定だと察したらしい。彼女は、白夜の傍に近寄ってきた。

「お兄さん、かがんで！」

疑問符を浮かべつつも、白夜は軽く膝を曲げる。

そんな白夜の左頬に、レイは背伸びをして、軽く祝福のキスを贈った。

「ハッピーバースデー！　いい年になりますように。それと、今日のお礼。いろいろとありがとうね！　気をつけて日本に帰ってね!!」

予想外のことに唖然《あぜん》とする白夜を置いて、レイは走り去る。

その直後、彼女が被っていたキャップが強風に飛ばされた。

「あ！」と呟《つぶや》くと同時に、日本人にしては色素の薄めな髪が、帽子から零れ落ちる。

ふわりと舞い上がった肩下までの髪に、目を奪われた。

コロコロと転がる帽子に追いついて拾った彼女は、照れくさそうに振り返り、再度大きく、帽子を持った手を振った。

賑《にぎ》やかなレイの姿が見えなくなると、一抹の寂しさを感じる。

社交的で明るいのに警戒心が強くて、しっかりしているが詰めはどこか甘い。

最後まで二人とも本名を名乗らないままだったと、白夜は苦笑いを浮かべた。

しかしそれは、調べようと思えば、すぐに調べられる。イタリアに赴任中の日本からの外交官。赴任期間はまだ一年ほど。小学生の娘がいる男性で、家族で海外に赴任している人物を特定するのは、そう難しいことではない。

だが、そんなことをしては、彼女と過ごした今日の思い出に傷がつく気がした。

ただの「レイ」と「お兄さん」として過ごした一日は、想像以上に楽しく、心が温まった。何かを慈《いつく》しむという感情を、じっくり味わえた気がする。

特別な日になったが、その日をプレゼントしてくれたレイと会うことは、もう二度とないだろう。

「そういえば先ほどの写真の確認、まだでしたね」

日陰に移動して、デジカメの電源を再度オンにする。

朗らかで気のいい店主が撮った写真を確認して、白夜は小さく肩を落とした。

笑顔で写っているはずの写真は、ありえないほどブレていた……

「おーい、会長！　こっちこっち～！」

集合時間の五分前。ギリギリで戻った白夜を見つけた千寿は、見るからにほっと安堵のため息を漏らした。まだ全員が集まっているわけではないことに、白夜も密かに安堵する。

「ハラハラさせるぜ、会長」と呟《つぶや》いた千寿に軽く謝罪した。いろいろと心配と迷惑をかけたのだろう。白夜の単独行動を誤魔化《ごまか》してくれたのだから。

「で？　フィレンツェにいる彼女はやっぱり美人な姉ちゃんか？」

ニヤニヤ顔で未だに疑いを晴らしていない千寿に、白夜はため息をついた。

「まったく、あなたは何を勘違いしているのでしょうね。中等部の生徒会から頼まれた仕事と、親戚に会いに行くと言ったではありませんか」

「建前上は、だろ？」

真相がどうであれ、白夜の機嫌がいいことに気づいたらしい千寿は、それ以上の追及を控えてくれた。

どこへ行っても注目を浴びる彼が、リラックスできる時間を得られたのなら、相方としても文句はない——そう判断したようだ。

白夜は担任の教師を見つけ、無事に戻ったことを報告する。

彼はあからさまにほっとして、脱力していた。東条グループの御曹司が、万が一事件に巻き込まれたら……と、内心ひやひやしていたのだろう。

その後白夜は自分のカメラを見つめて、小さくうなずいた。フィレンツェでの写真は、レイに会う前に撮った数枚と、先ほどの店主が撮ったピンボケの写真のみ。だが、一応の義務は果たしたことになるはずだ。


その日の夜、微妙な顔をした千寿が白夜の部屋を訪ねてきた。

「あのさ、お前が小学生の男の子と手を繋いでデートしていたとか、積極的に手を握ったり揉んだりしていたとか、ほっぺにチューされていたとか、そんな噂を小耳に挟んだんだけど……。なあ、お前にありえないほど浮わついた話がないのって、実はそういう趣味だったり？　え、逢引き相手って、金髪のお姉ちゃんじゃなくて、そっち？」

「……」

どうやら、完全には人目を避けることはできなかったらしい。

私服姿だからそこまで目立たないと思っていたが、そうでもなかったようだ。

あらぬ疑いをかけられた白夜は、絶対零度の微笑を浮かべてとぼけてみせる。

「随分と面白い話が出回っているようですねぇ、山茶花副会長？　でも、あなたの人望とその話術を使えば、明日にでも誤解は訂正されますよね？」

「えっ、明日!?」

「何なら、〝親戚の子に会っていた〟と、教師に伝えてある話を今日中に広めてもらいましょうか」

　事実ではないが、あながち嘘ではない。

　そう言って、本来のグループ行動を抜け出したのだから。

　思いっきり顔を引きつらせた千寿は、「お前、マジでその子誰なんだよ！」と白夜を問い詰めた。が、微笑みを貫く彼を見て、あきらめたようだ。

　触れてはいけない領域というものが、一つや二つ、誰にだってあるだろう。

　学園生活において、白夜に散々借りを作っている千寿は、渋々ながらもその要求を呑《おど》んだのだった。


　帰国後、レイと二人で選んだお土産《みやげ》を母と妹に渡すと、二人は白夜が本当にちゃんとお土産を買ってきたことに、まず驚いたようだった。

「てっきり適当にワインでも買ってくるのかと思ってたわ～」と、母親の夏姫がもらったばかりのバングルをしげしげと眺めながら呟《つぶや》いた。未成年の息子がワインを持って帰って来ることに問題はないのかと、ツッコミたいのを堪《こら》える。

そんな息子に気づかず、夏姫は早速左手首にバングルを付けて、満面の笑みを浮かべた。

「いいじゃないの、これ。ミスティック・ブルー・トパーズね。鮮やかな青に、光の加減で黄緑色にも見えて、きれいだわ。あんた結構いいセンスしてたのね」

どうやら彼女は随分お気に召したらしい。

嬉しそうに笑う母を見て、白夜はラッピングを解《ほど》いた妹へ視線を移した。

彼女は眉間に皺《しわ》を刻んで、じっと手元の手袋を睨んでいる。濃い赤の手袋は、レイが言った通り、彼女のイメージにピッタリに思えた。無難な黒にしなくてよかったと思える。

「気に入りませんか？」

夏姫と違い、難しい顔で固まっている朝姫は、何やら思案しているようにも、葛藤しているようにも見えた。

面白くないと言いたげな表情を見せた彼女は一言、「……そんなことはないわよ」と答える。どうやら気に入ってしまったことが悔しいらしい。ツン、とそっぽを向いたが、手袋はギュッと握りしめたままだ。

目ざとく朝姫にあげたプレゼントに気づいた夏姫は、「あら、可愛いじゃない！」と彼女の心境を代弁する。

母に促されるまま朝姫が手袋をはめれば、それは若干大きかった。が、まだ成長期の彼女を考えると、そのくらいで丁度いいだろう。

素直に喜ばない妹に、苦笑する。可愛げがあるんだか、ないんだか。

嬉しいけど、満面の笑みで喜びを伝えるなんて無理だとでも思っているみたいだ。ちゃんとお礼は言ったのかと夏姫に言われ、朝姫は整った柳眉《りゅうび》を寄せる。そしてちらりと白夜を見上げて、不承不承といった様子で目を合わせた。

「あ、ありがとう……」

「ええ、どういたしまして」

それから毎年冬になると、自分がプレゼントをした手袋を着ける朝姫を見かけた。どうやら白夜と遭遇しない日を狙って着けていたようだ。が、運悪く出くわしても、白夜は気づかないフリをしてあげている。素直じゃない妹の行動が、少しだけおかしくも、愛おしく感じた。

◆　◆　◆

微睡《まどろ》みの淵《ふち》からゆっくりと這《は》い上がるように、意識を覚醒させていく。閉じていた瞼《まぶた》を押し上げて、白夜は己の思考を浮上させた。

どうやら、うたた寝をしていたらしい。

ソファの肘掛《ひじかけ》に頭を乗せた状態で眠り込んで、そのまま夢を見ていたのだ。

随分懐かしい人たちに会った。学生時代を共に過ごした友人や、教師。そしておぼろげにしか思い出せない、元気な少女。

旅先で出会い、わずかな時を共有した彼女とは、名前の交換すらしていない。時が経つにつれ記憶も薄れていったが、『お兄さん』と自分を呼んだ彼女の声が、霞《かすみ》の向こうから未だに聞こえてくる気がする。

時計を確認すると、眠っていた時間は思いのほか短かった。

「あ、白夜。目が覚めた?」

声がした方向へ、顔を向ける。

夢に出てきた少女と、同じ髪の色。

「風邪ひくといけないから、ブランケットかけておいたよ。何か飲み物いる?」

ひざ掛けの存在に気づいて、彼女の気遣いに感謝する。

後ろ姿。栗色の髪。明るい声。色素が薄めの瞳の色。

すっかり忘れていた記憶の中の少女と、目の前の最愛の女性——

そんな偶然あるわけがないと、白夜は頭《かぶり》を振った。

が、飲み物を持ってきた麗の話を聞いて、疑いが確信へと変わる。

「とりあえずお水と、コーヒーも置いておくね。でさ、白夜が寝ている間にいろいろガイドブックとか見てたんだけど。新婚旅行、イタリアなんてどう? 何か本見てたら、懐かしくなっちゃって！」

楽しげな顔で、麗はガイドブックのページをめくっている。

薬指の、ピンクのサファイアとダイアモンドの指輪が、きらりと光る。

カチリ、と遠くでパズルの最後のピースがハマったような音が聞こえた。

白夜の眼差しに気づいた麗が、彼の隣に腰かけて、自分が読んでいた本を見せる。

「言ってなかったっけ？　私、昔イタリアにも住んでたことがあるんだよ。二年くらいだけど。フィレンツェにもちょっとだけ住んだことがあって、街とか好きでね、ひとりでプラプラ出歩くのが楽しくって。そういえば、日本から来た修学旅行生を案内したこともあったっけなぁ～」

「……修学旅行生とは、高校生ですか？」

「そう！　高校生のお兄さんでね、写真もなければ名前も覚えていないんだけど。すっごい美人だったのは覚えているんだよね～！　かっこいい！　というよりも、美人な美少年！　って感じの、線が細くて、物腰柔らかで。すっごく優しかった気がする」

……名前は覚えていないのではなく、自分からあえて訊かなかっただけ。

どうやら彼女は、細かいところは忘れているらしい。

「あれ？　もしかして、あのお兄さんが私の初恋の相手なのかも？」

麗は頬を染めて昔の記憶を辿っている。しかし次の瞬間。慌てたようにフォローした。

「でも、白夜の方がかっこいいからね！」

思わず苦笑を浮かべた白夜は、麗の肩をそっと抱き寄せた。

◆◆◆

その年の十月八日。新婚旅行でイタリアに赴《おもむ》いた白夜と麗は、ルネッサンスの歴史が色濃く残るフィレンツェへ足を運んだ。

懐かしがる彼女の手を引いて、白夜が案内役を務める。

新市場ロッジアから始まり、猪の鼻を撫で、昔と同じ街並みを歩く。記憶のままの小さな銀細工の工房で、白夜は麗に似合う石を見つけた。

近くのペン専門店へ行き、「可愛い！」と彼女が呟《つぶや》いた羽根ペンとインクを少々。そして麗が目を奪われていた封蝋《ふうろう》を購入した。

「次はこっちです」

麗は手を引かれるままに次々と案内される店を回りながら、内心首をひねっていた。

激しい既視感《デジャヴ》に襲われるが、何がどう引っかかっているのか、どうしても言葉にできないのだ。

彼女はもやもやした何かを抱いたまま、革の小物を扱っている店に入った。

冬の季節になるからと、麗の手に合うサイズの革手袋を白夜が選び、麗は白夜用の手袋を選んだ。

白夜に再び手を引かれ、ひたすら歩き続けて到着した場所。それは、十四年経った今でも人気を誇る有名ジェラート店。

この時点で、麗の中で芽生え始めていた何かが、一気に膨らんだ。

——まさか。まさかまさか、まさか！

立ちすくんでいる麗を、白夜が振り返る。

「はい、ちょっぴり大人な味のコーヒーと、ラムレーズン。あなたが好きなのは、これでしたよね？」

麗の中で、何かが弾けた。

十四年前の記憶が濁流のように脳裏を駆け巡り、全てが鮮やかに蘇《よみがえ》る。

味も見た目も変わらない、大好きだったワッフルコーンに入ったジェラート。

手渡されたそれを反射的に受け取った麗は、満足げに微笑んだ白夜の顔を見た瞬間、堪《こら》えきれず、叫び声をあげた。

「ギャーーー！　何で!?」

——んなバカな！　一体どんな偶然だよ!!

喚《わめ》く麗に構わず、白夜は涼しい顔で当時と同じソルベを注文する。

「二度と会うことはないと思っていましたが、どうやら私たちの出会いは運命だったようですね。ふふ、もう私から離れちゃいけませんよ？　〝レイちゃん〟」

「っ……!!」

顔を青くしたり、赤くしたり。

くるくると表情を変える新妻を愛おしげに見つめた白夜は、その手をギュッと握った。

書き下ろし番外編

幸せの足音

たとえばそう、夢から目覚めた時にかけられる朝の挨拶。鼻腔《びこう》をふわりとくすぐる香ばしいコーヒーの匂い。前髪をそっと撫でる指の感触に、優しく額に触れてくる唇の柔らかさ。

目を開けなくても、五感の全てで大好きな人の存在を感じられる。動く人の気配に、衣擦《きぬず》れの音。そしてとびきり甘い、彼の声——

「おはようございます、麗」

「おはよう、白夜」

何気ない一日を迎えられるのが、嬉しくて堪《たま》らない。慈《いつく》しみに満ちた眼差しを浴びて目覚める朝は、結婚後の日常になっていた。たまに私の方が早く起きて、旦那様を起こしてあげる。寝ている彼の顔をじっくり見られるのは、妻の特権で至福のひと時。ほっこり心の奥が温かくなる。

「今日から出張で不在にしますが、本当にあなたひとりで大丈夫ですか？　できることなら出張先に連れて行きたいのですが、私もほとんど傍にいることができないので……」

「大丈夫。仕事なんだし、私に構う余裕があった方が心配になるよ。それに旅行なら、今度白夜がゆっくり時間が取れた時に行きたいもの」

「ええ、それは是非。では私が来週末に帰国するまで、ご実家に戻られていた方がいいのでは？」

「うん、実家にも顔を出しに行くし、私は好きに過ごしてるから気にしないで。白夜もくれぐれも気を付けて行ってきてね」

顔を切なげに歪《ゆが》めて私を窺《うかが》う白夜は、本当に心配性で過保護だ。私ももう二十六でいい大人なのだから、ひとりだって問題ないのに。だけどその過保護さが照れくさくも嬉しい。

仕事でヨーロッパとNYに行く旦那様は、時間ぎりぎりまで私のことを気にしていた。季節は十二月の初旬。寒さが厳しくなってきたから風邪やインフルエンザに気を付けてと、司馬さんに半ば強制的に連れ去られる白夜に声をかけた。彼が元気で無事に帰国しますようにと毎日祈っておこう。

ひとりになると、家の中が途端に寒々しく感じる。さっきまで白夜がいた痕跡が残っているのに、後片付けをしてしまうと急に寂しくなってしまった。

「って、まだ一時間しか経っていないのに、早すぎるでしょ自分」

実家にいても弟の響がいたから、完全にひとりになることはあまりなかった。家の中に人の気配がしないなんて、いつぶりだろう。

外交官である父がアフリカでの赴任を終えて、両親が日本に戻ってきたのはつい二ヶ月ほど前のこと。それまで未成年の弟をひとりで住まわせることに躊躇《ためら》いを感じていたけれど、二人が帰国したから私は安心して白夜との新婚生活を送っている。

「今日は掃除して冷蔵庫の中を空っぽにしてから、明日にでも実家に戻ろうと思ってたけど。なんだか荷物をまとめるのも少しだるい気がする……」

ひとりが寂しいのに、数泊分の荷物をまとめるのが面倒だなんて。我儘《わがまま》にもほどがある。けれど、何だか本当に身体がだるいし眠いのだ。さっき起きたばかりだっていうのに、もう睡魔に襲われている。それに微熱もあるみたい。

「ヤバい、風邪ひいたかも……？」

元々平熱が低めだから、一般的な平熱と言われる温度も微熱に感じる。喉の痛みはないし、鼻水が出るということもないんだけど。

「白夜がいなくてある意味良かったのかな。仕事が立て込んでるのに、風邪なんてうつしたら大変だし」

今日が土曜日で助かった。ゆっくり寝ていられる。風邪は初期段階で治さないと。

私はビタミンCの補給のため、たっぷりとレモン汁を加えた紅茶を飲んでから、再び眠りについた。

目が覚めた時には、夕方の四時になっていた。何時間寝ていたんだと、自分に呆れてしまう。でも熱っぽさはやだるさは少し回復していた。やはり風邪には寝るのが一番。

水分を補給すると、空腹を感じてくる。けれど食べたい物が特に思いつかない。部屋着に着替えて、まだ少しだるい身体のままリビングで寛《くつろ》いでいると、ふいに携帯が鳴った。相手は義妹になった朝姫ちゃんだった。

『麗ちゃん、今暇？　良かったらそっち行ってもいい？』

お腹が減ってるかと、なんともタイミングのいい質問をされた。まだ今日はなにも口にしていないことを告げれば、すぐにご飯を持って来てくれると言う。

「でも悪いからいいよ。それに私もちょっと風邪っぽいというか、うつすの怖いから来ない方がいいかも」

『あら、麗ちゃん風邪？　大丈夫なの？　今日から白夜出張でしょう。ひとりじゃ大変じゃない』

病院には行ったのかと訊かれて、否定した。少しだるいくらいで、あとは眠気がひどいと伝えると、朝姫ちゃんは電話越しで何かを考え始めたようだ。
二、三質問されて、答える。そして、迷惑じゃなければ来ると言われてしまった。

極力物を置かない習慣のある白夜のマンションは、いつ来客があっても問題ない。寝室は私が今まで寝てたから散らかっているけど、リビングやダイニングルームはさっき掃除したから片付いている。

さて、お茶はどうしようか……。朝姫ちゃんは一体何だったら飲めるだろう？

一時間後、彼女がやって来た。予想通りというか当然というか、隣には私の従兄の隼人君を連れて。実はこの二人、周囲が驚くスピードで結婚している。

「麗ちゃん、久しぶり！」

「いらっしゃい、朝姫ちゃん。隼人君も。今日はお休みだったの？」

「久しぶり、麗ちゃん。急な呼び出しがない限り、仕事は一応休みだよ」

確かに私服姿だ。スーツじゃない彼を見るのも久しぶりな気がする。持って来てくれた荷物を運んだ後、隼人君は玄関へ戻った。

「今日は女の子同士でゆっくりしたいと思うから僕は帰るね。朝姫、帰る時連絡してくれたら迎えに来るから」

「え、一緒に食べないの？」

送って来ただけという隼人君は実は白夜並にフットワークが軽くてマメだ。そんな彼は相変わらずな爽《さわ》やかな微笑のポーカーフェイスを浮かべて、頷いた。

「今度東条さんがいる時にお邪魔するよ。麗ちゃんも、お大事にね？」

最後の疑問形に首を傾《かし》げたけれど、お礼を告げた。朝姫ちゃんは彼に電話するとだけ伝えて、あっさり帰らせた。

「何かちょっと悪かったかな？　折角のお休みなのにいいの？」

「気にしなくていいわよ。女子会なんて滅多に出来ないんだし。男共がいないんだから、今日は楽しくおしゃべりしましょう」

魅力的な彼女の笑顔にしばし見惚《みと》れてからソファに座ってもらい、持ってきてくれた料理を器《うつわ》に盛りつけた。あっさり系が多くて嬉しい。なんとなく、こってりした物を遠慮したいのは、やはり風邪気味だからかな。

「朝姫ちゃん、飲み物何なら飲める？　炭酸系もあるけど、ジュースなら今オレンジジュースしかないの」

「お水で大丈夫よ」

「でも身体冷やしちゃいけないから、白湯《さゆ》持って行くね」

頷かれたので、お客様用のカップに沸かしたお湯を注ぐ。何気ないこのカップも、ウエッジウッドだったり、マイセンだったりと、普段使いが高級ブランドばかりだ。ここに住み始めた当初、落としたり傷をつけたりしないか、とにかく気を遣ったっけ。

常温のミネラルウォーターのボトルも持って行く。そしてグラスを二個用意した。

「麗ちゃん、具合悪かったら無理しないでね？」

「大丈夫だよ、さっきは凄く眠かったけど今は少しだるいだけだから。それより朝姫ちゃんは？　悪阻《つわり》大丈夫？」

「ええ、もう落ち着いてきたから平気よ。そろそろ十六週目だし、安定期に入ったから」

まだあまり目立たないお腹を撫でる朝姫ちゃんの顔は、すっかりお母さんだ。彼女は、私と白夜が結婚した直後に隼人君と入籍した。まさか授かり婚になるとはびっくりだったよ。一番驚いたのは彼女だろうけど。

「来週で五ヶ月目だっけ。早いね～。朝姫ちゃん悪阻酷かったし、楽になってよかったね」

自信に溢れてて豪快に見える美女だけど、彼女の本質は繊細な女の子だ。感受性が豊かで、女性の味方をしてくれる優しいお姉さん。彼女が実は隠れブラコンなのも知っている。

具沢山のスープに、五目寿司と酢のもの。グリルドサーモンの中華あんかけ風に、小松菜の煮びたし。あとカルシウムたっぷりのじゃことチーズ入りのオムレツなどなど。持ってきてくれた料理につられるように、お腹が「ぐう」と鳴った。

「美味しい～」

「良かった、口に合って」

お腹が減っていたからパクパクと目の前の料理に箸をつけていた。だけど暫《しばら》くすると、何故か急激に胃の奥がムカムカとし、五目寿司のご飯の匂いに吐き気を催す。

「ちょっとごめん！」

急いで立ち上がり、トイレに駆け込んだ。急激な体調の変化についていけない。

食べた物を戻した後、吐き気が治まるまでトイレに籠《こも》った。うがいしてからぐったり気味でリビングに戻る。どうしよう、胃腸炎とかだったら妊娠中の朝姫ちゃんにうつす可能性があるかもしれない。ここは早めに隼人君を呼び出して、お帰り頂いた方がいい。

「朝姫ちゃん、ごめん。やっぱり風邪っぽい……」

「麗ちゃん、最後に生理来たのいつ？」

「え？　えっと、……あれ？」

……おかしい、思い出せない。ストレス体質だからたまにずれることもあるけど、言われてみればいつだっけ？

考え込む私に、朝姫ちゃんはすっと何かを手渡した。咄嗟《とっさ》に受け取ったそれは、妊娠検査薬。……って、うえ!?

「はい、トイレに戻った戻ったー」

「え、ええ!?　ちょ、ちょっと待って！　これどうやって使うの!?」

「おしっこかければすぐわかるから」と、何とも簡潔な説明を頂いた。

トイレに閉じ込められて手渡されたパッケージを見つめる。妊娠なんてまさか……とは言えない症状の一致に、いろんな意味でドキドキしてきた。

「妊娠なんてまだまだ先と思ってたけど……とにかく説明書を読んでやってみよう」

そして数分後。私はトイレで驚きと喜びの悲鳴をあげた。

「あ、朝姫ちゃん……！」

手と使用済みの検査薬を洗い、リビングへ小走りで駆け寄った私に彼女は「ストップ、走らないで！」と声をかけた。思わず立ち止まり、ゆっくりと彼女のもとへ行く。

はっきりと陽性であることを示したそれを見せれば、彼女はふわりと柔らかく微笑んだ。その笑顔は、今は異国に行ってしまった旦那様にどこか似ていた。

「おめでとう、麗ちゃん」

「朝姫ちゃん……あ、ありがとう……」

でもまだ喜ぶのは早いから、早いうちに病院へ行って検査するようにと告げられた。

「どうしよう、なんだかじわじわと胸にくるものが……」

「はじめは実感わかないし戸惑うけど、少しずつ身体も心もお母さんになってくるわ。まあ、私はすぐに悪阻《つわり》が酷くなったから、半ば強制的に実感させられたって感じだけど」

朝姫ちゃんは一時期痩せちゃって大変だったのだ。幸い何事もなく、今は落ち着いている。

東条グループのご令嬢を妊娠させた隼人君だけど、意外にもあっさり結婚の許しがもらえたのは、彼が持つ千里眼と古紫のバックもあるんだろう。特異な体質を受け継ぐ朝姫ちゃんを守れる男性は、とても限られてくる。元々見合いで出会ったのだから、東条家にしても隼人君は一応婿候補に選ばれていたわけで、そこまで問題にはならなかった。うちの父だったら、手が早すぎるとネチネチ言いそうだが、お義父様《とう》がどうだったのかはわからない。

「でも何で検査薬なんて持ってたの？」

準備が良すぎる彼女に訊けば、「電話でいくつか質問したでしょ」と言われた。

「麗ちゃんったら鈍いわよ。全然症状はなかったの？」

「ここ数日、何かだるいなとは思ってたけど、吐いたのは今日が初めて。白夜も気づいてないと思う」

彼女が察していたということは、隼人君も当然ながら聞いていたのだろう。あの時の含みのある発言は、そういうことだったのだ。若干の気恥ずかしさが募る。

いつ出来たのかは、正確にはわからない。避妊していたはずだけど、正直意識が飛んでたことも少なくはないわけで。完全に白夜任せだったことは多々あるし、一番可能性が高いのはハネムーンかな……

「白夜に電話するの？」

その問いに少し考えた私は、首を左右に振った。

「ううん、帰国してから直接言おうと思う。それにまずは病院に行って調べてもらわないと」

「そうね、それが先ね。ってか、白夜に言ったらすごく先走りそう。子供の名付け本とか大量に買って来たり」

……実は(仮)婚約時代から彼の書斎にその類《たぐい》の本があるなど知る由《よし》もない私は、この時は素直に「ありえそう」と笑っていた。

喜ぶには早いけど、自分でも不思議に思うほど妊娠したことを受け入れている。大好きな人の子供が宿っているかもしれない。そう考えるだけで、胸がいっぱいになった。まだ平らなお腹に、私はそっと掌《てのひら》を当てた。

月曜日。事務所を一日休み、朝姫ちゃんに紹介して貰った産婦人科で受診すると、現在妊娠八週目と判明。初期症状が遅かった為気づくのに時間がかかったけど、赤ちゃんの存在が確認された。もう胎児と呼ばれるほど成長しているのだとか。

超音波検査を済ませ、エコー写真を見ると、言葉に表せない感情がこみ上げてくる。自分の母親よりも年配の先生は、微笑んだ後に、出産の意思を尋ねてきた。私は涙ぐみながらも笑顔で、「はい」と頷いた。

◆　◆　◆

女性にとって冷えは大敵だ。妊婦ならなおのこと。今日は珍しく太陽も出てて、風もない日だった。もこもこのムートンブーツにダウンジャケットとホッカイロを常備している私は、防寒対策もバッチリ。若干暑いくらいの格好をしている。

病院帰り、少々電車の中でうとうとしていたら、乗り過ごしてしまった。まだ午後を少し回った時間、電車はそう混んではいない。見知らぬ駅で降りて、反対側のホームへ回ろうとした。

しかし、何かに惹かれるように、私は駅を出てしまった。名前は知ってても、この町に来た事はない。ふらふらと歩いていたら、気づけば神社にたどり着いていた。名前を見たが、聞いた事がない。

常緑樹に囲まれたその神社は、敷地面積はそれなりに広い。ちょっと歩けば駅なのに、この周辺は閑散としていて人気《ひとけ》が少ない。緑の木々に囲まれた奥にひっそりと佇《たたず》む神社は、何だか聖域のように感じた。

「お、お邪魔します」

思わずそう呟《つぶや》きたくなる。礼をしてから鳥居をくぐり、木々が両脇に並ぶ石畳の上を、ゆっくりと歩く。鳥の囀《さえず》りと、風で揺れるさわさわとした葉の音以外、何も聞こえない。私の呼吸と足音だけだ。

「どこかに迷い込んだみたい」

そんな気持ちにさせられる。少しだけ、この神聖な空気は京都のおばあちゃん家《ち》を思い出させた。とても空気が美味しくて清々しい。

数十メートル歩いた先に、数段の石段が見えた。その先にあるのが、目的の神社。その石段の前で、車いすに乗った女性と彼女の介助をしている男性が、静かに佇んでいる。身なりがきちんとしている、品のよさそうな二人はたぶんご夫婦だ。階段がある為近くまで参拝に行けないが、二人は神社を真っ直ぐに見つめていた。その何かを願う姿と、ご主人が歩けない妻を気遣う姿に、私はしばし目を奪われた。

恐らく八十歳前後の老夫婦は、まだまだ元気そうに見える。奥様の手に自分の手を重ねて気遣うご主人の姿と、幸せそうに微笑む彼女の姿が、とても素敵で理想の夫婦に思えた。彼らが踵《きびす》を返そうとした時、気づけば私は自分から声をかけていた。

「こんにちは。いいお天気ですね」

風はほとんどなく、時折木々が奏でる音色が聞こえるだけ。空は冬の青空だ。

見知らぬ女に声をかけられて、驚くことも怪訝《けげん》な顔をすることもなく、お二人は丁寧に挨拶を返してくれた。

「ええ、本当にいいお天気ですね。この神社で誰かとすれ違うなんて珍しいわ」

車いすに座った老婦人が、皺《しわ》の刻まれた目元を和《なご》ませておっとりと言った。

「電車を乗り過ごしてしまってすぐに降りたんですけど、何故か気づいたらここに来てました」

そうなの、と微笑ましげに見つめられて、つられて笑う。

「ここはね、不思議なことに地元以外の人にはあまり知られていないんだよ」

そう教えてくれたのはご主人の方だった。白髪交じりの灰色の髪はきっちりとセットされている、理知的な雰囲気の方だ。

「とてもご利益《りやく》のある神社なのよ？　縁結びや夫婦和合、それに子宝と安産の神様が祀《まつ》られてて」

その話に驚いたのは、私の方だった。お二人は臨月を控えたお孫さんの為に訪れていたらしい。私もつい数時間前に妊娠がわかったばかりだと告げれば、実の孫を祝うような、心の底からのお祝いの言葉を頂いた。感情のこもったその祝福が、とても嬉しい。

その直後、突風がぶわりと吹いては、神社への入り口から祭壇のある社《やしろ》まで駆け抜けた。木々が一斉にざわめき、どこからか鈴の音が聞こえてくる。

「まぁ……まるで神様がお祝いしてくれたみたいね」

お二人に言われた言葉に、私も同意した。何故だかそんな気がしたのだ。

一日一日が長く感じる。幸いなことに吐き気を催すような悪阻《つわり》の症状はほとんどなく、身体は耐えられないほどしんどくはない。熱っぽさやだるさはあるけど。あと味覚が少し変わった。

◆　◆　◆

「白夜、もう着いたかな」

夕方に到着する便だからそろそろ空港に着いた頃だろう。会社に寄るか、直帰できるのかはわからないけど、帰宅前には連絡くれるよね。

念のためマスクをして、夕飯の準備を終えた。彼にどう妊娠の報告をしようかと考える。

実家に顔を出したが、まだうちの両親や白夜のご家族にも伝えていない。母はもしかしたら気付いているかもしれないけど、知っているのは朝姫ちゃんと隼人君、それに名前も知らないあの老夫婦だけ。旦那様に言う前に知らせるのはやはり順序が違うと思った。

そうこうしているうちに、帰宅を知らせるメールが入った。あと二十分ほどで帰ってくるという。途端に、そわそわと落ち着かない気分になった。

「スリッパ用意して、コーヒーも淹《い》れてあげて、でもその前にお風呂に入りたいかな？」

何だか夫婦っぽい台詞《せりふ》に身悶《みもだ》えるのも大分落ち着いたけど、やはり少々くすぐったい。お風呂の準備中も考えてしまう。白夜にどうやって教えよう？　彼は何て言うだろう？

驚いてきっと抱きしめてくれるに違いない。父性本能というのはすぐに目覚めるわけじゃないと思うけど、きっと私を優しく労《いた》わってくれる。彼は私にとても優しくて甘い。

帰宅を知らせる玄関のチャイムが鳴った。心臓が大きく跳ねる。

走って駆け付けたいのを堪《こら》えて、それでも早くあの人の顔が見たくて。私はさっと髪を手で撫でつけてから、玄関扉を開いた。一週間ぶりの姿に、自然と笑みがこぼれる。

「ただいま、麗」

「お帰りなさい、白夜」

「ただいま」と「お帰り」。この何気ない言葉を聞けるだけで、私は幸せだ。

当たり前の日常はとても贅沢《ぜいたく》なんだと、失ってから気づくのでは遅い。ほんの一週間一緒にいなかっただけで、そんな「当たり前」に気付けて本当に良かった。

抱き着きたい衝動に駆られたが、彼の腕は塞《ふさ》がっていた。

「私がいなくて寂しかったかと思いまして。そのお詫びです」

さらりとそんな甘い台詞を紡いだ彼は、三十本は超えるであろう綺麗なピンク色の薔《ば》薇《ら》の花束を手渡した。私が好きな薔薇の色だ。

「嬉しい……ありがとう、白夜。とっても綺麗」

よかった、薔薇《ばら》の香りに吐き気は感じていない。ここで吐いてしまったらムードが台無しだ。

リビングへ通し、薔薇をいける。部屋着に着替えた白夜は寝室から綺麗にラッピングされた箱を持ってきた。首を傾《かし》げる私に、彼はお土産《みやげ》だと言って差し出した。

「今日が何の日か覚えてますか？」

「え？」

箱を開けるよう促されて、出て来たのは上品なデザインの黒い靴。足首にストラップが巻けるタイプだ。

「これ……え、お土産なんだよね？」

「今日はあなたと出会った一番最初の日ですよ。そして明日が、靴だけを残して私のもとから去った日ですね」

「……っ！」

すっかり忘れてた。もうあれから一年経ったんだ……

目まぐるしい日々への始まりの日だった。全ては白夜に出会ったから。

私が落としたのと同じブランドの靴は、足のサイズも抜かりなくピッタリだ。はにかむ私を、白夜がソファへ座らせる。

「毎年この日はあなたへ靴を贈りましょう。もう二度と、私のもとから逃げられないように」

「逃げないよ。むしろ白夜が逃げたくなっても、逃がさないんだからね？」

挑発的に笑う私に、甘い微笑を向けた旦那様は蕩《とろ》けるようなキスを落とす。すぐに離れた唇の熱を追うよりも、私は靴を丁寧に仕舞い箱の蓋《ふた》を閉めた。

「お気に召しませんでしたか？」

「ううん、すっごく素敵。でも残念だけど、これを履くのは当分先かな」

私の隣に座る彼は訝《いぶか》し気に首を傾げた。そんな姿にも見惚れてしまう。

この靴は一目惚れしたあの靴以上に気に入ったけれど、ヒールが七センチほどある。私がこれを履くのは、ちょっとの間お預けだ。

目の前のコーヒーテーブルに箱を置いて、白夜の耳に唇を寄せる。そっと内緒話をするように、囁《ささや》いた。

「あのね、……」

――赤ちゃん、出来たの。

「……え？」

目を見開いて驚く彼の手を取り、私の腹部へあてた。まだ膨らんですらいないお腹は、触っただけじゃわからない。

「八週目だって」

「っ……！」

息を呑んだ彼は、私の負担にならないように、でも気持ちを全部伝えるように、私を抱き寄せた。

彼の温もり、腕の強さ、匂い、吐息、心音。それらの全てに、私は安心感を抱く。きゅっと白夜の背中に腕を回した。

「驚きと嬉しさで、泣きそうです」

「ふふ、泣いていいよ？」

彼の震える声が耳を掠《かす》めて、愛おしさが増していく。愛情深い白夜はきっと子供にも沢山の愛を注いでくれるだろう。

腕の拘束が緩まって、ゆっくりと温もりが離れた。宝物を扱うように、頬をそっと撫でられる。

「ありがとうございます、麗。私を選んでくれて。きっと私は、あなたがいなければもう息の仕方もわからない。それほど離れている時間が辛かったんです」

「私の方こそ、ありがとう白夜。私を捜し出してくれて、ありがとう」

泣く時も怒る時も笑う時も、この人と共有していきたい。ずっと笑顔のまま幸せな人生を送れるなんて思っていないから、いろんな感情を一緒に経験していきたい。

誰かに幸せにしてもらうのを待つ人生じゃなくて、私も誰かに幸せを与えられる人でありたいの。幸せの形はそれぞれだから、これから二人でゆっくり見つけていこう。時間はたっぷりあるんだもの。そしてあの日出会った素敵な老夫婦のように、お互いを支え合って、穏やかに微笑み合える夫婦にいつかなれたら嬉しい。

先が見えない未来をひとりで歩くのはとても勇気がいる。でも何が起こるかわからないこれからの道のりを、自分の足音だけでなく、もうひとつ隣に信頼できる人の音が聞こえたら。どんなことだって怖くない、幸せの音に変わる。

数年後には、小さな足音も増えているだろう。きっとひとつずつ増えるたびに、喜びも増えていく。

「ねえ、白夜。私はあなたに幸せにしてもらいたいんじゃない、一緒に幸せを見つけたいの。だからこれからもずっと、白夜の隣を歩かせてね?」

「ええ、勿論です。一緒に並んで歩きましょう」

慈愛に満ちた眼差しでふわりと微笑んだ旦那様は、私に誓いのキスを贈った。

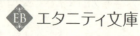

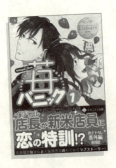

本書は、2014 年 4 月当社より単行本として刊行されたものに書き下ろしを加えて文庫化したものです。

エタニティ文庫

微笑《ほほえ》む似非《えせ》紳士《しんし》と純情娘《じゅんじょうむすめ》3

月城《つきしろ》うさぎ

2015年 11月 15日初版発行

文庫編集－橋本奈美子・羽藤瞳
編集長－塙綾子
発行者－梶本雄介
発行所－株式会社アルファポリス
　〒150-6005 東京都渋谷区恵比寿4-20-3 恵比寿ガーデンプレイスタワー5階
　TEL 03-6277-1601（営業）　03-6277-1602（編集）
　URL http://www.alphapolis.co.jp/
発売元－株式会社星雲社
　〒112-0012東京都文京区大塚3-21-10
　TEL 03-3947-1021
装丁イラスト－澄
装丁デザイン－ansyyqdesign
印刷－株式会社暁印刷

価格はカバーに表示されてあります。
落丁乱丁の場合はアルファポリスまでご連絡ください。
送料は小社負担でお取り替えします。

ISBN978-4-434-21196-6 C0193